赖伟腾 著

天津出版传媒集团
天津人民出版社

图书在版编目（CIP）数据

今夕何夕 / 赖伟腾著. -- 天津 : 天津人民出版社，2018.3

ISBN 978-7-201-12799-6

Ⅰ.①今… Ⅱ.①赖… Ⅲ.①长篇小说—中国—当代 Ⅳ.①I247.5

中国版本图书馆CIP数据核字（2018）第026249号

今夕何夕
JINXI HEXI
赖伟腾 著

出　　版　天津人民出版社
出 版 人　黄　沛
地　　址　天津市和平区西康路35号康岳大厦
邮政编码　300051
网　　址　http://www.tjrmcbs.com
电子邮箱　tjrmcbs@126.com

责任编辑　张潇文
封面设计　杨泽江

制版印刷　三河市同力彩印有限公司
经　　销　新华书店
开　　本　660×960毫米　1/16
印　　张　21
字　　数　289千字
版次印次　2018年3月第1版　2018年3月第1次印刷
定　　价　59.80元

目　录

第一章　邂逅……001

第二章　姻缘……008

第三章　涟漪……014

第四章　彷徨……020

第五章　降临……026

第六章　诀别……033

第七章　再会……040

第八章　重逢……047

第九章　隐忍……056

第十章　执念……062

第十一章　苦等……069

第十二章　失心……076

第十三章　迷恋……083

第十四章　溺爱……089

第十五章　疗伤……096

第十六章　守望……104

第十七章　祈愿……111

第十八章　反噬……118

第十九章　希冀……124

第二十章　独处……131

第二十一章　重生……137

第二十二章　洗礼……143

第二十三章　蜕变……149

第二十四章　阴谋……155

第二十五章　躁动……161

第二十六章　信仰……167

第二十七章　筑梦……173

第二十八章　立誓……179

第二十九章　解脱……186
第三十章　沦陷……192
第三十一章　敛伤……198
第三十二章　圈牢……205
第三十三章　宿命……211
第三十四章　遗忘……217
第三十五章　絮语……223
第三十六章　结痂……228
第三十七章　轻语……234
第三十八章　回梦……240
第三十九章　偏见……246
第四十章　割裂……253
第四十一章　遗忘……260
第四十二章　星坠……266
第四十三章　山醒……273
第四十四章　假若……279
第四十五章　破网……285
第四十六章　笃易……291
第四十七章　断魂……297

第四十八章　重生……304
第四十九章　绽放……311
第五十章　回响……318
第五十一章　结印……325

第一章　邂逅

从厦城开往晋省的动车在下午终于到达太原，宁月妩与好友已经是昏昏欲睡。即使是迅疾如飞的动车，从南到北也需要一段时间。

之后三人从太原继续乘坐火车到达忻城，宁月妩此时已经伏在了桌上，有若有若无的呼吸声传出来。

“月妩醒醒，火车到站了。”元瑾心摇了摇趴着的月妩，自己揉了揉眉心，打了个哈欠。旁边的姚芝虞把架上的行李箱扛下来，取出一件外套给元瑾心：“瑾心，给她披上一件，不然一醒来吹风又要着凉了，她最怕冷。”

元瑾心把米黄色的羊毛外套披在宁月妩身上，一边继续摇：“赶紧醒来了，赶紧的！等会儿去酒店里够你睡一天的。”

宁月妩张开眼帘，双眸朦胧：“怎么这么快就到了啊？我才睡了一会儿。”

元瑾心大倒苦水：“姑奶奶，我们坐得都快疯了，你倒是睡得什么也不知道。赶紧的！”说完拉起宁月妩的手臂，一把抓起她，“人家列车员要催了。”

火车站中，宁月妩有气无力地拖着行李箱，另一手拽着外套，双目迷离跟着元瑾心和姚芝虞。

睡得久了，宁月妩有些内急，叫元瑾心和姚芝虞先走，自己等一会儿就过去。走出洗手间的时候，宁月妩甩了甩手上的水珠，忽然一只手搭在她肩上，一个用力把她扭转过去："我不是叫你好好待着吗？你跑过来做什么？！"

那声音带着怒意，对宁月妩低吼着。宁月妩整个肩膀吃痛，被他拉进怀中，碰到他坚硬如铁的身体，磕得她生疼，映入她眼帘的是满眼绿色。

"你谁啊!"宁月妩双眼仍是一片迷蒙，想要推开他，却被他死死按住肩膀。宁月妩一双秀眉扬起，看着那人。原以为会是谁，没想到是一个长得很是俊朗的男人，身穿军装，很是英气。

"你放手……"还迷迷糊糊的宁月妩说话时带着一丝撒娇的意味，任是谁听了都要心动。

宁月妩的语气让那人怔了怔，他原本脸上覆着阴云万千，定睛一看，才连忙松开手："对不起，我不是故意的，不好意思！"

"嗯。"宁月妩点点头，迷迷糊糊地追上元瑾心和姚芝虞。

彼时，仍是过年期间，火车站里多了许多执勤的武警，向来是兵哥哥控的元瑾心，一看到绿色的军装顿时困意全无，双眼放光。

"月妩月妩，快看快看！兵哥哥欸！"元瑾心一边下台阶，一边抓着宁月妩一阵猛摇。宁月妩原本困意被刚刚的兵痞一扫而光，但被元瑾心拉着，就又不由自主地困意浓浓，被元瑾心摇得几乎站不稳，双眸眯成一线，随便看了一眼："知道了。"

无数兵哥哥英姿飒爽地站立在火车站中，挺拔如松，笔挺的军装更衬得他们帅气逼人。元瑾心看得心花怒放，所有的注意力都被转移过去，左手还抓着游魂一般的宁月妩。

她倒是对元瑾心已经见怪不怪。作为好友，她对元瑾心的花痴早已心知肚明，但凡见到穿军装的兵哥哥，元瑾心就丢了魂儿一般痴痴呆望，嘴里还不停念叨着："快看快看，那个兵哥哥好帅……"往往宁月妩会被念叨一天。只要元瑾心见到一次兵哥哥，就会念上一整日，不停回忆着兵哥哥的丰容俊貌。这时候，宁月妩就会打趣道："不要见到穿迷彩的就以为是当兵的，万一人家是建筑工人呢？不带你这样花痴的。”

虽然宁月妧困到不行，但仍是抛出了那句：“万一人家是建筑工人呢？别再花痴了，那么多人面前多不好意思。”

“去去去，怎么可能是建筑工人！看我不撕烂你的小嘴！”元瑾心道，“你没看到人家的肩章吗？红肩章！人家是武警！”宁月妧继续被她拉着摇来晃去。

“知道了知道了，是武警……”宁月妧有气无力地回答。而内心激动的元瑾心，已经不知道被一群兵哥哥行了几个注目礼，嘴里仍然再说：“你看你看，那是一拐二拐，是列兵和上等兵，人家是第一年和第二年的小鲜肉啊！”

走在最前头的姚芝虞哭笑不得，回头看了眼元瑾心：“就知道你会激动成这样，说得那么大声，人家也听得到啊！你没看那些当兵的都在看你吗？”

元瑾心愣了一下，她可不能在兵哥哥面前如此花痴啊，一定要娴雅，不能花痴！宁月妧仍是被元瑾心抓着，自己无意识地向前迈步。

困意浓浓间，月妧并未发现自己已经一脚踩空，整个人霎时歪倒下去。

这一下，把元瑾心吓得立刻去拉住宁月妧。宁月妧此时还在困倦之中，感觉到身体失衡才勉强撑开眼帘，猛然发现自己就要跌倒，发出一声尖叫。

姚芝虞走在最前最前头，立刻转头看向宁月妧，丢下行礼就要去抓住她。这时，一个武警从旁边冲出来，喊道：“小心！”

就在快要跌倒的那一瞬间，宁月妧吓得闭上双眼。原以为会和大地来一个亲密的接触，却不想撞入一个坚硬温暖的怀抱之中。

他一手迅速地接过行李箱，另一手快速地环过宁月妧的腰身，将宁月妧搂入怀中。宁月妧睁开双眼，一张清隽的面容映入眼帘。他剑眉星目，薄唇微干而有些蜕皮。他略蹙的眉宇间是担忧而紧张的神色，不经意间，四目相接，眸光相触。

时间停在了那一瞬。他暗自收紧了握住她的手臂，黑亮的眸子一闪，仿佛是在告诉她：“有我，放心。”

而他，偏巧如月妩所想，轻声说出了那一句：“有我，放心。”

清越，而蛊惑。

手上的行李箱已经被他接去，他就那样抱着她，护住他，无所畏惧。宁月妩下意识地环住他的脖子，整个人靠在他的身上，出于本能。

即使是有兵哥哥相护，两人依旧向后倒去。她闭上双眸，窝在他的怀中，仿佛即便天崩地裂，有他的话就可无畏无惧。

宁月妩披在身上的米黄外套飞起，两人摔倒在台阶上，行李箱也摔落在地上。那件米黄色的外套，就那样落在两人的头上，正好盖住两人的头部。

宁月妩很成功地扑倒了兵哥哥，而且还有一件外套遮去了所有人的目光，旖旎无限。

元瑾心忘记了摔倒的事情，而是把重点全放在了月妩将兵哥哥扑倒！如果摔倒的是自己……再疼她也愿意啊！

一件外套遮去了所有的光亮，就在落地的那一瞬，月妩的双唇触上一片微凉与干燥。他落地时闷哼一声，而后深锁英眉，当双唇碰到那片温软，他不由瞪大了双眼。

莫非是吻上了她……他不是故意的！

她的鼻尖是他的气息，若有若无，清淡好闻。此时，所有的声音都变得沉寂，她耳边唯有他有力的心跳，一声一声。

她的困意烟消云散。

双唇相触，何等缠绵。他不由咽下一口口水，喉结滑动，低喘一声。而后，罩在两人面上的外套被掀开，骤然的光亮让两人不由眯起了双眼。

此时的宁月妧压在他的身上，双手环着他。而他，一手抓着行李箱，另一手则抱着月妧。更旖旎的是，两人的唇瓣并未分离。

元瑾心看到这一场面不由张大了嘴，旋即害羞地转过脸去。姚芝虞看到这场景也是吓了一跳，进也不是退也不是。

宁月妧面色绯红，脸颊滚烫，立刻撑在他的胸口，想要起身，奈何手臂突然一疼，失去力气，又跌在他的身上。

他英朗的面容在她眼前放大，墨色的瞳眸倒映着她绯红的脸。他薄唇上是被她印上去的隐隐水痕，他一口白牙格外好看。姚芝虞见状立刻上前去抓住月妧手臂，扶月妧起身。不成想这一起身，他胸口的扣子噼啪几声开了数个。原来是月妧胸口的玉坠落在了他的衣服中，加上他并未拉上链子，月妧一起身，便扯开了他的扣子。

"不……不好意思啊！"宁月妧道歉道，将玉坠挂好。他也自己站起来，帮月妧将行李箱弄好，面色亦是泛着可疑的红色："没事没事，这不帮忙嘛。"

这不就是那个兵痞吗？他又趁机占自己的便宜！宁月妧立刻往后退了几步，与他保持距离。

而那个士兵紧张地扣衣服的扣子，慌忙间还扣错了，于是慌忙解开重新扣，反复多次，浓黑的眉宇皱成一团。这时他的战友笑到不行，跑过来替他扣上，解释道："他太紧张了，别见笑，别见笑。"

元瑾心在一边轻抿双唇忍着笑声，拉住尴尬中的宁月妧："月妧咱们赶紧走了，发什么呆呢？你不是还困着嘛！"

而后，元瑾心冲着另一个兵哥哥道："谢谢你们啊，刚刚要不是他，我的朋友摔在地上肯定很痛，谢谢！"说完，元瑾心含笑鞠了一躬。

那名兵哥哥笑意清朗如阳，声音清亮，眨眨眼："不要紧，站在这里执勤就是为了帮助大家，咱当兵的皮糙肉厚，经得起这些，算不上什么的！"

元瑾心拉住痴愣的宁月妩，脚尖踢了踢另一个兵哥哥："那我们走了啊，我们还有事！"

宁月妩扯出一弯笑容，笑意温柔："谢谢，多谢。"然后接过行李箱，拿起外套披在身上。临走时，她回首一望，目光落在他被自己弄得凌乱的军装上，微微皱眉，似乎觉得有些不对，而后才搭上出租车驶向酒店。

目送出租车渐行渐远，他不由舔了舔嘴角。旁边的宋子卿一记拳头捶在他肩上："你小子艳福不浅啊！还回味呢！"

"瞎说什么呢！就知道嚷嚷！"席修辰肩膀碰了碰宋子卿，"我只不过帮了人家一下而已，谁知道……"

宋子卿坏笑，挤眉弄眼："谁知道人家会把你扑倒对不对？啧啧啧，人家小小女子看起来还是学生的样子，就被你这个流氓给夺走初吻了。"

席修辰反唇相讥："说谁流氓呢？谁告诉你我不是初吻了？"

宋子卿摇头晃脑道："你是不是初吻，我可不知道。"

"哪有这样说自己的，说咱是流氓！"席修辰拔高了声调，被宋子卿弄得几近笑抽。

"你看看你那副德行就知道是不是流氓，人都走了还舔舔嘴角，回味无穷呢，嗯哼？"宋子卿挑眉看了看席修辰。

被说中心思的席修辰低下了头，有些不好意思，笑着嘀咕："人家也是初吻好不好？就这么没了多可惜。"

宋子卿看着席修辰的模样，摇摇头："看你那点儿出息，好不容易外出执勤一回，就碰到了这种好事，怎么就忘了要联系方式？说你呆你还不信！"

席修辰星眸中光火摇动，摇摇头："何必。"

宁月妩三人一到酒店，找到预定的房间就扔下行李，扑上大床。她们订的是双人间，于是元瑾心喊道："月妩是我的，月妩跟我睡！"

“凭什么？跟我睡！”姚芝虞不甘示弱，“月妩又不是你的，为什么是你做主？”两人一顿唇枪舌剑，宁月妩躺在床上兀自笑个不停，两个人将自己争来抢去，像是妃子争宠一般。

雪白的床单上，她翻了个滚，神思轮转，想起了他。如果不是他，不知道自己摔下去会怎么样，自己当时只顾着难堪就匆匆走了，也不知他后背怎样。

怎样？总不能把人家衣服掀开看看吧……想起把他压倒然后阴差阳错地印上双唇，还有他唇瓣上可疑的水光，她不由无比羞赧。

初吻就这样没了，给了一个不认识的人！

旁边的两人吵得正欢，拉过宁月妩：“月妩你说说，你晚上要陪谁！”

“得了我又不是你们的东西，想要拿走就拿走。一晚陪瑾心，一晚陪芝虞，不用争了！”

这时候，宁月妩的手机响了一声，原是凌浩成发了短信：“到了吗？”

“到了，刚到酒店。”宁月妩简单地回复了一条，就把手机丢在了床上。不过数秒，手机的铃声响起来，月妩顺手接起，手机里传来好听的富有磁性的声音。

“月妩，你到了也不和我说一声，还要我主动问你。”

第二章　姻缘

他的声音仿佛冬日的暖炉，关心的话语听起来温温暖暖的。语气中，还透着一种抱怨，仿佛是小媳妇受了气一样。但宁月妩对他好感并不多。

“我才刚到呢，怎么了？”宁月妩答道，将手机贴在耳边，“这不刚刚才回你嘛，打电话那么勤快。”

电话那头轻笑：“不行啊？我担心我的同桌不行啊？我可是等着我同桌下学期继续帮我辅导历史和地理呢。”

宁月妩弯唇：“得了吧你，你去当家教的时候我看你完全行，哪里需要我教你什么经验啊！每个人教学方法都不一样，你用自己的方法也可以的。”

凌浩成也不反驳：“每个人好像都不一样，但多多学习别人也是好的。怎么了，不欢迎我啊？”

“没，我也可以多学学你。厦城那里天气怎么样，放晴了没有？冷不冷？”宁月妩习惯性地问上几句，将手机开了免提，整个人慵懒地趴在枕头上，听着他的声音。

“还好，天放晴了，气温也升高了，忻城那儿呢？天气会不会很干？”

月妩声音软软糯糯：“还行吧，前几天下的雪还没化呢，正好我也没见过雪，蛮好玩的。我会照顾好自己的，放心吧，和她们玩几天就回去了。”

“交代你的事情别忘了。”凌浩成提醒宁月妩。

“行，没问题，小事一桩！”

两人又说了几句，宁月妩便寻了个借口挂掉了电话。边上元瑾心和姚芝虞满是笑意地看着宁月妩：“这才刚到就打电话过来监督啦？”

宁月妩不喜欢提起这个人，道：“他不过是打电话过来问问而已。”

凌浩成与宁月妩是高中同桌，高考时两人分数相同，更是考入了本地的同一所大学的同一个专业，更巧合的是，分到了同一个班级。

平时上课的时候，凌浩成都过来与宁月妩坐在一起，算比较熟悉，一时间风言风语也是不绝于耳。偏偏两人课后没有太多的交集，让不少人疑惑不已，没多久流言蜚语就慢慢消停了。

谁也猜不透两人的关系。元瑾心曾经旁敲侧击询问，宁月妩只是微微一笑，旋即埋头于自己的事情：“好朋友而已，只不过高中的时候是同桌，交情更深厚一些。”

元瑾心不依不饶，继续追问：“你们都认识那么久了，要我说即使没有什么也该日久生情了，怎么你这儿一点消息都没有，你们说话还是那么平淡如水？”

“君子之交淡如水，这样不是挺正常的吗？”宁月妩转身，看起来并不愿意多谈。姚芝虞也看出了宁月妩不愿多谈及凌浩成。

凌浩成英俊挺拔，本就吸引了无数目光，加上人品优秀，在学生会上屡次崭露头角，早就被视为学生会主席的接任者，各个部门都对其非常看好。与凌浩成截然相反的是，宁月妩只参加了一个毫不起眼的文学社团，不似凌浩成那般忙碌。文学社和学生会的活动也没什么交集。

就算是好友，也对宁月妩和凌浩成两人的关系看得不甚清晰。

姚芝虞换了个话题，秀眉轻挑：“月妩，刚刚好险，我看你差一点就摔倒了，怎么回事？走着走着好好的，怎么突然就摔了？”

宁月妩回想起当时迷迷糊糊的，被元瑾心一路拉着走；之后就是元瑾心见到兵哥哥激动不已，一路拉扯；再接着就是一脚踩空了。

“当时迷迷糊糊地走着，还拉着一个行李箱，不知道怎么就踩空了。”

元瑾心在旁边摸摸头，长发被她的手指弄得凌乱：“好像是我当时看到兵哥哥太激动了，然后就站在那里了，拉着月妩……好像是因为我。”

宁月妩摇首，柔声道：“没事没事，也不是没什么大事嘛。这件事情就这样过了，不过是一个小插曲而已。”

“不过我说月妩，那个被你压倒的兵哥哥好帅！”元瑾心难掩兴奋，再次暴露出花痴的本质，“月妩，我当时还真的想我自己摔了，还可以和兵哥哥亲密接触！”

是挺帅的。脑海里回忆着他的俊容，月妩不由泛起一丝笑容。所有人之中只有他冲了过来护住自己，不然自己从楼梯上掉下去，也不知道会摔成什么样。他凌厉如风冲到自己的面前，而后她整个人扑在兵哥哥身上，触碰到他坚硬如铁的身躯。他迅疾抓过行李箱，抱过自己，所有动作一气呵成，训练有素。也难怪元瑾心这么痴迷兵哥哥。

也不知道他摔得有多痛，就那样护着自己，连自己的军装都弄得凌乱。回忆起刚刚，宁月妩嘴角不自觉地上扬。

可他的那次霸道的呵斥，仍如阴影一般缠绕在她心上。

感到有什么东西硌着脖子，宁月妩伸手一摸，从领口摸出一个金色的金属物，是五角星和枝叶的图案。

宁月妩不知道是什么东西，于是问道：“瑾心，你知道这是什么东西吗？”

元瑾心顿时眼睛一亮，伸手就把东西抓了过去：“这个是领花啊！你从哪里来的？我一直都想要一个，就是没人愿意给我。”

“不知道。”宁月妩素手摸着衣服的领口，“刚刚觉得什么东西硬硬的，从领口摸出来的。——领花是什么？”看起来亮晶晶的，的确好看。

“你不知道？就是他们挂在领子上的，怎么就掉你那儿了呢？”

宁月妩也觉得疑惑，稍微一想就脸颊发烫：“大概是把他压倒的时候吧，不知道怎么就被我弄到这里了。”

元瑾心听了，立刻把领花塞到宁月妩的手中：“真是传奇！扑倒兵哥哥也能拿到领花。还是给你吧，我可不敢拿！”

宁月妩也在寻思着什么时候把领花还给他，也不知道能不能在火车站碰到那位兵哥哥。难怪当时自己看他身上觉得哪里不对，原来是少了个领花。索性就把领花用手上的红绳打了个结，挂在手链上，万一下次碰到那位兵哥哥，顺便将领花还给他。

“都早点睡吧，明天还要去学校见校长、上课，不能第一次见面就给人家留下坏印象，月妩肯定也困了，洗洗睡了吧。”姚芝虞催道，从行李箱拿出换洗的衣物。

灯被关上，她双手拉上被单，身子抱着那一床被子。闭上眼帘的那一刻，脑海里掠过他的英姿。

十点十一分，她看了看手机上的时间。这个时候，他睡了吗？想起他，心里一阵纠结。

中队的班级里，宋子卿看了眼席修辰的后背，眉头紧皱地看着累累伤痕：“怎么伤成这样也不和我早一点说，我看到了才说？”

席修辰轻描淡写道：“不就是一点小伤？磕到了楼梯算什么，当年冲火场的时候伤成什么样你也不是不清楚，比这个严重多了！何必嚷嚷得全世界都知道，当兵的没点伤还叫兵？伤，都是勋章！”

也不知是从谁开始说的，伤疤就是勋章，从刚开始入伍就听到现在，班长一直这样说着，战友也一直这么说着。

宋子卿无可奈何，只能找来药膏替席修辰小心翼翼地涂上。其实这个道理谁都懂。如果自己受伤了也不会声张，但换做战友受伤，那就不一样了。一起出生入死，兄弟情义就摆在那里，怎么会不操心？

“对了，明天去上课你准备得怎么样？”宋子卿随口问道，“也不知上面怎么安排的，现在执勤还没执完，竟然还要去上课，也真够能折腾的。”

“这不是开学比较早，赶在元宵节前头了，等到元宵节过去了就不用执勤了，要我说执勤还好，可以偷会儿懒，至少不用出警。”

“对啊。”宋子卿附和道，语气充斥着玩笑味儿，“还可以来一个英雄救美，让佳人芳心暗许！”说完，在席修辰面前翘了个兰花指。

“滚！不和你说了！”席修辰甩开他的手指，“你还是赶紧准备准备，保不齐又像去年那样，一群熊孩子上蹿下跳地，搞得鸡犬不宁，看你怎么收拾。”

说起去年宋子卿立刻吃瘪，撇了撇嘴。去年那场景真是惨不忍睹，往事不堪回首，说多了都是痛啊！也怪他低估了熊孩子的捣蛋能力！

看到宋子卿偃旗息鼓，席修辰转过身拍了一下他的头，朗声笑道：“开玩笑的，不用紧张！不就是消防知识课嘛，严肃点就行了！别成天嬉皮笑脸，人家自然也就不会觉得你好玩。赶紧回你床上睡觉去，快熄灯了。”

熄灯后，他的脑海里逃不脱那一张回忆的巨网，回忆将他拉回到早晨。

只是一见面，他就惊呆了，清秀婉约的面容，行动间的娇柔无力，一下子就让他惊住了。

是以宁月妩摔倒的那一刻，他才毫不犹豫地冲过去，一把扶过她。她身上隐隐约约的馨香，滑过他的鼻尖，她一身的娇软更让他有保护的欲望。

只是一眼，他就再也移不开目光了……

席修辰翻过身，闭上眼睛，不再去想她。那次在洗手间门口，他把她认成了自己的妹妹。他知道，因为那次误会，他就是她心里的兵痞。

第二天宁月妩一行三人来到校长办公室，校长早已经在等了："你们是厦城的三位老师吧？"章校长看上去和蔼可亲，笑起来眼角的皱纹便合在一起，虽是满头白发，但精神矍铄。

据宁月妩她们了解，章校长已是七十岁有余，毕业后回乡一直致力于教育事业。宁月妩微笑颔首，伸出手来与章校长握了握："是的，校长您好，昨天我们刚到忻城，休息了一晚便来这里了，让章校长久等。"

章校长示意三人坐下，拿了一次性杯子倒了水，放在案桌上："三位千里迢迢来到忻城，只为了我一句邀请，真是麻烦各位了。其实不只是我这儿，其他的学校都很希望与沿海的学校多做交流。"

宁月妩浅笑，拿起塑料杯轻抿了一口："章校长说起来也是我们大学的校友，是当年校长的得意门生，又是我们校长的同学。既然章校长有请，我们哪能推辞？只是就要劳烦章校长安排我们的工作了。"

章校长笑道："客气了，你们校长可是拍着胸脯跟我说，把最好的师范生派了过来，能得全省教师技能奖的，肯定不差。"

姚芝虞回道："那个评比，当时也是我们三个人觉得好玩就去了，稀里糊涂地拿了奖，来了这里章校长不要见笑就好。"

章校长点头："既然是你们校长推荐的，定然有过人之处。这几天你们先来我们学校熟悉熟悉，听听我们老师的课，提点儿建议。我会先安排一下，让你们熟悉一下学生们。如果有什么需要，尽管和我说。"

三人应下。章校长抽出三张名单，是五年级三个班级的学生名单："今天是忻城的消防宣传日，每班会有消防员过来讲解，三位就先协助他们上课。"

第三章　涟漪

章校长看似和蔼可亲，亦有着自己的精明。从事教育数十年，章校长自然自己心中有自己的打算，想要先考验三人看看。

宁月妩随便抽了一张名单，问章校长："校长，我们只要协助上课对吗？上课的时间是？"

章校长拿过宁月妩的那张："你要去五年二班，刚刚上课不久，现在就可以去了。姚老师在五年一班，元老师在五年三班。"

三人略微了解后就走入班级。宁月妩看准了五年二班的班牌，听到里边的喧闹声，不禁皱了下眉头，曼步走入教室。今日宁月妩里面穿了一件嫩黄色的长袖衫，梨花白的毛绒外套，一条浅粉色的裤子，看上去素雅出尘，一进入班级就吸引了所有人的目光。

教室里很亮，两面的窗户都开着；地上铺着粉白色的瓷砖，清淡柔和；讲台是用金属做的，外面涂着一层白色的油漆。

原本喧闹的教师霎时安静下来，大家都看着这个突然进入的女老师。宁月妩一进入，就看到了讲台上有一名男子，撑着下颚伏在讲桌上，笑着和前排的学生说着什么，说得笑呵呵的，下面的学生也是笑个不停。

那个男子身穿着迷彩。又是一个兵哥哥，宁月妩暗自思忖。席修辰发觉有人进入教室，斜眼一瞥，不成想竟然是宁月妩。

四目相对，席修辰有些吃惊，瞳孔微缩，目光落在宁月妩的身上。

今日的宁月妩打扮极为素雅，长发拢在背后，用了个皮筋束住发尾，颇有一番古典美人的意味。

宁月妩凝神一看，是昨日的那个兵哥哥，笑了笑，伸出手去。原来他是消防兵啊。席修辰愣了片刻，没想到会再碰到宁月妩，他心里一窒，才略带迟疑地伸出右手。

“昨天的事情多谢了。”宁月妩浅笑如兰，与他握了握手。席修辰薄唇轻抿：“没事的，为人民服务。”

他的手极为粗糙，简单的接触便可触摸出他的掌上有厚厚的茧子。他的黑眸如明星，极为闪亮，只不过在月妩看来，像是隔了一层纱一样，隐隐藏着什么。

握过手后，席修辰立刻将手掌抽离，嘴角带着不易察觉的笑容，又带着些许的疏离。初次见面他会有为她奋不顾身的冲动，可第二次见面，那种感觉就荡然无存了。

她像是书卷里走出来的温婉佳人，浑身上下带着一种书卷气，举止也是端淑有礼，款款有度。这样的人，是只能远观而不可靠近的。

宁月妩见他抽手，也收回了手掌，刻意与他保持了距离。她手臂上挂着的红豆手链发出清脆的声响。班级里的学生原本对宁月妩的到来无比好奇，现在更是叽叽喳喳讨论着宁月妩。

“那个老师真好看！”

“是啊，看起来和教官好配，教官也好帅！”

“你说那个老师会不会是教官的女朋友啊？”

……

宁月妩没想到小孩子竟然会有那么多怪怪的想法，说得自己怪不好意的，转头去看男主角，见他神色如常，于是伸手示意班级安静下来：“同学们，安静下来，竖起耳朵。”说完，拍了拍手掌。班里的同学立刻注意过来。

“大家好，我是宁老师，安宁的宁。”宁月妩娇颜现出两个梨涡，甜美可人。她拿起粉笔在黑板上写上自己的姓氏，又写上了一行字：“非宁静无以致远。”

“这就是我的姓，大家都看到了吗？”宁月妩放下粉笔，双手撑在讲台上，面对着台下的学生。席修辰看着宁月妩认真的神情，她举手投足不疾不徐，气质尽显。那一刻，他有一种感觉，像是心脏被电流猛然贯穿。是悸动。

席修辰强迫自己别过眼，不去看宁月妩。

台下的学生们蠢蠢欲动，开始交头接耳。宁月妩也不阻止，微笑道：“大家想不想听故事呀？”

一听到有故事可以听，大家立刻来了精神，异口同声喊道：“想！”

“想听故事可以，但是要回答老师的两个问题哦！”宁月妩莞尔，“第一个问题是，同学们要怎么称呼我呢？”

反应快的一个男生答道：“宁老师好！”随即有更多的同学附和。

宁月妩笑意更深：“大家都很棒，这个问题回答得很好。那么宁老师要问第二个问题了哦——”宁月妩拉长了语调。

宁月妩不动声色地树立了威信，取得同学的认可，这一点让席修辰佩服不已，打心底里欣赏。

“‘非宁静无以致远’这句话是谁说的呢？”宁月妩目光扫视过全班。果然，全班安静下来，大家都在深思着这句熟悉的话，却又想不起来，都挠着头。

这时候，席修辰开始提醒道：“大家知道《三国演义》里面最神机妙算的人是谁吗？这句话就是他说的。”这还是前几天他正好看到的……要不然凭他这种智商，是绝对不知道的。

“诸葛亮，是诸葛亮！”

“那么整句话是什么呢？”

一个女生举起右手，在宁月妩的同意下站了起来：“宁老师，这句话是‘非淡泊无以明志，非宁静无以致远’。”

“回答得很对！大家给她掌声！”宁月妩笑着表扬道，率先为那名女生鼓掌，其余的同学也鼓起掌来。

宁月妩趁着空档转首看了看席修辰，正好他也看向自己。她没想到，他竟然会配合自己，原本以为他会一直安静下去。

班级的吵闹他原本倒也不是不想管，而是校方说过会有老师过来协助。他本已经十分意外遇见宁月妩，此时更对宁月妩的班级管理能力颇为赞许。宁月妩不知不觉间就集中了班级的注意力，当年令自己和宋子卿头疼不已的熊孩子，如今在她面前服服帖帖的，不得不说，她有自己的能力和方法。

见到学生们的注意力被集中过来，宁月妩开始将故事娓娓道来。

“从前，有一座郁郁葱葱的树林，那里生长着繁密的参天大树，绿油油的叶子抬头便可以看见。在那里，四处都开着各色芬芳的花朵，漫山遍野，小动物们在外出游玩的时候会摘回花朵放在屋子中，让屋子里香香的。

“冬天来了，冬天过去了……春天来了。森林里面的雪慢慢融化成水，原本的银装素裹被春意盎然所取代。山里开满了花儿，有粉如云霞的桃花、嫣红的杜鹃花，还有清香的玫瑰花……

“这一天是一个晴天，天空万里无云。森林里鸟语花香，兔爸爸和兔妈妈带着兔宝宝出来郊游。路上，兔宝宝捡了一朵落下的红玫瑰，戴在头上，格外美丽。这样好的天气，它们准备烤东西吃。兔爸爸拿出了火柴，点燃放在地上；兔妈妈把胡萝卜洗干净；兔宝宝在旁边帮忙——”宁月妩说到这里，戛然而止。

顿了顿，她接着说：“突然，一阵风吹来，将火种吹向树林！兔爸爸立刻拿起水壶去灭火，可是去年落下的枯枝烂叶在瞬间就燃起了熊熊烈火，发出呼呼的声音，像一只红色的妖魔，张牙舞爪。”

宁月妩说得声情并茂，席修辰极为配合地做出妖怪的姿势，伸出手臂摇摆，看得宁月妩忍俊不禁。她压低了声音，将气氛变得沉重：“火势越来越大，兔爸爸不得不步步后退，最后只能叫来兔妈妈和兔宝宝帮忙。

“它们一起从小溪里面引水，但是火势实在太大了，它们也控制不了，熊熊烈火一寸一寸吞噬树林，升起的浓浓黑烟引来了森林里的小动物们。”

这个时候，学生们开始为小动物们揪心不已：“老师，小动物们怎么办啊？整个森林会不会被烧光啊？”

另一个女生紧张地说：“万一烧光了，小动物们要住哪里啊？”

宁月妩也用紧张的语气问道：“是啊，如果森林被烧光了，小动物们要去哪里呢？他们就没有地方可以住了！大家有没有什么好办法？”

于是宁月妩开始提问，一个男生站了起来：“让小动物们快点跑掉，跑到另一座森林里。”

这时候有人反驳：“不可以的，那些老的和小的动物们怎么办？而且他们怎么能放弃自己的家园呢！”

一个女生回答道：“老师，可以让小动物们齐心协力用小溪里面的水把大火扑灭！”

宁月妩微笑着让女生坐下，不置可否，继续讲着故事：“于是小动物们开始用锅碗瓢盆舀水去灭森林里的大火。但是他们装的水太少了，火势过大，小动物们即使齐心协力也没有能将大火扑灭！”

宁月妩顺势开始调转故事的走向：“这时候，小羊拿出了手机，准备打电话，大家猜猜，它会打电话给谁呢？”

学生们面面相觑，不知道要怎么办，各自讨论着。宁月妩余光扫过席修辰，见他正看着自己。

宁月妩一个微笑，示意需要他，让他准备，而后她大声说道：“火越来越大了！”她一个回眸，席修辰心领神会，摆着张牙舞爪的姿势：“火变大喽！”

看着他的动作，宁月妩就觉得好笑，觉得他就像一个长不大的孩子似的。也无怪乎一进教室就看见他和学生打成一片。

班级里的气氛变得紧张，宁月妩也不能太过拖延，于是问道：“这时候小羊拿出了手机，大家猜猜看，它要做什么？”

没有人回答得出来，宁月妩继续提醒道：“如果发生火灾了，大家会打电话到哪里？”

“119！”

“对，打119火警电话！”宁月妩表扬道，于是拿起红色的粉笔，信手在黑板上寥寥几笔，便画出了一部消防车。举起手臂的一瞬间，她手臂上的红豆手串儿发出清脆的声音，席修辰循声望去，看到手链上有一抹金光，正要聚焦看的时候，手串儿一溜，溜进了袖子之中。

“消防车用最快的速度赶了过来，一路上响着警笛。”宁月妩顺利地将话题带入消防的课题中，目光巡视着班级，她看到了章校长不知何时已经站在了后门的门口听着自己讲课，面露微笑，撞到宁月妩的目光，他点了点头，对她表示赞许。

宁月妩亦是点头招呼，转回目光继续讲：“最后，大火被赶来的消防员扑灭了，森林里又恢复了往日的安静与祥和，小羊也因为及时报警而获得了森林委员会的表扬。那么，大家想不想知道消防员是怎么灭火的？想不想知道遇到火灾我们该怎么办呢？”

“想！”学生们的回答极为响亮。收到满意的效果，宁月妩笑着看向席修辰，他能如此默契地配合自己，这是自己没想到的。她笑着走向讲台，伸出手臂指向席修辰：“那么就有请我们的消防官兵，我们的教官来给大家讲解，大家掌声热烈欢迎！”

第四章 彷徨

班级里所有的目光都聚向席修辰。纵然有去年的经验，但在一群孩子面前仍会有一些不好意思，他挠了挠头，一时不知道该从何说起。

莫非是因为她在场？席修辰不由问自己。去年的时候，他记得一进班级，问了大家最喜欢唱什么歌，然后唱了一首歌，之后将普通的消防常识随便讲了一些。那时没有现在这般有秩序。他不禁看向宁月妩。

见席修辰没有说话，只是把目光投向自己，一双光泽的黑眸看着自己，以为他不知道怎么说，宁月妩替他开了个头："请问大家，为什么我们有电的东西着火了不能用水去浇灭呢？"

在场的孩子虽然知道不能这样做，却不知道为什么，只能摇摇头表示不清楚。宁月妩继续道："同学们不知道，就要竖起耳朵听教官给你们说哦，这样才是好孩子。"言罢，把班级交给席修辰。

席修辰点头，薄唇吐出富有磁性的声音，清越而迷人："我们都知道水是能导电的，我们把水泼到电器上，很容易导致人体导电，使我们被电到而受伤，甚至会有生命危险。"

有的学生不明白，就举手问道："教官，为什么水会导电啊？什么是导电？"

席修辰一滞。这个是常识，但是要解释起来，恐怕没那么简单。他好看的双眉纠结起来，这个应该去问十万个为什么！他不是十万个为什么！这就是为什么每次到小学的时候，每一个战友都如临大敌，因为永远不知道下一刻会冒出什么奇奇怪怪的问题！

宁月妩知道他被难住了，也不怪他，这样的问题的确不好回答。宁月妩走上讲台，画了一道闪电："因为水会向磁铁一样，把闪电引到我们的身上，不同的是，能吸引闪电的磁铁会让我们受伤，而普通磁铁不会。"

"哦！"所有的学生茅塞顿开，应和道。

宁月妩走下讲台，将课堂继续交给席修辰。席修辰虽然讲的是消防的知识，枯燥乏味，但是偶尔也夹杂着一些故事，譬如救火，那样的场景，不是亲身经历是说不出来的。有时候，他还会提起在部队里的趣事。

"我们一听到铃声响起来，不论在做什么事情，都要立刻到车库集合出警。有一次，我们的战友还在洗澡，刚刚涂上肥皂，但偏偏就是这个时候，铃声突然响起来了！"席修辰眨眨眼，"无论何时都必须集合，没有办法啊！他也只能随便穿了件衣服就跑出去，身体还湿答答的，不停往下滴着水，就这样一路下楼跑到车库！"说着，席修辰还做了跑步的动作，从讲台左侧跑到右侧，整个人动作有力，丝毫不拖泥带水。

台下已经笑成一片，连宁月妩也忍俊不禁。在她印象里，所有的兵哥哥都是电视上那样的刚毅果敢、冷酷凌厉，根本不会笑上一笑，就像冰山似的。但今天宁月妩看到的兵哥哥却是完全不一样的兵哥哥，不仅不会过于拘谨，而且阳光，还十分搞笑。

若说印象里的兵哥哥是天空中冰冷无温度的阴云，那么席修辰就是暖暖的阳光，给人一种舒服的感觉，丝毫没有一点逼迫。

感觉到宁月妩的笑意，席修辰不由看向宁月妩。她笑起来的时候，眉眼弯弯，煞是好看，特别是脸颊陷下去的两个小酒窝，让她看起来格外可爱。

对着她，席修辰情不自禁地做了一个鬼脸。其实，他本意不是这样，可宁月妩却让他做出了曾经喜欢做的动作，一点一点掀开了他不愿揭开的尘封的过往。

眼底升起一丝落寞的神色，他黑亮的眸子蒙上了一层阴影。

原本看到他的鬼脸，宁月妩掩唇一笑，手臂间的红豆手串儿发出清脆的声音，可是下一刻，他眼中的阴霾告诉她，他并不是想笑。

于是她压下了笑意，恢复了往日的温和。

一节课很快就上完了，席修辰上课气氛活跃，得到学生们的热烈欢迎与喜爱，直到下课他们还意犹未尽，还想继续听，一个个缠着要席修辰讲故事。最后还是席修辰说："教官有事哦，要先走。"才得以脱身。

章校长已在走廊等着，见宁月妩和席修辰走出教室，走向前去笑道："你们的上课表现很好，让我来评价的话，我只能用'惊艳'来形容，太惊艳了，令我惊喜不已。"

宁月妩手里拿着材料，微笑道："校长过奖了，不过是寻常的一节课而已，也没有上什么，我只是随随便便说了几句，若说功劳还是这位消防官兵的功劳，上课诙谐有趣，才能如此吸引孩子们的注意力。"

原本的席修辰正在出神，听到自己被点名，咧开薄唇一笑，露出一口白牙："过奖，我只是照常来说，如果有不足的地方，还请多多指教。"他顿了顿，问道，"老师，您是姓宁吗？"

"是的。"宁月妩含笑，眉眼弯弯看着席修辰，"我叫宁月妩，不知这位兵哥哥如何称呼？"

一句兵哥哥让席修辰有些不好意思，从来没人这样叫过他，倒是贴吧里有不少人这样称呼。他挠了挠头："什么兵哥哥，怪不好意思的，叫我席修辰就好了。还有那一天对不起啊，认错人了，背影很像。"说着，他心里默念了一遍她的名字，宁月妩。

席修辰的羞涩被宁月妩尽收眼底。他小麦色的皮肤并不是很白，看得出经常接受风吹日晒，因此有脸红也是很难瞧出，偏偏宁月妩一眼就看了出来，低眉发出一声轻轻的笑声。

因为，兵哥哥还会脸红！

原来，那一日只是误会，他不是那种……兵痞。想起以前把他想象成那种如狼似虎的样子，宁月妩自己就觉得好笑。

此时的她，卸去了在班级里的那种拘束，给人一种如沐春风的感觉，特别是笑起来的时候，一丝距离也无。

另一边姚芝虞和元瑾心也走了出来，还跟着宋子卿。宋子卿拉拢着脑袋直接撑在席修辰的肩膀上："真要累死我了，一群熊孩子啊！"

元瑾心把手中卷起来的资料往宋子卿身上一砸："谁叫你总是嘻嘻笑笑的！哪有你这样上课的？上课也要严肃一点。"

姚芝虞偷笑了一下，与宁月妩偷偷对视一眼，宁月妩随即会意，低头在元瑾心耳边小声道："你的兵哥哥怎么样啊？那么快就熟络了。"

"什么我的兵哥哥！"元瑾心大声反驳，话音刚落立刻就后悔了，这样大的声音，肯定会被所有人听到！

席修辰坏笑看着宋子卿，拉了拉宋子卿的耳朵："你小子，给我老实交代！"

章校长笑着道："你们应该也不陌生的吧？"说完，拿起一张报纸，"还真没想到昨日席教官英雄救美，正好被记者抓拍报道出来了。"

"抓拍报道"？！四个字在宁月妩的脑袋里炸开，轰的一声。想起昨天自己把席修辰扑倒在地的场景何等旖旎，就算当时有黄色的外套遮住脸，但毕竟也是自己啊！

她不顾双颊飞上红云，立刻拿过那张报纸快速阅览了一遍，幸而上面的照片是席修辰帮自己提起行李箱，并不是那个场景。

报道只是说了执勤武警动作迅速地扶住了一名将要摔倒的女子，表扬了这名武警战士的作风，对扑倒一事只字未提。

就在这个时候，突然响起了哨子的声音！消防官兵立刻精神一凛，直接冲向学校大门。宁月妩不知何故会这样，绕过走廊看到他们一路快跑冲到门口，而后迅速登上消防车，绝尘而去。

“应该是出了什么事情吧，不然不会这样紧急集合的。”章校长跟在后头说道，“他们是消防兵，如果有情况的话，就算来这里，有抽调还必须要走，消防兵最苦，最累，最危险。”

宁月妩平素也会看到一些关于消防兵的新闻，他们往往是不惜生命冲进火场，浴火救灾，有的消防员甚至因此牺牲，令人扼腕叹息。她打心底敬重消防员这个频频与死神擦肩而过的职业。

她突然想起大一军训的时候，当时的教官也特别喜欢吹哨子，常在休息的时间猛地吹响哨子，这个时候每个人都要高喊着“集合！”迅速归列。彼时军训还算轻松，就是这个哨子让她恨得直咬牙，训练的时候吹也就罢了，偏生回宿舍的时候还会来上一两次，每次都弄得同学们紧张不已，不是迟到就是忘了腰带或者帽子，并因此常被教官拉去站军姿。军训结束后的几天，她一听到哨声身体就不受控制地起立，现在想来还是十分好笑。

可哨子对于消防兵，却意味着危险的任务。

宁月妩轻叹，声音有些低哑：“章校长，请问等会儿还有什么任务呢？”

“没什么了，这两天你们好好休息下，我帮你们安排一下课程。今天你们的表现都很好，尤其是你，宁老师。”章校长颇为赞许，“慢慢进入课堂主题很不错，该提点的时候提点，和席教官配合得很好。”

“校长过奖，‘老师’更是不敢当，我不过是一个大四的学生而已。”宁月妩有些不好意思，“既然没有什么事情，我和她们就先回去了。”

“嗯，行，两天后我把安排告诉你们。”章校长颔首。

在酒店中，三人讨论着这两天顺便在忻城玩一玩，而这里最著名的就是云灵山，闻名海内外。云灵山作为佛教名山，名扬四海，山上的佛寺香火不断，听人们说很是灵验。

当然，她们还安排了去看元好问之墓和貂蝉的故里，此次来忻城待的时间不会太短，其余的景点可以留待以后再去。

宁月妩打开电视，原想看自己正在追的电视剧《我还回忆你》，正一个个寻找电视台，正好看到本地的电视台此时在实况直播一个焦化厂的火灾情况。

火场周围警铃大作，电视中不时传来人们的惊呼声。火场中火光极为旺盛，浓浓的黑烟如黑龙一般在火场上空盘旋。

姚芝虞也皱眉："难怪我一直闻到有烧焦的味道，原来是那里飘来的。看来不会很远，我去把窗户给关了。"

宁月妩双眸紧紧盯着电视，不知为何，心弦紧绷着。她手紧紧抓着遥控器，指节泛白。元瑾心拉过宁月妩的袖子喊道："月妩你看，那不是那个兵哥哥和宋子卿吗！"

宁月妩仔细一看，果然是他，挺拔的身躯穿着红色的战斗服，和一群消防官兵换了氧气罐，再次冲入火场。原来他们紧急集合是因为这个。

火场上燃烧着熊熊烈火，不时有东西被烧得爆裂的声音传来。元瑾心紧紧拉着月妩："你说他们会不会有事情啊？他们从早上就去了，这都下午了火势还没控制住……"

"不会的，他们都身经百战，只不过这一次面积比较大，火灾比较棘手而已。"宁月妩抿唇，低声道，"你不是说兵哥哥都很英明神武吗？相信他们不会有事的。"

第五章　降临

幸而现场传来报道，问题并不严重："根据在场指挥的消防官兵说，焦化厂的火势虽然凶猛，但基本上已经得到了控制，可燃物已经被紧急转移。"

元瑾心松了一口气，继续听报道说道："预计在一个小时后火势就可以全面扑灭，目前并无人员伤亡。"

"月妩、芝虞，我有事，先出去下，等会儿晚饭你们自己先解决啊。"元瑾心拿起桌上的手机，对着两人晃了晃，拉开门就出去了。

两人也没多在意，继续看着现场的实况转播，当看到火势越来越小的时候，以为没事了。恰巧两人肚子也有些饿了，便乘电梯去餐厅用餐。正当两人用晚餐的时候，宁月妩的手机突然响了。

电话里头是元瑾心泣不成声的声音："月妩，宋子卿他出事了！"

宁月妩听到元瑾心的话语手忽地一松，手机差点掉落："谁出事了？！瑾心，你说清楚一点！"

"宋子卿，你的兵哥哥的战友……他现在在医院呢。"隔着电话可以很明显地听到元瑾心的抽泣声。宁月妩放下汤勺就往房间里面赶："芝虞你先吃啊，瑾心那有事，我先去一下。"

"元瑾心你说清楚点到底是谁，你怎么跑到医院去了？"

"我看到他们进火场，不放心，就跟去焦化厂附近看了看，谁知道原以为被控制住的火势竟然蔓延到贮藏煤气的罐子那里！罐子发生了爆炸，宋子卿受伤了。”

宁月妧回到房间，拉开门，脚尖一勾关上门，顺道打开了电视。电视台此时正后续追踪报道焦化厂的情况：“傍晚时分，焦化厂一小型储气罐突然爆炸，目前火势已经被扑灭，伤亡情况未知。”电视画面上消防员仍在往火场内喷水，防止大火再次复燃。

宁月妧听到伤亡情况未知，心里一紧。未知，也就是说，有的人生死未卜，还不能明确。

电视里满是慌乱的人们，人们对爆炸仍心有余悸：“刚刚我家里的玻璃都被震碎了，实在是太吓人了！”

另一个接受采访的人道：“瞬间爆燃的火焰实在是太可怕了，我真的说不出来……”然后就摇头拒绝采访。

他和宋子卿是一同进入火场的，不知道他有没有受伤？但愿他安然无恙。

宁月妧拿起自己的包：“我现在就去，你在哪家医院？”

“在第二医院……”说到一半的时候，电话突然断了，宁月妧再打回去，手机里传来冰冷的提示音：“对不起，您拨打的电话已关机。”

宁月妧直接下楼拦了一辆的士赶往第二医院，再次拨打电话，仍提示关机，赶到医院的时候，已经过去了十多分钟。

医院里面灯光明亮，洁白的瓷砖倒映着人的影子，空气里弥漫着医院独有的味道。宁月妧直接往前台赶：“请问一下，受伤的消防员在哪？”

身穿白色大褂的护士抬头看了眼宁月妧，声音客气，婉拒道：“对不起，病人现在不能被打扰。”

宁月妧心急，顾不得这么多，脱口而出道：“我是家属，请问他们到底在哪里？”

护士这才翻了翻登记册，对宁月妧道：“在十三楼，进去你再问问就知道了。”

宁月妩赶到十三楼，看到元瑾心正在一个病房前，美眸空洞失神。宁月妩伸手拉了拉她："瑾心，没什么事吧？"

元瑾心呆呆地看着宁月妩，一行眼泪悄然滑落："我不知道……我不知道他怎么样了，我好怕……"说罢，趴在宁月妩的肩上嘤嘤而泣，"我好担心他，真的好担心……我本来只是想看看他怎么样了，谁知道一到那里就看到宋子卿受伤被送来这儿。"

"没事没事的，兵哥哥一个个都英武帅气，怎么会有事呢？放宽心，别哭了。"宁月妩拍拍元瑾心后背，关切道，"哭肿眼睛被他看到就不好看了。——是不是还没吃饭，饿了吗？"

听元瑾心没有回答，宁月妩就知道果然她没有吃饭了。以她的性子，定然会立刻跟着过来医院，把自己的状况抛在后头。她问："瑾心，你电话怎么打不通了？"

"嗯？"元瑾心从口袋里摸出手机，反复按了按，手机仍是黑屏没有反应，"没电了。"

宁月妩拿出充电宝帮她充上："就猜到会是这样。你等着，我去给你买吃的，乖乖在这里不要乱跑，等着他的消息。"

宁月妩去附近买了元瑾心平常爱吃的鸭肉粉丝，而后折返回医院里。走向电梯的时候，正好有一部电梯门快要关上。她赶紧跑过去，把包包伸进快要关住的门："等一下！"

正在闭合的电梯门缓缓打开，宁月妩气喘吁吁地跑进去，冲着里面的男子笑了笑："谢谢。"

"不用谢，不用谢。"他声音低低的。

宁月妩觉得声音熟悉，抬眸一看，正是席修辰。她有些尴尬："是你啊！"

彼时，他身上的迷彩还沾染着风尘仆仆的味道，浑身带着淡淡的汗味，却不难闻，而是透着一股清淡的荷尔蒙的气息。显然他换过了衣服，不是红色的战斗服。

“是啊，是我。”席修辰看到她眼里的光亮，清澈温暖，如同阳光照进了自己的心里，不由腼腆地牵出笑容。

看到他腼腆的笑容，宁月妩不由垂眸暗笑，又问道：“席教官，你没事啊？”

席修辰双眼一瞪：“啊？我当然没事了，要是有事我还能站在这里和你说话？”他话锋一转，“宁老师，难道您希望我出事？”

“不是不是，你误会了。”宁月妩连连摆手，紧张得有些结巴，“我这不是问一下嘛，下午我还看到了你去焦化厂救火。”

席修辰疑惑道：“你怎么知道的？”

“下午看电视的时候，看到你们进去救火了。”宁月妩解释道，“我不是那个意思，谁会希望你出事啊！还有别叫我宁老师啊，叫我月妩就好，不然还真是怪怪的。”

席修辰这才道：“开个玩笑而已，别当真啊。”他笑起来的时候很温暖，特别是两道乌黑的眉宇舒展开来，尤为好看，“你来医院做什么呢？”

宁月妩这才想起元瑾心的事情：“是那个宋什么的，他受伤了，现在好像还在病房内。”

“宋子卿？”

“对，就是他！消防员真不容易，怎么本来好好的，原以为会没事的，结果一个储气罐出了岔子。”

席修辰心里不由一沉。原来月妩是来看自己战友的，难怪会出现在医院里。他笑笑：“什么容不容易，都是我们当兵的责任，哪里需要我们，我们就去哪里，什么大灾小难的，只要有安排就要去，哪怕再危险。”说着，他的语气透着些许无奈，“当兵一年多了，得到了很多，相应地也失去了很多。”

听着年纪与自己相仿的兵哥哥说出如此沧桑的话，宁月妩有些心疼他。的确，当了兵会失去很多，部队里的生活全然不同民间，而且消防员也有自己的压力，不知他经历了多少，才说得出如此和年纪不相称的言语。

席修辰看了眼宁月妩："不好意思，说多了，平常除了战友没几个能说话的，不要见怪。"他恢复了之前的笑颜。

他的笑容背后，有多少艰辛与辛酸？

宁月妩不知道。

看到她面容忧郁，席修辰笑着揉了揉她的头发："不要想那么多，既然选择了当兵，就认真做好自己，有什么可担心的？这样的事情还多着呢。"

电梯很快就到了十三楼，宁月妩步出电梯，与席修辰并肩而行："就是觉得难受而已，同样的青春年华，别人在象牙塔中品味青春，而你们却在危险中战斗。"

"不累，不辛苦。"他笑着，努力让她宽心，"这都没什么的。"

月妩看着他额头上有亮晶晶的东西，像是极小块的水晶，映着灯光微微闪亮，"今天很忙吗？你是不是匆匆赶过来的？"

"是啊，只换了一套衣服。"他嘿嘿一笑，"这你都看出来了？"

"你头上是什么东西？"

席修辰往额头上一摸，弄下了些许，看了看笑道："啊，没什么，小盐粒而已。"

"盐粒？"宁月妩瞪大了双眼，有些不可置信。

席修辰依旧只是笑："没什么的，当初我们训练，整个体能服前面后面都是，今天是穿着战斗服戴着头盔太热了而已。"末了，席修辰还补上一句，"真没事的，不要瞎想。"朝宁月妩做了一个笑脸，"你看我现在不是好好的吗？用不着担心的。"

宁月妩看他的表情，不由莞尔，当看到元瑾心还呆呆地坐在长椅上，月妩赶紧把粉丝递了过去："瑾心，赶紧吃吧。"

这时候病房被打开，主治医师走出来。病房外候着的一名领导模样的男人赶紧上去问："医生，病人情况怎么样？"

"皮外擦伤，加上呼入煤气导致昏迷，没什么大碍，休养几天就能出院。患者身体不会留下任何后遗症，放心吧。"说完，主治医师和领导说了几句话，就回到了自己的办公室。

元瑾心此时正抱着粉丝汤呆呆出神，听到宋子卿没事，这才回过神来，拽着宁月妩道："月妩，他没事，太好了！"

宁月妩无奈地笑笑，拍了拍她："就说会没事的，傻瓜，赶紧吃东西吧，别把自己饿坏了，你还想让他担心你啊？"

"嗯！"元瑾心重重地点点头，扒开粉丝就开始吃。宁月妩则坐在边上看着她吃，脸上笑意恬淡。

平平安安的，就好。至于宋子卿和元瑾心的关系，等回去有时间了，再慢慢拷问她！

那一边席修辰正和那名领导模样的男子讨论着："队长，您先回去吧，这里有我照顾宋子卿就可以了，请队长放心，保证完成任务！"

"不行！"队长当场严词拒绝，"你今天出警已经累了一天了，怎么还有精力？已经受伤一个了，难道还要再有一个垮下来吗！人现在也没事，你班里还要负责管着新兵，好好休息去！"

席修辰据理力争："队长今天忙着指挥，进出火场不知几回！"

两人僵持不下，元瑾心举起手来喊道："报告首长！我来照顾宋子卿就可以了！"元瑾心说话的时候，嘴里还叼着半根粉丝。

宁月妩用手指捅了捅她："你好歹也吃干净再说话啊！"

元瑾心一溜儿把粉丝吸进嘴里，大声喊道："首长请放心，元瑾心保证完成任务！"

队长觑了席修辰一眼："这是？"

席修辰一笑："二货星的媳妇吧。"

一句话让元瑾心脸色爆红："不是不是，我不是那个大笨蛋的媳妇！我真的不是！"

元瑾心这样越描越黑，宁月妩不禁扶额，这个元瑾心呆萌的本质充分暴露了出来。队长哈哈一笑，手掌往元瑾心肩上一拍："行了，就交给你了！"

第六章　诀别

一句话说完，队长又故意笑道："宋子卿的媳妇不错。"

"我真不是宋子卿他的媳妇！"

"那我让别人来照顾了啊？"队长故意问道，拉长了语调。

元瑾心立刻跳起来："别别别！我来就好了！他敢叫别人来照顾他，不要我，看我不撕了他！"

"行了，就是你了，有事和我联系，医药费我们出，好好照顾他。"队长看元瑾心气鼓鼓的样子很是好玩，也不继续开玩笑，带着元瑾心进入病房看望宋子卿。

看到元瑾心走进病房，宁月妩弯腰替她将放在椅子上的碗筷清理干净。她的墨发垂落在肩上，落在胸前，秀美的脖颈露出宛若天鹅的优弧，格外迷人。

席修辰不由暗暗骂了自己一番。刚刚在电梯里听到她说要去看宋子卿，也没问清楚缘故就暗暗吃醋……为什么会吃醋，是因为在乎她吗？

宁月妩……

黑亮的眸子黯然。

"你等会儿要回去吗？"

"嗯嗯，明天还要去云灵山呢。"宁月妩将收拾好的东西扔进垃圾箱内，垂下的发丝遮去她的面容。元瑾心定然是要照顾宋子卿，抽身无暇，那么自己只能和姚芝虞先去云灵山，毕竟答应过凌浩成的，她不想拖着。

“要不要我送你回去？那么晚了！”

宁月妩弯唇摇首：“不用了，我自己打车回去就行。”偏巧，这个时候她的肚子很不争气地传来咕咕的声音，很显然，她跑出来的时候没吃饱，加上刚刚跑去买吃的给元瑾心，腹中已然空空如也。

宁月妩面色微红，有些不好意思，席修辰故意问道：“怎么了，我刚刚好像听到了什么声音啊？”

“什么呀？我怎么不知道。”宁月妩偏过头去，另一手按住小腹，不让肚子发出声音，偏偏肚子继续发出声音，似是在抗议一直让它空着难受。

席修辰俯下身躯，双目灼灼盯着她，身上清浅的汗味随之而来。宁月妩看他靠近，不由向后退却了一步，这时候，空空的肚子再次响了起来。

“那么是我的肚子在响喽？正好那么晚我也饿了，一起去吃？”他挑眉看着宁月妩，目光不时落在她的小腹上。

“不用了。”宁月妩试图拒绝。

“顺道送你回去，走！”他的语调刹那变得严肃，就像是发号施令的长官，容不得她有丝毫抗拒，宁月妩整个人被吓得一抖，又想起了军训时被罚的场景。

“是……”宁月妩有些底气不足地跟他去了。

此时已经是晚上十点多，忻城的店家大多是十一二点关门，街上仍有零零星星走过的人。宁月妩一边看着街边的风景，一边问席修辰：“这里都有什么好吃的啊？”

席修辰道：“看你今晚想吃什么，任你选。”

两人走到美食街，看着一排的店面，她的选择困难症再次来袭。要吃什么好呢？看样子什么都很好吃啊！都在电视里面看过的，到底要选哪一样！

席修辰看宁月妩左顾右盼，便猜她不知如何选择，笑道：“别急，慢慢看，只要别让我的空肚子抗议太久就好，否则它揭竿而起，我就要犯胃病了。”

这时候两人的肚子很是默契地发出声音，宁月妩知道他是真的饿了，看向席修辰，席修辰摊了摊手：“我很少出来，也不知道哪里好吃。”

于是宁月妩立刻把席修辰拉进一家饭馆里。

这家饭馆主营的是面食，虽然是一个南方人，但宁月妩特别爱吃面食，面条水饺包子更是心头所好。

饭馆内古朴雅致，一应的装修皆是用原木做的，看起来清新又不显得单调，有一种返璞归真的意味。桌上还有古典样式的台灯，亮度可以自由调节，就连菜单也是用未染色的素纸印刷而成，摸起来很有手感。

晋省以各式各样的面条闻名中国，来到这里决定不能错过面条。面对各式各样的面条，宁月妩毫不犹豫地选了刀削面，而后把菜单递给席修辰：“你要吃什么面？”

“没有饭？”席修辰翻了翻菜单。

“貌似没有，我刚刚都翻了一遍。”

席修辰撇撇嘴：“算了，就要一份猪肉白菜水饺吧。”

这时候店家喊道：“抱歉，水饺已经卖光了，只有面了！”

席修辰再次撇撇嘴，将菜单反复翻来翻去，发出稀里哗啦的声音。

“怎么了，是不是不想吃，要不咱换一家吧？”宁月妩皱眉，拿起菜单就要还给店家。席修辰一把抢过，放在桌子上继续翻着：“没有的事！我只是不知道选什么而已，都想吃吃看！”说罢，他就点了一份刀削面，和宁月妩一样。

趁着做面的功夫，宁月妩借口去洗手间将饭钱结了。也不知道是不是因为本地的缘故，原本在厦城要价不少的刀削面在忻城价格只有一半，她一面嘀咕一面坐回饭桌前的时候，刀削面已经上桌了。

热腾腾的汤面散发着热气，上面是满满的一层肉臊和青菜、香菇，一大碗面分量十足，看得宁月妩有些发愣。

“还不快吃？都饿坏了。”席修辰拿起两双筷子，递给宁月妩一双。宁月妩接过，又取了一柄勺子，右手筷子左手勺的样子令席修辰很是惊奇。

席修辰盯着月妩的手，煞有介事地问道：“你怎么还开外挂呢？外加一个勺子，想比我先吃完？”

拿起汤勺舀了一口汤的宁月妩，吹着汤，而后喝了下去，听着席修辰的话，差点将笑得刚刚喝下的一口汤喷出来……什么叫开挂？她只是多用了一个勺子，就说她开挂！

“我只是习惯了用汤勺而已，平常很少用筷子所以不怎么会用……”宁月妩有些赧颜。

席修辰笑着说：“开个玩笑而已，赶紧吃吧，别饿坏了，我也饿了。”说着，还晃了晃手中的筷子。

“等下，空腹先喝一点热汤，对肠胃好。”宁月妩小声提醒道，说完，她将刀削面翻了翻，这么多，貌似吃不完。

“嗯，知道啦，你也赶快吃。”

席修辰吃得极快，用筷子挑起苗条就送入口中，然后嗖的一声把面条吞入，整个动作一气呵成。倒是宁月妩，先是将面条用筷子放入勺子中，再送入口中，慢悠悠的。宁月妩没吃几口，席修辰已经吃完了一碗面，撑着额头好整以暇地看着她吃。

感觉到有目光落在自己的身上，月妩抬眸，见是席修辰看着自己，忙低下头：“不就是吃个面，有什么好看的？”

席修辰也不好意思地低下头，于是低头用筷子挑弄着汤里面的小葱花。宁月妩的吃法很是优雅，一副大家闺秀的风范，他其实只是好奇她筷子勺子一起使用的吃法而已。

“慢慢吃，别呛着，不急。”看她把勺子放下，席修辰道。

宁月妩对着一大碗面鼓着两腮，她实在是吃不下那么大碗的面啊，没想到这里的分量会那么大，实在是出乎意料，喝了点汤再吃了点面，肚子已经饱了。

“嗯？”席修辰询问了一声。

于是宁月妩重新拿起勺子开始吃起来：“我说兵哥哥，我叫你席教官你不会觉得奇怪吗？”

席修辰笑：“是有点怪，不过既然你喜欢，那就随你。”

宁月妩真想用筷子敲一敲他的木头脑袋，夹了根面条送入口中，继续说道：“席教官知道我的名字吗？”

“知道啊，宁月妩，宁静的宁，然后是月亮的月吧……”他说到一半英眉就皱起，“妩……是哪一个？”

“是妩媚的妩，宁月妩。”月妩提醒道。

席修辰依旧在纠结：“是读wu还是fu？不是都读fu的吗？”

“咳咳！”宁月妩停下吃面的动作，双目与他平视，“请问席同学，你的语文老师是不是专职做体育老师，语文不过是个兼职而已？”

“不！”席修辰抗议道，“不带这么损人的，我以前也是学霸的行吗？只是后来……后来不怎么学习了而已。”

宁月妩真想用食指戳一戳他的脑袋：“所以说什么事情都要善始善终，还好是我，如果碰到你女朋友，你连人家的名字都不会读怎么办？”

席修辰脸唰地一下红了，连说话也不连贯：“什么乱七八糟的，没有的好不好，我单身，哪来的女朋友！”他很是紧张地看了看宁月妩。在那一刹那，他竟然有一种心动的感觉。

不会读女朋友的名字，他在心底暗笑，虽然知道宁月妩并不是有心的，他还是傻傻偷笑了一番，像是占到了什么便宜。

宁月妩嘟了嘟嘴：“怎么那么紧张啊？我不就简单举个例子嘛。”

“这不是怕你误会吗，在部队天天那么累，哪里有心思找对象……”说话间，原本映着灯光的眸子黯然，自嘲的笑意浮起，“再说了，就算找了谁会愿意跟一个小当兵的，没钱，没时间陪人家。”

“行了，怎么倒伤春悲秋起来了。”这样的他，倒是宁月妩没见到过的，“肯定会有人喜欢你的，兵哥哥多帅多威风，拉出去，那叫一个拉风！对了，你那个战友是什么时候和我同学在一起的，你知道吗？”

女生的八卦之心让宁月妩无比好奇，那元瑾心竟然瞒得这样滴水不漏，连自己和姚芝虞都浑然未觉。难怪，她那天看元瑾心和那个兵哥哥眼神似有交流，元瑾心还用脚尖勾了勾他，她还以为是不小心的！

“好像是一年前吧，那只二货就开始天天抱着手机不知在鼓捣什么，原来是找对象啊……”席修辰满脸黑线，那小子！

“这样啊。”宁月妩的确有点小吃惊，“你看人家都可以，你怕什么？长相不比人家差，人品又好，放心吧。”

“哈哈，顺其自然吧。”他朗声笑道。

宁月妩差点忘记了刚开始的话题，连忙扯回来：“对了，席教官，这样叫你你真不会别扭？”

“不会啊，虽然没做过教官，但是挺受用。”席修辰笑得很是得意，清朗的眉目舒展开来，“这位同学，挺起腰板，端正坐姿！”

“这位教官，其实我是想问你的名字的。”宁月妩扶额。

“啊？哦！我叫席修辰！”他像是回答首长一样，就差敬礼了。

宁月妩做了一个噤声的手势：“嘘——小声点，店里面还有客人呢，别打扰到别人了。”

他揉了揉自己的头发，答道：“是！”

目光及远，那一边正好看到一对情侣样子的男女坐在那儿，女孩子像是正在发脾气：“你天天忙着工作，什么时候才能陪我？”

“宝贝乖，我真的忙，听话，这不有空就来陪你了吗？快点吃完，咱们回家。”

“坏蛋！说，你是不是找小三了！”

看起来像是新婚不久的夫妇，但是对话还是像小情侣那样子，女孩子嗔怒中带着撒娇的意味，让宁月妩不由轻笑。

“看什么呢，还笑了？”

宁月妩使了个眼色：“看他们呢，觉得好幸福。”

生气的时候不是一个人生闷气，而是有人陪你拌嘴，这也是一种幸福。

第七章　再会

“人家吵嘴你也觉得幸福？”

“你说呢？”宁月妩将问题还给他，“生气的时候，你不是一个人在生闷气，而是有人陪你拌嘴，就那样吵着吵着，一直陪着你，也不嫌烦，这难道不幸福？”

一席话让席修辰陷入沉思。有人陪你吵嘴，而不是落入遥遥无期的冷战之中，也是一种幸福。

宁月妩笑着：“你还不懂，等你以后恋爱你就懂了。”

“搞得你像是恋爱了一样。”席修辰不信。

宁月妩拿着汤勺，碰着瓷碗的边儿，叩出清脆的声音：“我倒是没有，但有的事却看得明白些，不过有些事情也是要亲身经历才能知道的。”说完，宁月妩放下餐具，“席修辰，我吃不下了。”

那是宁月妩第一次叫他的名字。第一次，他觉得自己的名字竟如此好听。

宁月妩的声音软软糯糯的，说出来甜软得像是糖水汤圆一样，甜而不腻，让人只想再多听一遍。最初的印象，她是一个温婉的人，温静有礼；慢慢了解她才知道，其实她还是可爱的，那种可爱是一种傻傻的可爱，但是具体要说哪里傻，也说不上来。

一排刘海下，她娇波流转的双眼凝睇着自己，樱桃小嘴嘟起来，仿佛是有所请求一样。

席修辰往她的碗里一看，果然不出自己所料，碗里还剩着一大半的面条。

宁月妩小心看着席修辰，不知道他会不会生气。军训的时候教官要求绝对不能剩下一点东西，都要全部吃完，如果被发现有剩，就会有无情的惩罚，以至于她在军训的时候天天都吃撑。

“不行，吃完，怎么能剩下东西呢！”他直接拒绝，下命令道，“给我吃完！”

是不是当兵的有这个通病，要把东西吃得干干净净的！可是她真的不是故意的，这里也没有小碗的可以选择，她根本不清楚一碗分量有这么多啊！

于是她又用可怜兮兮的眼神看着席修辰，小声说道：“席修辰，我真的吃不下了，肚子好撑，真的。”

席修辰最见不得别人对他撒娇，只要别人对他撒娇，不过几分钟，他就会心软。

“行。”席修辰直接把那碗面拿到自己面前，用筷子挑起面条吃起来。

宁月妩看得呆呆的。这碗是自己吃过的面，席修辰这样子，是不是就等于……间接亲吻？这样子可以吗？看着他面不改色地吃着，她克制住没把那句话说出口。

“面会不会凉了？”

席修辰快速地吃着，抬眸看了眼月妩：“不会，还温着。”

席修辰吃饭的风格还带着部队那种雷厉风行，一番风卷残云，已经把半碗面吃得见底，速度之快再次让宁月妩见证了何谓军人。

“这就吃完了？”宁月妩愣愣的。

席修辰放下筷子，搁在大碗上，发出清脆的声音，舌头把汤汁舔了干净：“怎么看着我吃？不会看着我吃又饿了吧？”

“没……只是有点惊讶你的速度，吃得太快了。”宁月妩讷讷道。

“这叫速战速决，当兵的就是讲速度。”他骄傲地扬起头，“没什么特别的。”

宁月妩抽出一张纸巾给席修辰：“擦擦吧，别用舌头舔，像只小狗一样，还舔不干净呢。”

席修辰只是嘿嘿一笑，接过纸巾：“等我下。”

宁月妩见他走向收银台，拉住他的衣袖，迷彩服拉起来粗粗糙糙的，并不是很柔滑，这大概也是迷彩耐磨的原因吧。她说：“不用了，我已经付了。”

“什么？什么时候？”

宁月妩浅浅道：“刚刚去洗手间的时候。”

“这怎么行？！”

宁月妩笑：“下次你请我就好了。”

下次？还会有下次吗？席修辰执拗不过她，只好听她的，送她回酒店。

外面不吹风的时候还好，吹风的时候就会有刺骨的寒意扑面而来，无孔不入地钻入衣服中。宁月妩拢了拢外套，牙齿有点打战：“好冷。”

“还好啦。”席修辰脚步轻稳地落在积雪上，发出沙沙的声音，“这还是在下雪之后，下雪前才是真正的冷，下雪后不会那么冷了。而且，”席修辰晃了晃身体，“下雪了就不用出操了，可以睡晚点。”

橘黄色的路灯在暗夜里发出光晕，照在莹白的积雪上，映出清辉一片。本来宁月妩想要打车回去，结果大街上无比安静，偶尔经过的车也是私家车，只好让他送自己回去，而他也说正好顺路。

脚尖传来冰凉的感觉，一丝一丝的，宁月妩用脚尖勾起一点，而后踢向空中，乐此不疲。

“没玩过雪？”

“见都没见过呢，更别说玩了。”橘红的灯影下她的小脸红扑扑的，还可看清上面的小绒毛，就像是熟透的红桃，甜美可人。

席修辰原本只是无意看了一眼，又忍不住多看了眼。她玩雪的时候无拘无束，若一只小鸭子张罗着翅膀在雪地里扑腾，后来看到席修辰正看着自己，索性用双手砸到席修辰的身上。

“傻妞，做什么呢！敢往你哥身上砸雪！”席修辰佯怒，顺手捞起一把雪，作势就要往宁月妩身上扔过去，“看我不报仇雪恨！”

宁月妩身子一转躲到一棵大树背后，朝他吐了吐舌头：“席修辰，你扔过来啊，我看你砸得中吗！”

看到宁月妩躲好了，他才瞅准了角度往大树扔过去。

果然准确无误地砸到了大树上，雪球崩裂开，雪花如羽毛般，洋洋洒洒地纷纷落下，绝美缤纷。

宁月妩躲在树背后，自然安然无恙，就在下一刻，一双大手突然捂住她的口，猛然将她掼在地上。

她被陡然出现的危险吓得愣住，下一刻就发出惊呼，但是那只粗糙的手捂在她嘴上，所有的呼喊都被堵在喉头，化作渺不可闻的幽咽。

冰凉的地面传来无尽的寒意，她仰头望去，瞳孔微缩，幽冷的月光照在歹徒的脸上。宁月妩看清了，那人眉目甚是清朗，不像是寻常的为非作歹之人，可眼中的凶光还是看得人心底发寒。

她摇着头，示意歹徒不要这样。旋即，席修辰拔腿就向她冲过去。

歹徒紧咬着下唇，鹰隼般的目光闪过狠戾之色，从口袋中摸出一把细长的刀子，放在嘴前吹了吹。光影下，锋利的刀锋折射出冰冷的光芒，让人汗毛倒竖。

“不要过来，交出钱财。”歹徒冷冷吐出几个字。

席修辰不得不停下脚步，焦灼地向宁月妩望去。

歹徒握住刀柄的手法极为特别，是一种内向全握的手法，宁月妩一眼就看出那是拼刺刀的握法，一旦下狠手，她势必毙命。

当初军训的时候，教官就是教她们这样握刀，动作讲究快准狠。宁月妩仔细看着歹徒的左手，发现他的手指布满深浅不一的伤痕，握紧刀锋的手背浮起青筋，手指隐约在颤抖。

他在紧张，至少内心不似外表那样平静。

宁月妩对席修辰使了个眼色，示意他少安毋躁。

宁月妩支支吾吾道："你要的东西我可以给你，但是证件麻烦留下，因为里面有教师资格证和身份证，我不是本地人。"她尽量保持平静，让说出的话语颤抖的频率低一点。

随即，歹徒的手松了一半，问："说清楚点，你说了什么！"为了防止宁月妩逃跑，他将刀锋横在了月妩的脖颈上。如冰的寒意传来，如一条刚从冰窖中冬眠而出的小蛇悄然爬上脖子，不知哪一刻，就会一咬出血。

电光火石间，宁月妩神思飞快地运转着，她垂下眼帘，如玉的脸蛋被垂下的发丝遮掩，原本整齐顺滑的青丝被歹徒弄得凌乱。

"大哥救我，大哥救我！那个臭当兵的想对我不轨，好吃好喝的骗我，我不从就要追我！"内心的恐惧使她此刻骤然爆发，如珠的泪水不住地滚落，话音颤颤巍巍。

她的泪水陡然滚落，滴在歹徒的手背上，无比火辣。歹徒猛然抽手，随即发觉不对，立刻将月妩按在树上："别以为你跟我耍花招就有用！"

歹徒冰刃般的目光直逼月妩，她借着垂下的发丝的遮掩，才敢与之对视。她从未如此紧张过，也从未料到会遇见歹徒，而且是在有人陪同的情况下。歹徒竟然如此堂而皇之。

若不是有一定的把握，她决计不会这样铤而走险。

"当兵的一个个如狼似虎，难道你要眼睁睁地看着我被他抓走吗？对，你们都是坏人，你们一拍即合！这样最好！"宁月妩说着说着，最后低哑地讽笑，"他是久在部队之中，如狼似虎，而你，图财抢劫，我只想问，为何你们都选中了我？我不过是一个外地的人……"说到最后，她垂下头。

“不是！”歹徒歇斯底里地呼喊，“谁说当兵的都是坏人？不是！”说完，他扔下手里的刀，睥睨着宁月妩，“当兵的都是好男儿！”字字掷地有声。

宁月妩不答，把手提包朝他扔过去，歹徒双手牢牢接过，马上想要打开，旋即潜藏在歹徒背后的席修辰一个手刀将歹徒弄晕在地。

“下手会不会太重了点？”宁月妩有些担心，伸手探了探歹徒的鼻尖，还好，还有温热的气息进出。

席修辰极为不屑：“这种人就不该可怜他，做这种事情，活该！还拿出刀子，万一他发狠了，你岂不是糟了？”说着，还用脚踢了踢歹徒。

宁月妩掰开歹徒的手指，取过自己的手提包，叹道：“算了吧，人人都有难处，谁没事做会去当贼匪寻刺激啊？”

“听口音不像是本地人，是南方的吧。”

宁月妩摇首：“我不知道，让我听我只能分辨出是不是北方人，其他的全都听不出来。”说完，从包里抽出一张一百块压在他的手上，而后弯腰把那把被歹徒扔掉的刀子扔进垃圾箱内。

“怎么？”席修辰蹙眉。

宁月妩轻叹：“帮他一下吧，如果真的是谋财害命，怎么可能会单枪匹马地出来，没有团伙接应？刚刚我们太鲁莽了，没有看看有没有同伙就贸然下手，还好他只是一个人。”

“那就不报警？”席修辰问。

“那么晚了你去做笔录啊？”宁月妩反问。说心里话，她看不出那个人是一个坏人。他怎样变成坏人的？而且，他握刀的方法很特别，像是在军队受训过。

席修辰仍是蹙眉，低头看着昏迷的男子。男子身手不在自己之下，明显是受过专业的训练，一招一式都很凌厉，不可能不察觉自己已经在他的身后。

“那我赶紧送你回去吧。”席修辰看了看男子，“早知道就不和你闹了，闹出这种事情来。”

“走了啦，好晚了。”宁月妩拉了拉他袖子。

两人渐行渐远，迷迷糊糊的身影最终消融在无尽的夜色之中。

灯光下，那人陡然张开双目，锐利的目光从他的鹰目中射出。他手指摩挲着那张红色的钞票，若有所思……

第八章　重逢

寒风清冷，月光冰凉，两人走在人行道上，加快了脚步。行到消防队门口的时候，两人看到姚芝虞正站在岗房旁边等着。

宁月妩冲她招招手，而后对席修辰微笑道："我朋友来接我了，你赶紧回去吧。"

"你怎么知道我是在这？"席修辰疑惑，宁月妩明明是第一次来忻城，不了解自己，更不可能知道自己所在的中队。

"我朋友之前就发短信过来催我回去了，后来问了瑾心就知道了，谢谢你送我。"宁月妩笑着欠身，"你赶紧回去吧，今天好晚了。"

席修辰断然拒绝："不行，大晚上的绝对不行！"

这时，突然从岗亭窜出一群人，一大片迷彩把宁月妩团团围住，一群人高喊道："嫂子好！"

宁月妩被弄得悚然一惊，她被一群人包围着，眼前黑压压一片，吓得不知道该说什么好。

席修辰被一群人冲得和宁月妩分开，三秒后才反应过来："你们做什么呢？"

一个小兵探出头来："席班，我们跟嫂子打个招呼而已！嫂子来了也不跟我们说一声，太不过义气了！宋班怎么没有陪着来？"

"宋子卿他在医院呢！"席修辰低斥道。宁月妩根本就不是自己的女朋友，怎么就莫名其妙地被叫嫂子了，而且还受到这样的"礼遇"！

宁月妩被困在一行人之间，小兵不停喊着“嫂子好”，还有的人不停起哄。忽然，一声口哨响起，随后有人把不远处的火圈点燃了，火焰在黑暗的夜空中分外耀眼，宁月妩被吓得往后退了几步。

大火在沉静的黑夜中发出呼呼的声音，照得中队门前一片明亮，升起的火舌给周围带来源源不断的热意。

随着所有的染料都被点燃，火焰变成了一串字母：I LOVE YOU

火光绚烂，华丽璀璨，只不过不是给自己的。宁月妩的双眸倒映着火花万千，熠熠生辉，一时间看得痴了。如果被这样表白，应是终生难忘的吧。

我爱你。这句话是给谁的？部队里面的热血男儿就是这般，表白也这么激动人心。消防战士经常出入火海，就用这样的方式表白。

宁月妩转头看向席修辰，只见席修辰也看着字母，黑眸里倒映着火光，兀自沉思。他感觉到宁月妩的目光，也转头过来，看向她。

又是一声令下，但见火光爆发，发出一声巨大的声响，爆成一个火球，而后火球化成一个立体的心形。宁月妩见到这个，着实又惊又喜。

不得不说，他们都很用心。

这时候排长走了过来，小兵齐刷刷地站立敬礼：“排长好！”

赵排长看了一眼人群：“这么晚了在这里乱哄哄的做什么？！也不看看到没到熄灯的时间！”

一个小兵探头道：“是嫂子来了，我们欢迎她呢！”

赵排长定定看了一群人，迈步欲走：“别闹得太晚了！”

宁月妩这时候喊起来：“等一下，我根本就不是什么嫂子啊，我才刚来忻城！”

席修辰也拨开人群：“她不是宋子卿对象，人家在医院陪他呢，你们还不快散了！”

众人愣愣的，然后才退下。赵排长上前，火光照耀下看清她清秀婉约的侧脸，伸出手去：“你好，我是赵擎，刚刚实在是不好意思，好久没有家属过来，他们这是激动坏了。”

宁月妩怯怯地伸出手，微笑道：“没事没事，只是可惜了主人公没有来，要麻烦你们再准备一次了。”

这时有人起哄：“没事，嫂子您也是席班的媳妇儿，您看到了就好！”

宁月妩不知为何就成了席修辰的女朋友，而席修辰则被众人簇拥到宁月妩的身边：“班长，抱一个！班长，亲一个！”

席修辰也不知道该如何解释，看看宁月妩。宁月妩也不想让众人扫兴，白忙一场，带着怯意地点头。

“那就抱一个，你们别闹了！”席修辰说完，轻轻伸手，温暖的身躯将宁月妩拥入怀中。

第一次是误打误撞，而这一次，是有心蓄意。尽管宁月妩与他保持着距离，但这一次做戏，她还是差点迷了心魂。他身上的气息，淡淡的，若有若无，臂膀让人如此安心。

席修辰抱了几秒就松手，小兵们这才散去。赵擎挥手让其余人等收拾残局，剑眉拧紧：“他们就是欠收拾，甭太在乎。现在也不早了，赶紧回去吧，要不要我叫人送你们？”

“没事的。”姚芝虞插话道，“我们刚刚已经电召的士了，马上就来了，可以送我们回去。”又对席修辰说，“你们也赶紧回去吧，麻烦你了，送月妩送那么远。还有排长先生，也赶紧回吧。”

赵擎目光锁在宁月妩的脸上，适才他将宁月妩眸中的一抹欣羡收入了眼中。他低头看着脚尖：“行吧，我先回去了。”

宁月妩点点头，推着席修辰：“是啊，你还是赶紧回去吧，我们等会儿坐出租车回去，你比我还辛苦，不能再麻烦你了！”宁月妩学着军人的语气，“席修辰同志，向后转！齐步走！不许回头！”

许是平常习惯了号令的缘故，席修辰立刻转身回去，然而没几步，他就驻足停下：“你这个傻妞凭什么号令我！”

“现在我是长官！”宁月妩看着他，“听话，快点回去。”

“那你们路上小心啊。”席修辰再三叮嘱才转身回中队，临进入大门的时候一步三回头。宁月妩向他招招手，让他赶紧回去。

出租车很快就到达消防中队的门口，宁月妩同姚芝虞上了车。上车前，她往消防队的建筑望去，走廊上，一道影影绰绰的身影在灯光下不甚清晰，但是看一眼就猜得出肯定是席修辰。

这个傻瓜，怎么还站在风口吹？都说了会有出租车，而且两人就站在岗房的旁边，有消防官兵在站岗，根本不用担心。

她挥了挥手示意再见，而后，他也挥臂示意，宁月妩才进了出租车。

坐进出粗车，姚芝虞问道：“我记得半小时前你就给我发短信说出来了，怎么耽搁了那么久？”

想起刚刚惊心动魄的场景，宁月妩仍心有余悸，把手提包放在边上，附耳小声道：“刚刚路上遇到歹徒了。”

“什么？席修辰不是在旁边吗？”姚芝虞讶然，转头看着宁月妩，目光里闪烁着紧张，“是什么人这么大胆？”

宁月妩不知，只能摇头：“不知道是什么人，可能是亡命之徒吧，就一个歹徒。”

“东西有没有少？”

“没。”宁月妩手指紧紧拽着自己的包，“还好席修辰把他打晕了，要不然我真不知道会怎么样，证件丢了都不知道能不能回到厦城。”

姚芝虞沉吟：“以后再忻城晚上尽量少出门吧，这才第二天……遇到这样的事情！可是之前听闻忻城治安蛮好的。”

宁月妩耸耸肩：“不知道，人品不好遇到坏人了呗。”

两人回到酒店后，各自洗漱完就倒头大睡。宁月妩睡前还嚷嚷着元瑾心的名字：“哎我说芝虞，瑾心她今晚真不回来啊？”

“嗯，她说要好好照顾她的兵哥哥。”姚芝虞已经是哈欠连连，“不要问我！我什么都不知道，真的！我和你一样不知道她什么时候搭上兵哥哥了！”

宁月妩吐了一口气：“好吧，她也真行的，都跑到忻城来了，真好。”

“放心吧，瑾心虽然看上去人挺大咧咧的，但还是会注意分寸的，只是去照顾病人而已。赶紧睡吧，你不是说明天还要去云灵山吗！”

“嗯，晚安。”宁月妩按下台灯开关，房间陷入黑暗之中。

黑暗中，她明亮的清眸流光回转，望着天花板，良久才翻了一个身。

那耀眼的火光，当真很美。

窗外。

星辰与月共长明。

病房内。

宋子卿正躺在白色的病床上，挂着点滴，一旁的元瑾心已经累得趴在病床边睡着了，传出一声一声的浅浅呼吸声。

宋子卿睁开双眸，心疼地看着元瑾心。本来，她能出现在自己面前是已经是最大的惊喜，没想到此刻还会陪在自己的身边……她一定很累吧，从火场里出来，迷蒙之中，好似有她的哭泣之声，唤着自己的名字。

此时的她就像是熟睡的小猫咪一样，安静地趴在床头，无比驯服，惹人疼爱。宋子卿伸出另一只手，将她快要被挤下去的手臂往里面提了提。

这个小小的动作立刻惊醒了元瑾心，她睁开双眼看着他：“你干吗？”警觉的语气中还带着困意，双眼朦朦胧胧的。看清是宋子卿后，方放软了语气，“阿星你醒了啊，身上还难受吗？”说着用手摸了摸宋子卿的额头，看看宋子卿的体温如何。医生说过，宋子卿的伤口可能会发炎，如果发烧了，就说明发炎了，要赶紧汇报。摸了摸宋子卿的额头，又摸了摸自己的额头，对比过后，元瑾心才叹了口气："还好没发烧。"

"怎么了？看你紧张的，睡都没睡好。"宋子卿手指捏了捏她滑腻的小脸，唇边是幸福的笑意，"刚刚怎么那样的语气，吓我？"

"没……刚刚做噩梦了。"说起噩梦，元瑾心摸了摸自己的后背，竟然在大冷天吓出冷汗。

"怎么了？做什么噩梦了？说给我听听。"

元瑾心不肯："没事的，不过是一个梦而已。"

"说不说？"宋子卿开始撒娇。平时一旦宋子卿这样，不管他提什么要求，元瑾心都会乖乖就范。而若是元瑾心耍脾气了，宋子卿也是，黏她一天都嫌不够。

元瑾心垂眸对着白色的床单出神……那样的白色，纯洁，却也是另一种象征，所以，她更喜欢红色，而不是白色。

"我梦见你不见了。"元瑾心垂下眼帘，素手紧紧抓着白色的床单，留下清晰的痕迹，贝齿紧紧咬着下唇。

"宋子卿，你知不知道我有多担心你，我真的很怕你出事！"元瑾心说到后面，声音开始难以连贯，"宋子卿，你知不知道我看到你双眼闭着被送出来有多担心！"

宋子卿嬉皮笑脸的神色被沉寂所取代，他只是用手掌盖住元瑾心的手背，静默无言。的确，消防兵这个职业十分危险，但是他能如何？既然来到部队，他就要担负起自己的责任。为了消防事业，他必须奋不顾身，在冲进火场的那一刻，他思念的是元瑾心，可是，哪怕再危险，再思念，他也必须进去救火。

这就是军人，这就是消防员。

选择了责任，就只能先放下儿女情长。他没有很多的时间来陪瑾心，就连关心也很有限，往往都是在忙，甚至平时连听瑾心抱怨也没有时间。

两地分隔，相见成难，让一个女孩子这样和自己谈恋爱，太难了。他没能给她什么东西，除了一颗真心，一片爱意，一句我爱你。

“对不起。”千言万语，他只能说出这一句。作为军人的女朋友，要付出太多，而消防员的女朋友，付出的会更多。

元瑾心笑着，可她此时勉强牵出的笑容比哭还要难看：“对不起什么啊？这本来就没办法的事情，谁叫我看上你了。”

宋子卿无奈地笑笑，知道她是想安慰自己，伸出手指在她的鼻子上刮了一下：“小调皮。”

“就调皮。”元瑾心为了逗他，吐了吐舌头。

宋子卿话锋一转，悠然道：“我可是听到你在车站花痴呢，嗯？怎么了，一看到兵哥哥就花痴了？没看到我？”

元瑾心做出糗状：“啊……没有吧……”心里想着，她当时和月妩没有谈论得很大声吧？当时她也不知道宋子卿会在火车站执勤，前晚电话里宋子卿也只是说去执勤而已，没要去火车站。如果知道宋子卿在火车站，还离自己那么近，她压根不敢说出那些。

“还骗我。”宋子卿又捏了捏她的下巴，“我都听见了，下次花痴的时候别那么大声，还好你没说哪一个很帅可以当男朋友，要不看我和你没完。”

元瑾心见他也没责怪之意，拉住他手臂软声道：“兵哥哥你最帅了，其他的我也只是欣赏下而已嘛，远星你还不放心我？那我以后就天天看兵哥哥去。”

“行了，逗你哪。”宋子卿拿她没办法，每次开玩笑自己都会败下阵来，到底不及人家伶牙俐齿，每次斗嘴自己都输掉。

“我知道。”元瑾心只是笑，而后上下看了一遍他全身，“有没有觉得哪里不舒服？等会儿医生就来了。”

“胸口闷，全身酸酸的。”见元瑾心神色变得紧张，他忙道，“没事的，寻常情况而已，只不过是累坏了。”说完，他勾了勾手指，让元瑾心倾身靠向自己，“妞儿，过来，让大爷我抱一抱看看有没有变胖了。”

“去你的，还大爷。”元瑾心嘴上虽然不服，还是乖乖让他用单手环住自己，“明明之前就没有抱过，还说看看变胖了没有，你也真是的。”

宋子卿嘿嘿一笑：“看照片不也看得到？这一次来真人版的，更有肉感。”

“宋子卿，你还是那副德行。”元瑾心伸手抓了抓宋子卿的头发，抓得宋子卿疼得叫停：“欸欸欸，亲爱的快停下！头发本来就不长了，当心被你全抓光了，到时候你就要跟和尚谈恋爱了！”

元瑾心当场就笑出来。和和尚谈恋爱……这种比喻也就宋子卿他说得出来。

这时候，响起了叩门的声音。医生咳了咳，走进病房内：“病人刚刚醒来，现在还是需要静养的，不宜做过于剧烈的运动。”

病房的门并没有关好，两人就肆无忌惮地开玩笑。很显然，医生已经看到了刚刚两人开玩笑的场景。元瑾心顿时觉得不好意思，对医生说了句“那就麻烦您了”就想要逃出病房。

就在她要抽身的时候，衣角却被宋子卿暗中抓住，元瑾心低眉拉了拉衣角，看到宋子卿用口形说道：“陪我。”

看到元瑾心不好意思的表情，宋子卿继续做着口形说：“留下来陪我，等会儿我告诉你一个小秘密。”

小秘密？小女生的八卦之心被宋子卿勾起来。是什么秘密？关于谁的？强烈的好奇心让元瑾心留了下来，她静静坐在边上，只是不敢去看那个医生。

有小护士走过来，医生叮嘱着一些注意事项，这时候，宋子卿弄了弄眼色，元瑾心看去，发觉是宋子卿在对着小护士挤眉弄眼。

小护士无意间看到，脸色绯红。元瑾心则是气鼓鼓的，鼓着两个香腮，眼睛瞪得老大，直勾勾地瞪着宋子卿。她举起小粉拳晃了晃，示意他等会儿要挨揍。宋子卿假装吓得闭紧双眼，逗得元瑾心哭笑不得。

第九章　隐忍

医生交代完后，对元瑾心说道："病人没有什么大碍，但是别太闹腾了，注意给病人休息的时间和空间。"

元瑾心连连称是，将医生交代的默记在心。小护士面色绯红地跟着医生走出去。元瑾心立刻冲到宋子卿跟前，作势就要打他："叫你在病床上还不老实！"这个宋子卿，竟然敢在自己的眼皮子底下胡作非为，看来又是欠收拾了！之前自己怎么不知道，宋子卿会这样！

"大人饶命，大人饶命！"宋子卿见好就收，用委屈的语气说道，"我不也是想让你尝尝吃醋的滋味嘛！"

"你……"元瑾心气结，"我什么时候像你这样明目张胆地勾搭别人了？宋子卿，你欺人太甚！"说完就举起拳头在他眼前晃晃，要打他。

"宝贝我错了，您大人有大量，放过小的吧。"宋子卿见元瑾心要动真气，立刻连声哄着元瑾心，"宝贝，你看看，要是想勾搭别人，我犯得着在你面前这样子吗？就是和你开一个玩笑而已。你不知道，你下楼梯那会儿说得有多大声，好多战友都瞅着你们呢。"

"行，下不为例。"元瑾心小粉拳锤了捶宋子卿，"你说有好多战友看着我们……是在看我吗？"元瑾心心情大好。

"当然不是。"宋子卿很是爽快地摇头，"谁会看你啊，想多了！"

等到宋子卿发现有什么不对的时候，元瑾心脸上已经阴云密布，嘴角噙着阴笑看着宋子卿，摩拳擦掌发出声音：“宋子卿，你什么意思？嗯？什么叫没人会看我？”女人最容不得别人嫌弃她的容貌，元瑾心亦不例外。

“没……我不是这个意思，你听我解释！”宋子卿额头渗出冷汗，心里想着元瑾心会不会大闹着说“我不听我不听”，然后……然后不知道会怎么样！

元瑾心捏了捏他耳朵：“还想用花言巧语迷惑我，没门儿！说，是不是嫌弃我？”

“真的，是真的，你先放开！不是嫌弃你！”宋子卿吃痛地喊着，“人家都知道你是我对象，怎么还看你啊，要看当然是看你同学了！”说到一半，宋子卿带着神秘道，“我跟你说的小秘密，想不想听？”

元瑾心立刻就被转移了注意力，凑上前道：“想！”

宋子卿压低了声音，附在元瑾心的耳边小声道：“我看席修辰那小子对你同学有意思。”

“啊？”元瑾心有些意外，问道，“是哪个？跟我来的有两个同学啊，是姚芝虞还是宁月妩？”

自己的闺蜜什么时候被看上了，自己竟然一点儿也不知道，赶紧提前知道下，也好把把关。

“不知道叫什么，就是那个和他在一起的女生，一起上课，还一起过来医院，还一起亲过呢。”言罢，宋子卿不住笑，“你是不知道那小子，那天救了人家把人家给亲了，之后还念念不忘回味呢。听说昨晚还抱了人家，那些人瞎起哄，把你同学当成嫂子了。后来席修辰向排长汇报说明实情后我才知道，那群浑小子现在还不知道呢！我看啊，席修辰多半是动了心思。”

“啊？”元瑾心吃惊万分，“你说你战友对月妩有意思？可是这样好吗？一个在厦城，一个在忻城，那么远……”

宋子卿说："我们不也是能。"

元瑾心踌躇道："不行，月妩她太单纯，太容易被骗了，而且心很软，只要别人有求于她，她根本不懂得拒绝。万一你战友……不行不行，绝对不行，就连你自己都说，流氓头子在消防。"

元瑾心越想越不对，他们两个离开医院时还是一起走的，两个人不会真的有什么吧？！月妩会不会被流氓头子给欺负？！像她那种又傻又呆的，估计被人卖了还乐呵呵地替别人数钱呢！

元瑾心立刻拉过宋子卿："宋子卿，你战友对她是不是认真的？而且，我不赞同，我不同意！"

"姑奶奶，这是人家的事情，我们凭什么插手？而且我敢打包票，席修辰一定是痴情的人，他对感情绝对是认真的。"因为曾经太认真。想起席修辰，他也不由会心疼他。之前的事情让一个乐观的人消沉那么久……直到现在，还是多多少少有点阴影。

"算了算了，顺其自然吧，我也不知道。"元瑾心轻叹，"你也别捕风捉影的，可能也是没有的事情，人家正好来看我，你战友和你首长来看你，正好碰到了而已。"

军恋这条路非常难，考验身心。所以，她不希望宁月妩会有军恋。

就算是自己，本来也只是嘴巴上说说而已，并不想真的军恋，直到遇到了宋子卿，彻底沦陷。

人在爱情上往往是这样，遇到一见倾心的人，就彻底改变了之前的所有想法。从前，她没想到会走上这条路，也不想走这条路，但那一刻心动了，这条路的闸门就被打开了，自己就那样义无反顾地走了上去。

"宝贝，"宋子卿拉住元瑾心，"我们不容易，要好好的，行吗？走到这一步太不容易了。"

异地恋本来就很难，又是军恋，难上加难。一路走来，有很多的坎坷，但与相守的未来相比不足为道。他很庆幸，能遇上元瑾心，陪着自己一路走来，走过这一段温柔的时光。

退伍以后，一定要好好把亏欠的爱和陪伴还给元瑾心。

元瑾心轻笑：“这还用说，当然是好，只不过你也要保重自己，以后都要安安稳稳的，别让我操心，兵哥哥。”说完，把他的手反握在自己的掌中。

昨夜半夜里下起了大雪，窗外是清晰可闻的沙沙落雪声，伴着落雪声，困意袭来，宁月妩沉沉睡去，等到第二日醒来，已是天光初明。

姚芝虞在旁边催着她，一边忙着洗漱：“月妩快一点，我们早一点去云灵山才不挤，正好也可以看到日出。”

两人以最快的速度洗漱完，而后背着包打车来到云灵山的山脚下。此时，云灵山下已经有少数的游客开始准备登山。

“还好早一点来了，人不是很多。”姚芝虞望了一下游人，平日在电视中看到熙熙攘攘的人群涌向云灵山，看看就觉得害怕，现在还未过正月十五，仍是春节期间，还好来此的人并不多。

月妩望了望云灵山，看到高耸入云的山峰，不由深吸了一口气，不知道要爬到什么时候。可是看到山峰高处云雾缭绕，就有想登上去的念头。

不知道山顶能不能触摸到云雾，而云雾摸起来又是什么样的感觉呢？

云灵山向来以宗教名山闻名四海，上面坐落着不知其数的大大小小庙宇。然，山上的绝妙风景也吸引着海内外游人。其独特的佛光之景，更被视为祥瑞之兆，据说若有幸能得以见到，便会带来一世的福分。

而云灵山上最著名的庙宇仙灵寺，乃是云灵山中庙宇之冠，位于云灵山的最高处。其理条件优越，俯瞰四方，风景绝佳，被视为来云灵山的必来之所。

雪后初霁，山上仍可见到莹莹的些许白雪挂在枝头，虽无绿叶，亦如白花。台阶上还有些落雪，踩上去湿湿滑滑的。

姚芝虞拉着宁月妩，看了看地上：“这雪踩起来还挺滑的，我们走路要小心一点。”

宁月妩玩心大起，鞋子踩在台阶的白雪上，发出沙沙的声音：“来到忻城才见到雪呢，之前一直都待在厦城，根本看不到雪，昨晚夜色太黑，也看得不是很清楚。”

鞋底踩在雪上，宁月妩滑了滑，想玩一玩滑雪的感觉，不想石阶上如此湿滑，宁月妩一个不小心，鞋底打滑，整个人失去重心。

姚芝虞与宁月妩手拉着手，被宁月妩猛然一拽，险些也摔倒在地上，立刻去抓栏杆，幸好抓稳了栏杆，才没让宁月妩摔倒。

宁月妩喘着气，一边拍着起伏不定的胸脯：“刚刚吓死我了，如果摔下去的话……那么多层台阶，好可怕！”

姚芝虞揶揄道：“叫你注意一点你不听，偏偏喜欢在雪地上玩，到时候弄得‘粉身碎骨浑不怕’，就‘要留清白在人间’。”

姚芝虞一番玩笑让宁月妩也不由莞尔一笑：“哪有人这样拿自己的好朋友开玩笑的！”

“是没有，所以我开头。”姚芝虞笑着拉着她，“走路看着点，不要再这样啦。”

“嗯。”宁月妩晃了晃姚芝虞的手臂：“小鱼儿最好了，刚刚要不是小鱼儿我都不知道会怎样了。”

姚芝虞伸手指点了一下月妩的额头：“你呀，平日里安安静静的，一出来就不安分。”

云灵山极高，两人登着台阶走走停停，累的时候就在凉亭里面歇息。爬到半山腰处，两人坐在台阶里，看着东方泛起橘黄的阳光：“啊，这都快日出了啊！”

“还要一会儿呢，现在是冬天，太阳出来得晚，应该能赶上的。”姚芝虞拿起手机一看，“咱们再走快一点就可以了。”

石阶越到上方越难以行走，两人相互扶着一路登山，经过一线天的时候更为惊险，陡峭难行，于是两人只能侧着身子，攀着栏杆上行。到达聚云顶的时候，两人累得气喘吁吁，直接坐在石椅上喘气。

“姚芝虞，你怎么不和我说这么难啊？早知道我就直接坐缆车上来了。”宁月妩喘息不定，没好气地看着姚芝虞，“你不是说挺容易的嘛！”

姚芝虞一脸委屈：“我看攻略他们是说挺容易的啊……所以就带着你上来了。”说完还把手机里面的网页给宁月妩看。

宁月妩接过手机一看，上面果然如姚芝虞所说，楼主说登上聚云顶挺容易的，只不过花了半个小时就登顶了，可宁月妩总觉得哪里不对劲，觉得楼主的名字挺熟悉的。

于是宁月妩点进去一看……嘴角立马抽了抽，立马知道人家为啥觉得挺容易的。

资料卡片上面介绍，楼主参加过无数次大大小小的马拉松比赛，都获得不错的奖项，更惊人的是，楼主从珠穆拉马峰的北坡登上了珠穆拉马峰。珠穆拉马峰是世界上海拔最高的山峰，人家都上得去，这云灵山根本就不值得一提好吗！

想不到平素严谨的小鱼儿竟然也会闹这种乌龙，宁月妩只能扶额，然后把手机递给姚芝虞看：“我的小鱼儿啊，你也不看看楼主是做什么的，这明摆着就是运动能手，你当我们是体育生啊？”

姚芝虞看了也是愣愣的：“我没看那么详细……平常经常看他的帖子，所以……他的帖子都是写去旅游的，没写他去参加什么体育比赛啊！”

宁月妩只能认命了，反正上来也上来了。山顶处果然是高处不胜寒，一有风吹过就寒意扑面。

此时，太阳初升，金黄的颜色如锦缎在山上铺张开，而山的对面，则有一团朦胧的光影，光亮隐隐约约的。

第十章 执念

祥瑞之光若隐若现，就是传说中著名的佛光。

姚芝虞立刻拿起相机对着佛光，对准焦距就按下快门。宁月妩则没那么专业，拿起相机随便拍了几张留念。

而后便是日出之景，日光倾城，洒金一般落在山间，映着盈盈白雪，格外金亮。两人不由为这样的美景所打动，驻足良久。之后，两人便前往仙灵寺之中，拈香礼佛。

仙灵寺中此时并没有太多游客，仔细听去，还可以依稀听到远处有和尚诵经的声音。有的台阶上还卧着几只在睡懒觉的猫，它们蜷着身子趴在石阶上，耷拉着耳朵，看起来分外可爱。

踏进庙宇之中，大悲殿中梵音阵阵，青烟袅袅。她跪在素色的蒲团上，稳一稳不定的呼吸，而后双手合十，眼帘轻合，对着菩萨雕像叩首以三。而后，她捻起供桌上的三支香，经火烛燃后，娴静地跪在蒲团上，蝶睫落影，丹唇启合，口中念念有词。

“信女宁月妩，拜见菩萨万安。此行前往云灵山仙灵寺。一愿家中宗族平安康泰，万事如意；二愿身边亲朋和睦友好，长安顺遂；三愿为自身求，愿菩萨佑我学业有成……”

之后她将香高举，顶礼膜拜，而后虔诚地将佛香插入云纹宣德炉中，不经意间碰落了佛香燃尽后的香灰。香灰落在手背上，灼烫感让她猛然缩手，待到将香灰掸落，才将佛香稳稳地插入香炉之中。

宁月妩轻轻摇了摇头，轻叹自己太过粗心。她移步走到桌子另一角，举起签筒，回跪在蒲团之上，轻摇里面的竹签。竹签发出清脆的碰撞声。终于，一枚竹签跳出签筒，她放下签筒，弯腰拾起一看，签文上写着："凤凰如火应逢郎，当得良婿。"

虽然是上签，但却是姻缘之类。月妩摇了摇头，抿唇轻笑，她并非来求姻缘，这支签对她来说无丝毫意义。

如是者三，偏巧皆是这枚竹签，月妩不由瞪大了眼，大为纳罕。她将签文翻转，看到此竹签异于其他竹签，阴面刻有一句："落花流水为遇君。"

月妩匆匆瞥了一眼，并未放在心上。此时她所求的与姻缘无关，偏偏皆是预测姻缘的。不过既然已经祈诉过心意，便也不用拘泥于此，于是就将竹签放入竹筒之中。

却不知，这已昭示着未来之事。

走出大悲殿外，日光泻落在身上，传来稳稳的暖意。纵然如此，山顶的风仍然迅猛，扑在身上就有凉意见缝插针而入。

她对着小手吹了几口热气，将口袋中摘下的手套重新戴上。双手撑在石栏上，极目远眺，但见群山皆是雪色，绵延无尽，高低不一。

仙灵寺庙宇飞檐上悬挂的铜铃被风吹得摇摇晃晃，清脆悠扬的声音不绝于耳。这样的声音在近乎与世隔绝的山间显得格外清灵。

宁月妩心情大好，深呼吸了一口气，这里的空气清新无比。看到姚芝虞在周围拍着照片，宁月妩也不好去打扰，于是便在仙灵寺四周逛逛看看。

身边不远处，长着一颗斜松，从未见过松子的月妩玩心大起，踮起脚尖伸手就要去抓松果。在厦城的山上，也不是没有松树和松果，但苦于摘不到，现在唾手可得，那就摘一颗好了。

宁月妩扶着围栏，倾身向前，伸出手臂，够到了雪花，冰凉的寒意透过手套传到指尖。宁月妩将枝上的雪花拂落，将松果一把扯下，捏在手心，冷不防地被枯枝勾到手链，啪的一声，手链断开，红豆掉落下去。

那是她去滇南之地游玩时所求的红豆，已经挂在手上三年，骤然断裂，只剩下手腕上一半的红豆。她往下望去，看到一队身穿迷彩服的士兵走过，其中一人将肩上的落雪拍落，抬眸向她。

一瞬间的触目相接，却好似是暌违许久的回望。下方是拢星台，与仙灵寺相离挺远的，他的容貌也看得不甚清楚，只是看到他身穿着迷彩衣服。

这时候，姚芝虞对宁月妩喊道："月妩，过来帮我拍一张照片！"

宁月妩赶紧过去，接过姚芝虞的相机，以山色日光为背景拍了好几张照片，而后让姚芝虞往后站了站，自己伸出手指，利用错位拍出自己把姚芝虞捏在指尖的效果。

拍完后姚芝虞看了看照片，打了她一下："月妩真是的，怎么把我捏在手里啊！"

"嗯哼。"宁月妩不置可否，"小小宫女也敢命令本宫，本宫自然要将你拿捏在股掌之中，好让你见识下本宫的厉害！"

"宁妃娘娘饶命！"姚芝虞也笑道，和宁月妩开着玩笑。等到宁月妩想起手串的时候，往下望去，拢星台已经是空无一人。

"小鱼儿，跟我去拢星台看看，东西掉在那里了。"等到她们走到下方的拢星台时，拢星台空无一人，两人低头寻着红豆，巡视了好几遍，都见不到红豆，不知散落何处了。

月妩摸了摸手腕的半串手链，有点舍不得。毕竟东西带着久了也会有感情，要是知道就这样丢掉了，就不贪玩去摘松果了。她捏了捏放在口袋里的小松果，暗暗骂道，都是这东西害的。

"走吧，找不到就只能这样了。云灵山那么多好玩的，我们好好去玩一天。"宁月妩拉着姚芝虞道，默默叹了一口气。

两人挪步走向远处，莲步踩在白雪上，留下深浅不一的脚印，那抹娇小的身影渐行渐远，融入无垠银装素裹之中。

云灵山上上下下玩了一天，两人在傍晚的时候乘坐又回到仙灵寺，来到仙灵寺的后院品尝素菜。

两人方坐定，就开始讨论晚上要住在禅房之中的事。

“我还是第一次住在山里面呢，也没见过禅房内是什么样的，好好奇！”

姚芝虞拿着手机，轻笑道：“就你是好奇宝宝，每次一到新的地方就那么好奇，禅房也就那样，没什么其他的，还不都是住宿的？看把你兴奋的！瑾心刚刚发消息过来说，再过几天就要归队了，她明天就回去，正好我们明天下山回酒店，后天一起去学校见章校长。”

“嗯，也行。”宁月妩将手上的东西放入包里，眼尖的姚芝虞看到了，勾了勾食指：“月亮姐姐，那是什么呀？”

宁月妩快速地把盒子收进去，不给姚芝虞看：“没什么东西呢，刚刚你在拍照的时候我去求的。”

姚芝虞更是好奇：“哦？咱们月亮姐姐还有求的东西啊？快给我看看。”

宁月妩知道姚芝虞一旦好奇心起来了，就必须问个清楚，于是也只能照实回答她：“两把同心锁，刚刚去求的，不许多想。”

姚芝虞接过同心锁，是用铜打造而成的，复古的样式，颜色看起来富有陈旧感，拿在手心沉甸甸的：“月妩什么时候也有心上人了？可不许像元瑾心那样瞒着我。”

“小鱼儿，我是冤枉的，这真的是帮凌浩成求的，谁知道他要用来干吗的。我只是顺便而已。”

凌浩成……姚芝虞听到这个名字愣了一下。凌浩成这是什么意思，让宁月妩去求这种东西？偏偏，宁月妩不喜欢提到他，于是姚芝虞也就下意识地闭口不谈凌浩成。

正好，点的饭菜在这个时候送来，两人也就撇开这个话题。虽说是素菜，然而仙灵寺的素菜是远近闻名的，花样极为繁多，若不是提前预订，根本排不到位置。

那道芋头包极为可口，以芋泥做皮，里面包着各色的馅料，佐以香菇面筋，吃起来很是清爽。接下来上的就是炸豆腐，炸豆腐里面包着腌制好的面筋。

两人逛了一下午，已经饿得慌了，立刻伸出筷子夹了起来，味道果真是名不虚传。而后上来的水晶烧卖更是一绝，透明的水晶皮包着煎炸过的面菓，吃起来并不会油腻。

素菜也可吃得极香，一顿饭下来，两人几乎吃撑。饭后的冬瓜汁也十分香甜润口。

吃完后两人散步，绕了仙灵寺一大圈。火红流金的晚霞像是彩色的水墨一般倾倒在天际，明艳生辉。这就是所谓的云灵流霞的胜景，让人如痴如醉。整个山间都辉映着嫣红的光辉，点染上了一层淡薄的胭脂。

姚芝虞不肯错过如此美景，取过照相机拍了不少，恰恰这个时候，月妧四下张望，看到一群穿着迷彩衣服的身影走了过去。云灵山上有消防队，白天游玩的时候还看到，许是她看错了，竟然看到了席修辰的身影。

金光下的身影挺拔如松，脚步凌厉，不过几步就淡出了自己的视线。

他在忻城的市内，怎会来此？宁月妧揉了揉眼睛。宁月妧只能在四周继续转悠，等到姚芝虞招呼宁月妧的时候，天色已晚。

两人由小和尚带领，绕过回廊，走入静谧的后院之中。仙灵寺的小院很是宁静，里面的翠竹成林，沙沙作响，别有深山幽谷之意。

姚芝虞双手合十微笑，对小和尚道：“这里的环境甚是宁静悠远，翠竹如此之多，倒让我想起了竹林七贤，只不过竹林七贤是潇洒放旷，贵寺则是修身养性，虽有不同，却有相通之妙。”

小和尚笑道：“施主慧眼，这翠竹当初就是为调养心性而植，时间久了越来越大片，也是体现出了当初与红尘有别的用意。”

宁月妩听着他们谈论，跟着他们走入禅房之中。禅房是两排连着的房间，皆是用木材建造而成，有一定的历史。走进中堂的时候，里面已经燃着了香火，堂中供奉着神佛的画像。

小和尚见宁月妩甚是不解，解释道：“这是清供，若是住在禅房中的施主想要在晚间礼佛，可在此处。”

“那外边不是也有吗？”宁月妩好奇道。

小和尚带着笑意：“这就是内外有别，毕竟是清供，讲究的是一颗冰清玉洁的诚心。”

宁月妩点点头，随着小和尚的带领走入禅房。禅房不大也不小，正好够两人休息。小和尚交代了一些注意事项之后便躬身告退。

宁月妩坐在床榻之上，是最朴素不过的竹床，睡起来硬硬的。她拍了拍，然后又起身看了看四周，四壁都是用竹木之类的材质制作而成的，很像是乡村的小木屋。这里别有一种清幽的感觉，或许就是所谓的与世隔绝的脱俗。

她呆呆倚在窗台之上，看着窗外的山色。此时月亮已经变得明亮，如明珠一般悬在空中，落下一山的清辉。除了树叶之间摩擦的沙沙之声和偶尔的脚步声，就再无其他声音，尤为清宁。

不知为何，她就蓦然想起了席修辰。昨夜亦是在月光下，两人肩并肩走着的；今夜明月依旧，下午看到的身影是不是他？

正在出神，手机的铃声响了起来。宁月妩拿起来一看，是凌浩成的号码，接了起来：“喂，您好。”

“月妩，是我。”电话里是凌浩成低沉的声音。

“嗯，我知道是你，你要的我已经帮你求来了。”宁月妩靠在墙上，看着姚芝虞在翻阅着架上的佛经，“有什么事情吗？”

“没，问问你近况怎么样了，听你说好就好了，我先挂了啊，照顾好自己，晚上别睡得太沉。”

而后，等宁月妩挂掉了电话，凌浩成才摁下挂断键。这是他一直以来的习惯。

“月妩，凌浩成的啊？”

屋内的白炽灯闪着橙黄的光芒，轻柔温暖，宁月妩把手机放在旁边：“嗯，没什么事情，也就问问，反正他交代的我都做好了，无所谓喽。”

第十一章　苦等

睡下的时候，月妩惊奇地发现，躺在窗边的床上竟然能够看见天上的月光星辰，这是在厦城领略不到的风景。

众星拱月，倒让宁月妩想起那句诗：“愿我如星君如月，夜夜流光相皎洁。”明星与皓月相伴，和天地共长久，不知胜过神仙眷侣几倍。

困意袭来，月妩侧过头，枕着手臂就睡了过去。这样安静的环境，加之今天玩了一天她已是十分疲惫。

昏沉沉的睡梦间，她梦见有一只大手狠狠地掐住她的脖子，叫她喘不过气来。此时，月妩额上已冷汗淋漓，发丝沾染了汗水，黏在额头上。她秀眉紧蹙，手指紧紧抓着衾被，丝毫并未注意到，火舌正在步步吞噬着禅房。

那中可怕的感觉竟然再次袭来，她如同陷入沼泽一般，越挣扎，越深陷其中难以自拔。

大火吞噬着禅房，木制的房屋无疑就是大火源源不断的食物，助长着火势，黑色浓烟充斥房内，如黑色的巨龙。

呛人的感觉让月妩紧闭的双眼陡然睁开，梦魇消散。宁月妩惊恐地发现明亮的大火包围着禅房，在严寒的冬日送来源源不断的热意，甚至让她汗流浃背，浸湿睡衣。

这样的暖热，是恐怖的。

她大声叫醒姚芝虞，卷起外套就要想外冲，刺鼻的烟雾在屋内缭绕，冲入口鼻之中，她止不住地咳嗽。她用手掌掩住口鼻，加快突围的脚步："快跑！东西都不要拿！快！"

然而一整排的禅房已经被烧得摇摇欲坠，禅房外是无尽的呼喊声与号哭声。宁月妩心下更为慌乱，根本未意识到头顶的房梁已然松落，即将下坠。

宁月妩抬腿想要离开，却被燃烧断裂的木块绊倒，整个人跌在地上。姚芝虞大喊宁月妩的名字，伸手就要去拉住宁月妩。

木梁在此时猛然砸下，横在两人中间，姚芝虞被吓得跌坐在地上，只能隔着火光看着宁月妩，无可奈何。

外面已有救援的声音，单凭自己根本无法帮到月妩，甚至会连累月妩，于是姚芝虞立刻冲出去呼喊。

宁月妩被木梁砸中，彻骨的痛意席卷全身，房梁将她压在地上，动弹不得。昏倒的前一刻，神思轮转，他的模样，毫无意料地冲入脑海之中。不一样的是，他的轮廓在此时无比清晰。

席修辰。那背影是他吗？如果是他，他会不会来？

那种熟悉的恐惧感涌上心头，她无助，难以呼吸，就像是被什么扼住喉咙，连一口气都喘不过来。随后她失去了所有的意识。

这时，一名身穿着防火服的战士冲入禅房，看清屋内的局势，打了个手势示意屋外的战士冲进来，几名战士合力将横梁抱起，丢在边上。

禅房内都是噼里啪啦的声音，大火已将一整排的禅房包围，山风刮过，发出呼呼的声音，更是助长了大火的气焰。禅房整个都摇摇欲坠，人在其中，有如置身火炉一般，无尽的热浪袭来，热得人难以在其中停留。

此时气瓶中的氧气已经要耗尽，更兼有热浪袭人，在场的消防战士都觉得身体无比难受。

那名战士立刻将卧在地上的女孩抱起，想要冲出火场，这时候，一个新兵倒在了地上，没了动静。

席修辰暗叫不好，木屋随时有可能崩塌，此地不宜久留，偏偏又出了这样的事情。外面的供水班此时正在灭火，此时也把目标转移到了此处。

席修辰手臂一挥，示意其他战友把那个新兵扛起来背出去，自己则背着宁月妩冲出火场。

火光照耀下，他意外地发现，怀中的小人儿竟是宁月妩。只不过，娇嫩若桃的面容被烟雾熏得乌黑，眉毛皱得紧紧的，似是十分难受。她一头青丝未束，凌乱地垂落着，似是经历了风沙的垂柳一样。

更让他意外的是，小人儿一把将他拽住，口中喃喃着什么，白色的双唇不时轻轻启合。

火场中的热意连穿着防火服的自己都难以承受，更何况是没有任何防护的宁月妩！怀中的小人儿冷汗淋漓，口中含糊说着话语。他已无暇细听，怀抱着月妩冲出火场。下一瞬，整排的禅房轰然倒塌，乌黑的浓烟冲上天空。

外面的风格外寒冷，席修辰在火场内全身已然被汗水湿透，被风一吹冷得发抖，只能咬紧牙关，摘下呼吸面罩，整个人都累得快要虚脱。

姚芝虞见到宁月妩被抱着出来，立刻冲上前去：“月妩她怎么样了，有没有受伤？”姚芝虞分外紧张，见到人出来了仍是难以放心。

“先送她上救护车！”他薄唇紧紧抿着，回答得言简意赅，一双凌厉的剑眉紧皱如川。

月妩小手紧紧抓着他的防火服，不肯松开手指，秀美的双眉紧紧皱着：“木头……木头……”

席修辰仅仅能听见“木头”两个字，她原本桃红的脸色此时无比苍白，看得他的一颗心像被什么拽着似的。

“没事的，咱不怕，乖。”席修辰像哄小孩子那样对怀中的人儿说了一句，轻轻晃了晃她，宁月妩才昏睡过去。

耳边是他清越的声音。席修辰，好像真的就是他啊。他来了。

队长看到几个消防队员冲出来，还有一个消防员被抱出来，不由满脸沉重。当他看到席修辰抱着人冲出来的时候，看了看席修辰怀中的人，高声道："席修辰，陪她去医院！"

席修辰大声道："不行！火势太大我不能离开，抽不开人手！"

队长看着宁月妩，她双手紧紧抓着席修辰，双眉紧蹙，两眼紧闭着。

旁边的文书小声说着："这是他女朋友，那天晚上还来中队呢。"

队长当机立断："没事的，快去吧！再说云灵山中队马上就到了，赶紧送她去！自己的女朋友受伤了理应陪她，天天都在忙也没时间陪！"

时间拖延不得，席修辰也不再多言，顾不得队长对他们关系的误会，立刻抱着宁月妩上了救护车。席修辰看着怀中的小人儿，整个心都被揪起来了。

月妩你一定要好好的，一定。第一次抱着女生的席修辰，心中没有任何绮念，而是满满的担忧，他英眉紧皱。

他帮月妩理了理凌乱的发丝，将她蹙紧的双眉抚平。她是不是吓到了？抑或是在噩梦之中？

"宁儿，有我在，没事的，我们已经出来了。"不知道月妩是否能听到，席修辰在月妩的耳边轻声道，声音轻缓若水。

昏迷中的宁月妩将神色放缓了，咬紧的牙关松了松："嗯……"

白色的病床上，月妩觉得有清淡的消毒水味儿扑入鼻中，于是忍着隐隐的疼痛，睁开眼帘，发现自己正挂着点滴，身上几处被纱布缠绕着。

而席修辰就伏在病床上，防火服尚未褪下，散发着轻微的焦味。月妩低眉细看，赫然发现自己的右手紧紧拽着他的衣服，衣服上已有深深的指甲抓过的痕迹。

席修辰，他怎么会这里，还被自己抓着？宁月妩悄悄松开了手指。

她依稀记起在大火中自己被什么东西重压着，而后便失去了意识。昏迷之中，那种恐怖的无助感再次铺天盖地地席卷了自己。然后自己就好像抓到了什么东西，紧紧抓着不放手，就像是在激流中出现了救命稻草，让自己紧紧抓着，心中的恐惧消散一些。

难道冥冥之中，自己抓住了席修辰？原来那一日傍晚，云光流霞下的身影，真的就是他！他怎么会跑来云灵山呢，又那么恰好让自己抓住了？

想必，是他在火场中救出了自己吧，连被熏得焦黑的消防服都还没来得及脱下。她凝目看着他，小麦色的皮肤上还有灰黑的痕迹，眉间尽是疲倦之色，趴在病床上浅浅睡着，呼吸息轻若无声。

看来席修辰一定是很困了，不然怎么趴在病床上就睡着了。他在火场的时候一定很累吧？却没有休息，被自己弄得跑来了医院。

月妩骤然抽手，让席修辰皱了皱眉头，然后睁开了双眼。身为军人的席修辰极为敏感，即使是极为轻微的动静都能把他惊醒。

四目相触间，席修辰不由怔住了，迷迷糊糊的，须臾后才回过神来：“你醒了？”

这不是明摆着吗，他还这样问。月妩心里不由觉得好笑。她只是答了一句：“嗯。”

气氛陷入凝滞，两人不知如何开口。那一边，月妩自己觉得不好意思，抓着人家的手臂，不知抓了多久。而这一遍，席修辰更是很少接触女生，此时面色红透，支支吾吾地说不出一句话。

他还记得记一次见面她那不让须眉的气势，着实把他吓了一跳。还有在课堂上两人的合作，她更是吸引了自己。

她安静的时候就像一直驯服的小猫咪，收敛了毛茸茸的毛儿，安安静静地在那儿待着。

喜欢的，就要追，可是她呢？

可即使不说话，那种暖暖的感觉就游走在心头，无须言明。那种感觉，就像是行走在黑暗无光的路上，找不到方向，而有人却愿意陪着你，陪着你一路走来。

“席修辰，我渴了。”突然感到口渴，她睁着可怜兮兮的双眼看着席修辰。

席修辰赶忙起身，拿了个一次性杯子装了水，递给月妩：“赶紧喝。”

看他紧张的模样，宁月妩就想笑。他怎么自己都不觉得口渴呢？真把自己当作钢铁锻造的啊？连嘴唇干得起皮都没发觉。

看到那杯水，原本不觉得口渴的席修辰顿时感到了口渴，下意识地用舌头舔了舔嘴唇。月妩看到他这样，浅浅一笑，接过他的杯子道：“席教官，坐。”

他很乖地坐了下来，然后宁月妩继续发令指挥席修辰：“把嘴巴张开，啊——”

席修辰此时还有点迷迷糊糊的，乖乖地张开嘴，然后宁月妩就悄悄地将水杯放到他的唇边，没想到被烧伤的手臂吃痛，杯子一偏，一整杯水顺势流入席修辰的喉中。

席修辰被呛得猛地咳嗽不停，拍着前胸：“傻妞你在搞什么！你要呛死我是不是！”

“没有……”看到好心办成坏事，宁月妩赶紧解释，“我不是看你口渴吗……”

席修辰用手把防火服上的水擦了擦：“我还以为你口渴了啊！唉，这个傻瓜，我口渴又没关系。”说完，把掉在地上的纸杯捡起来。

房门被推开，值班的医生走进来，见到月妩醒来，问道：“病人醒来多久了？”然后上下看了看月妩，“有没有觉得哪里不舒服？”

月妩枕在枕上，青丝未束，散在床单上。她摇了摇头：“就是有些痛而已，没别的了。”

“那就好，好好休养就可以恢复了。”看到地上的水，医生又嘱咐席修辰道，“伤口在恢复的时间千万不能碰到水！你不是来看护病人的吗，怎么那么粗心大意！哪有你这样做男朋友的？”

席修辰像个做错事情被抓个正着的孩子，低着头沉闷地道：“是，我一定会小心的。”那两只手，还抓着自己防火服的边角。

第十二章　失心

“明明是你把水给弄洒了，结果还要让我挨批。”席修辰很是无奈地看着床上的某人，奈何某人装作什么也不知道，低头摆弄着自己的衣服。

“傻。”席修辰说了一句，就要起身。昨天晚上流了很多汗，现在衣服穿在身上黏糊糊的，格外难受，而且还有一种烧焦的味道。

宁月妩看到席修辰要走，拉住他：“席修辰，你要去哪里？你走了谁陪我啊！”软软的声音里带了一丝哀求，听的人就像咬下了一颗棉花糖，流出的甜丝丝的糖心，让人欲罢不能。

席修辰转过身握住了月妩的手臂：“我去换一下衣服，中队就在医院旁边，很快就能过来的。那一天你不也是陪我走过吗？马上过来的。”

“哦。”宁月妩垂眸讷讷道，“你去了万一要出警怎么办？”

席修辰摇摇头：“那样子我也没办法，有需要的话我就必须要出去，因为我是消防战士，而不是地方人员。”席修辰顿了顿，“但是，战斗一班席修辰保证马上回来！”

席修辰的认真劲让宁月妩笑了笑，那种认真是从骨子里生发出的，透着一种使命感，坚决而坚持。他说出这话的时候，清朗的面容显得很是刚毅，连双眉都聚拢在一起，很是英气。

席修辰看看她，请示她自己是否能走的时候，宁月妩把他拉住了，不让他离开。但宁月妩小脸涨红，不知道该说什么，支支吾吾地很是小声。

宁月妩是想要说什么吗？看样子好像是不好意思说出来。这……自己要不要问……不问的话，这里除了自己就没有别人了；可是要是她想说的话，肯定就不会支支吾吾的了。

“你怎么了，有什么要帮忙吗？是不是想喝水？”

宁月妩心里暗暗骂席修辰是个呆木头，自己都在打着点滴呢，怎么会缺水，觉得口渴？明明就是体内的水太多了，需要排出……

可是让席修辰陪着自己去厕所好像不太好，他一个大男人怎么陪自己到女厕所……被别人看到多不好。可是要叫护士肯定来不及了，如果自己去，也没法举着点滴啊。

席修辰看着小人儿自己在病床上一副天人交战，很是纠结的模样，晃了晃病床：“小傻妞，有什么事赶紧说啊！”

“我想上厕所。”宁月妩的声音细若蚊蚋，低得几乎连自己都听不清楚了，“现在有点急，我现在水太多了，不是缺水！”

“那赶紧去啊！”席修辰说道，旋即看到宁月妩的伤势就明白了，她没办法自己去厕所，是想要他陪着去……去女厕所！

他这辈子都没进过女厕所，这……这要是被人看见，不就背定了流氓的黑锅？！席修辰的脸唰的一下红了，小麦色的皮肤透着红晕，滚烫滚烫：“傻妞，你是不是让我陪你去女厕所？”

“嗯，来不及了！”宁月妩憋得难受，几乎是用喊的，双眸不敢看席修辰，小手紧紧抓着床单。

席修辰心想，豁出去了，总不能让那个傻瓜就地解决吧！于是当机立断地拿起吊水瓶，小心翼翼地拿稳在手中：“走，别憋坏了，我知道厕所在哪。”

席修辰伸出左臂，给宁月妩扶住。宁月妩从病床上起身，席修辰顺手，左臂一个怀抱就把宁月妩捞起来。宁月妩一个不稳，就像八爪鱼一样，攀在了席修辰的身上。

温香软玉在怀，席修辰顿时呼吸一滞，感觉心跳都快停了。小人儿就那样环住自己，懵懵的，紧紧抓着自己的衣服，也不怕弄脏了小手。

宁月妩整个下巴撞到他结实的前胸，很疼。她揉了揉下巴，然后才松开了手，让席修辰扶着自己的腰去厕所。

他们的动作，像极了情侣才有的姿势，男朋友环住女友的纤腰，以一种保护的姿势将她拥护在自己的身边。

他掌心暖暖的，透过衣料传来源源不断的热意。他坚挺的身躯靠在自己的身侧，让人十分安心，尽管身上有一种怪怪的味道，然而，她却不排斥。

有一种理由，叫作“因为他是席修辰”，只不过，这是很久以后的事情了。当有事情说不出缘由，宁月妩总会嫣然一笑，清浅若小池流波：“因为他是席修辰。”

因为他是席修辰，这句话就是宁月妩生命中的定理，更改不得，替换不了。所有的一切，因他而始，因他而续。

有他真好，那一刻，宁月妩这样想着。她虽然不了解席修辰，但是，如果能成为他的妻子，一定是很幸福的吧。

走到厕所门前，席修辰道，“要不去男厕所吧，我帮你把风，可以不？”说着，还开玩笑地龇牙。

宁月妩气得跺脚，这个家伙真是坏，都来到门口了还想改变主意，太坏了。席修辰见月妩这样，赶紧摸了摸快要炸毛的小猫儿，不再开玩笑，带她进了女厕所，没有丝毫踌躇。

战士得令，必须执行。

席修辰帮宁月妩拿着吊水瓶子，高高举着，然后月妩就把厕所的门关上，席修辰也很自觉地背对着宁月妩，悄悄打量了一遍女厕所。

原来女厕所是有两排的啊……跟男厕所不一样。席修辰还是第一次如此堂而皇之地打量女厕所，虽然平时偶尔也会无意间看到里面的一点点景象。

不一会儿就传来冲水的声音，宁月妧打开门，席修辰赶紧伸手扶住月妧。就在这时候传来脚步声，然后便停住了。

席修辰本来要和宁月妧走出去，宁月妧却让席修辰停了下来，嘟哝道："席修辰等一下，我要洗手手。"

席修辰不让她洗："医生说过了，你不能沾到水，不能洗。"

宁月妧就是抓着席修辰不让他走："这怎么能不洗手啊，上个厕所洗手是好习惯。"而席修辰则道："不行就是不行！"

"那我也不行，不洗手我也不习惯！"宁月妧不肯让步。上洗手间怎么能不洗手？她这种有强迫症的人根本人接受不了。于是宁月妧就双目睁着看着席修辰，两人大眼对小眼。

最后还是席修辰让步，小声哄着月妧："咱快点出去啊，等会儿买消毒湿巾纸给你擦擦，走吧。"

两人准本一起走出去，突然传来一声女生的尖叫："色狼！"

那一声尖叫简直要穿破耳膜，吓得宁月妧整个人往席修辰的身上靠去。那个女生吓得呆立在原地，用手指着席修辰说不出话来。

席修辰也不知道该说什么，脸上滚烫滚烫的，薄唇嗫嚅着想要说出什么，但就是卡在喉咙说不出来，脸上一阵青一阵白的。

宁月妧赶忙解释道："没有……他不是色狼，是我……把他带进来的，他是我男朋友。"说到后面，宁月妧越来越底气不足。

"是你？！"那个女生张大了嘴巴，吃惊地看着宁月妧，"是你把他带进来的？你怎么可以这样？什么时候女厕所可以随便带男的进来了？"

"没有，不是我把他带进来的，是我让他跟我进来的……"宁月妧发现越到后面越说不清楚，让那个女生吓得一直往后退，"你让他跟你进来……一个大男人你就这样领进来……"

宁月妧摇头："是我挂着点滴自己不方便，让他帮我拿进来的！而且刚刚厕所都没有人！”宁月妩大声地喊出来。

那个女生这才惊魂未定地看着两人：“原来是这样啊，抱歉，是我误会了，对不起，你们先忙。”

席修辰自己站在边上，双颊俱是红色，也不知道该说什么，万分尴尬，只能低着头，另一手拽着月妩。屋漏偏逢连夜雨，这时候又有另一个二十有余的女子走进来，猛然撞见身穿防火服的席修辰，被惊得瞠目结舌。

于是她退回去看了下门口的牌子，之后就尖叫着跑远了，宁月妩拉着席修辰，愣愣地看着。另一个女生亦是很生硬地微笑：“你们先忙啊，你们先忙，我先走了！”

“我们不忙，真的。”宁月妩也是很尴尬地干笑，“你可以进来的。”

“不用了，我……暂时不想，对不起，打扰你们了。”那名女生笑容愈发僵硬，神色带着说不出的古怪，说完立刻调转方向就跑了。席修辰则根本不敢看人家，始终像根木头一样立着。

宁月妩拉了拉席修辰的防火服：“席修辰……席教官？”

“嗯……嗯？”席修辰回过神来，“这下完了……啊——我要怎么见人啊！”席修辰抓了抓头发，“你这个傻瓜害死我了！”

宁月妩也没想到会这样子，这下真的让席修辰很是难堪。“对不起啊……我不知道会这样子，早知道我就不洗手，就不会这样了。”宁月妩语气软软的，声音低低的，一声一声叩在席修辰的心弦上。

宁月妩尚在病中，原本嫣红的双唇到现在还泛着苍白的颜色。而且刚刚也是实在没有办法，要怪就怪自己的运气太背了，进来的时候没有人，刚要出去的时候就来了两个。幸好没有被战友看到，不然他的一世英名肯定就这样毁了，而且会流传整个中队！比起这，现在的情况还值得庆幸！席修辰这样安慰着自己。他手环住宁月妩：“没事，咱当兵的皮糙肉厚，脸皮肯定也很厚，这点事情根本算不上什么。这不是你有需要吗，管那么多做什么？谁叫只有我照顾你呢，傻媳妇。”

那一声“傻媳妇”叫得很轻，还是被宁月妧听到了。“什么傻媳妇，乱叫什么？”

“你刚刚都说我是你男朋友了，不是傻媳妇是什么？”席修辰无赖地“据理力争”，“你就是傻媳妇。”

他心里喜欢宁月妧。最初，喜欢她的气质，稳稳端静；后来，慢慢地，喜欢上她那样的性格，可以无拘无束地说着一切，跟她在一起就有一种放松的感觉。

文静而不拘束。和自己凑一块，沉静如月的宁月妧就会变成活泼的小太阳。而她的同学说，她平常都是温文安静的，开心的时候也是温和如春日的阳光。

喜欢就要争取，这就是部队教给他的！既然别人都这么认为了，那么小傻妞就逃不出自己的魔爪了！

“赶紧回去吧，不要再站在这里了。”宁月妧自己尴尬不已，把男人带到男厕所，这样的罪名她可是担当不起，也不计较那么多，拉着他赶紧溜。

两人加快了脚步回病房，正好有护士走过，问道：“怎么打着点滴还到处乱跑，跑到哪里去了？也不怕滚针。”

简单的一句询问让两人悚然一惊，出奇一致地回答：“我们哪里都没有去，真的没有去！”说着，席修辰还一边喘着气，刚刚发生的事情实在是太……太难以启齿。

护士看上去似是不信，看了看宁月妧：“这病人还绑着纱布还没好，别到处跑，更不能沾到水，听到没？”

一说到水，两人就懊恼不已。

“真的没有，我只是去透透气，真的，待在病床上太闷了。”宁月妧微笑着回答，“一定会注意的，放心吧。”

回到病房后，两人才松了一口气。经此一事，宁月妧再也不敢让席修辰陪自己去厕所，若是在打点滴，一定会忍到结束为止。

席修辰之后回到中队换服装，换了一件便装就出来了。宁月妩看到身穿便装的他，不禁多看了几眼。

席修辰穿的是极为普通的羽绒服，墨绿色；下身穿着牛仔裤，很是休闲，也很有味道。那种感觉，就是有活力。

席修辰是带着饭盒进来的，他帮宁月妩打了白米粥和青菜豆腐，放到桌子前面："小傻瓜，快点吃吧。"

仿佛，宁月妩在他心里就是没有名字的，只有"小傻瓜"这个称号……至少在宁月妩是这样认为的，直到以后，席修辰才说出实情——他实在不会读那个字：妩。

第十三章　迷恋

宁月妩看到菜色清淡，就知道肯定是席修辰挑的，自己在恢复期间不能吃口味重的，但还是稍微抱怨了一下：“怎么没肉啊？”

“医生说过了，你不能吃荤腥的菜，所以就先吃这些了，乖，听话。”席修辰把菜拿出来，一边说道。

宁月妩拿起汤勺，舀了一口白粥，结果被烫了一下，赶忙拿开吹了吹：“这稀饭好烫。”

“你先晾凉了……至于肉嘛，”席修辰伸出了自己的手臂。宁月妩不解地看着他，席修辰悠然道：“手臂就是肉啊，给。”

宁月妩把他的手打开，满是嫌弃：“要你的手臂做什么？我才不吃生肉呢！而且你还没洗干净呢，我才不吃。”

难不成洗干净了再煮熟了她就吃，席修辰逗宁月妩，只好道：“这不是逗你吗？乖乖吃东西啊，别饿坏了，我看你又瘦了。媳妇乖，听话。”

宁月妩身量纤纤，病号服穿在身上都显得很宽大。还记得当时抱着宁月妩冲出火场的时候，与平时的训练相比根本毫不费力。

那一声媳妇叫得很是清越，有一股醉人的力量，让人抗拒不得。“知道啦。”宁月妩小口吃着粥，看了席修辰一眼，“你吃了吗，不会自己没有吃饭吧？”

“吃了，刚刚回中队的时候赶上开饭，吃饱了。”席修辰摸了摸自己的肚子，“你看，吃得圆圆的。”

宁月妩忍俊不禁，笑着喝下粥：“你忙的话就回去吧，我叫我同学过来陪着我就行。看你们天天都那么忙，怎么有时间陪我？”

席修辰摸了摸自己的头发，虽然他的头发极短：“有时间就是有时间嘛，队长批的，我也可以乐得清闲，当兵来还从没那么闲过。”

在医院中的日子过得似乎很慢，姚芝虞也来看过宁月妩，看到席修辰很是惊讶，也没多问，就让席修辰陪着宁月妩，自己有空就来医院，带来一些东西，顺便讲讲自己和元瑾心在学校的教学任务。

那样的时光，就像是荷兰低地上的风车，慢悠悠地转着，却也不显得单调。在医院中的宁月妩很嗜睡，但只要一睁眼，必能看到席修辰在自己的床前。

席修辰的性格，就和他的外表一样阳光，仿佛没有什么能让他忧心一样，天天高高兴兴的，总能逗得宁月妩发笑。除了她的病情会让他面色阴郁，其余的时间，他总是笑得无拘无束。

这几日像极了老夫老妻相处的时光。傍晚时分，斜阳脉脉，宁月妩捧着书，跟席修辰说着稀奇古怪的传奇故事；而到了晚上，则是席修辰说着有的没的，部队里的，还有老家里的。

时间就这样细水长流。

一天下午的时候，宋子卿跑进宁月妩的病房，手里还捏着一张报纸，对着席修辰大笑：“我说，这个是不是你啊？”

席修辰比了一个小声的手势：“她还在休息呢，你怎么跑过来了？被老大知道你天天那么闲肯定把你抓回去。”

“天天闷得慌，无聊呗。”宋子卿摊摊手，然后把那张报纸递给了席修辰，“我说你也是……口味蛮重的，啧啧啧，我还真不知道啊。”

席修辰接过一看，发现竟然是那天进去女厕所的报道，上面的标题赫然醒目：“消防官兵身穿防火服赫然出现在女厕或为流氓”。

新闻里面是爆料人的爆料，说是看到消防官兵在女厕中，行为举止很是怪异，不知道在做什么，先后吓到两名女生，后面写着爆料人李先生，奖金900元。

报纸上还附着一张图片，因为角度的关系没有拍到宁月妩，只拍到了席修辰。他当时低着头，面容半被遮掩，但只要是认识的人仔细一看，就可以看出是他。

宋子卿目光玩味地看着席修辰："你怎么那么大胆，敢跑到那里去啊？平常除了对战友，都是闷闷的，怎么？嗯？"

席修辰一口气被呛住，提不上来，猛地咳了咳。宋子卿就是这样子，损人损得如此自然而然，让人无从辩驳。

"去你的！我没事跑女厕所去干吗！"席修辰抵死不招，要是被战友知道了，他的脸就在全中队里丢光了！绝对不能让他知道。

宋子卿把报纸拿了过来，指了指上面照片："防火服上面写着云罗中队，就是我们中队，还有这身材、这脸，只要是认识的立刻就看得出来。而且，时间也正好吻合。"说着，宋子卿敛去开玩笑的笑意，"但我还真想认为不是你，万一被捅出来……是不是你那天走错了？"

宁月妩被他们的声音吵醒，迷迷糊糊地睁开眼，看到宋子卿，问："瑾心呢，她有没有陪你？"

"没呢，她还要去上课，反正我也没什么事，过几天就要回去了。"说话间，席修辰趁机把报纸抢走了，宋子卿立刻伸手要抢回来。

宁月妩看他们在抢报纸，问道："那张报纸上面有什么啊？我怎么听你们在说什么东西，云里雾里的。"

"没有什么！"席修辰抢在宋子卿前头，示意宋子卿不要说出来。宋子卿偏偏摇了摇头，大喊道："他跑进女厕所了！"

一听到女厕所，原本还瞌睡的宁月妩顿时双眼睁开，面色绯红，慢慢地转头看向席修辰，有些难以置信："席教官，你怎么又进女厕所了，不会是喜欢上那里了吧？"

宋子卿一听就听出了端倪："什么是又？我说席修辰，你进去过几次女厕所？”

“没有，真没有。”席修辰急得满脸通红，“我也就一次而已，真的就一次！”

“那你还说没有！”宋子卿把手里的报纸甩给席修辰，“这个上面是不是你？”

席修辰红着脸，右手紧紧捏着那张报纸，整张报纸被捏得皱成一团，小声承认道：“是，的确是我。”

宋子卿不敢置信，原本只是开玩笑地说他，没想到却是真的：“是你？你怎么去女厕所？还真的去那里耍流氓，你真……唉！你不是好好地在照看她吗？怎么？”

宁月妩听他们这么一说，也隐隐约约猜得出来他们说的是什么，面色滚烫地伸出手，把那张皱巴巴的报纸拿了过来，展开一看，上面分明是席修辰的照片。再看看内容，宁月妩气得直接把报纸扔在了地上。报道虽然是怀疑的语气，但是将矛头指向席修辰，说他有流氓之嫌。

不知道那张图片是谁拍的，因为角度的问题，自己并没有被照进去，而是被墙壁给挡住了。如此一来，席修辰只能是含冤莫白。

看到“爆料人李先生”，宁月妩盯着地上的报纸，看着那几个字不肯放松。李先生？是哪一个李先生？记得当时的时候，附近并没有其他人。

“对不起啊……当时是我让他帮我拿着点滴进去的，没想到会变成这个样子，实在是不好意思。”宁月妩据实以告，看着宋子卿，“这件事情会不会对席修辰有影响？”

“不清楚。”宋子卿摇了摇头，“只能看事情怎么样发展了。如果就这样了，无声无息是最好的；万一成为舆论的焦点，什么事情都不好说。严重的话，警告或是处分，开除军籍也不一定。”

听到开除军籍，宁月妩的眉心跳了跳。如此一来，席修辰的军旅生涯岂非就葬送在自己的手中了？宁月妩蹙眉道：“要不我去说清楚吧？

免得众口铄金，到时候真的是什么事情都说不清楚了。”

席修辰和宋子卿立刻否决宁月妩：“不行！”

宋子卿接着说：“事情现在还不是很清楚，所以不要贸然去说。如果就这样没声息地过去了，去解释多半会引起不必要的麻烦。第二，现在还没有牵扯到你，你最好也不要出现。”

宁月妩只能点头同意，毕竟在忻城自己并不了解情况，只能听他们的。那天晚上元瑾心过来看宁月妩，顺道说了那件事：“月妩，你看没看《忻城晚报》？那里爆料了一个兵渣，竟然去女厕所耍流氓，好吓人的，而且还是在这个医院啊！以后你去洗手间的话要当心一点。”

元瑾心的无心之语，让宁月妩和席修辰双双变了脸色。宁月妩干笑了几声：“呵呵，我一定会注意的，瑾心你也是啊。”

元瑾心很不放心地打量着宁月妩：“月妩，你不是好点了吗，怎么脸色这么难看？是不是又怎么样了？”

“没怎么。”宁月妩沉闷地说道，抬眸看着元瑾心，“你什么时候看到这新闻的？”

元瑾心在床边坐了下来：“宋子卿看报纸和我说的，现在忻城的贴吧里都在讨论这件事，搞得沸沸扬扬的，你还不知道吗？”

果不其然，打开手机的聊天软件，推送的消息里面赫然就有：《疑似官兵出现在女厕，被指为流氓》。

那张照片不知道被转载了多少次，宁月妩心里被什么拉扯着，万般揪心。或许，或许当时不在洗手的问题上纠结，就不会给别人以可乘之机。

宋子卿这个时候走了进来，手里提着水果，放在桌子上：“瑾心，你要的水果我帮你买来带给你同学了。”说完，很是疑惑地看了看屋内的人，宁月妩神色凝重，席修辰表情尴尬，心里就猜了个大概，赶忙把元瑾心带回自己的病房。

元瑾心被宋子卿拉出去，走了一段，元瑾心把宋子卿的手甩开，低头看着被抓出一圈红色的皓腕，嗔怒道："宋子卿，你干什么呢！你把我抓疼了知不知道？"

宋子卿把食指放在元瑾心的唇上，让元瑾心小声一点："乖，回去我再跟你说，你肯定是把女厕所的事情跟他们说了是不是？"

元瑾心点头："是啊，我叮嘱月妩小心一点不可以吗？"

等到元瑾心和宋子卿回到病房，宋子卿才小声地和元瑾心说道："那个人就是我战友，就是陪着你同学的那个人。"

元瑾心吓得瞪大了眼睛："宋子卿你说什么？你战友竟然是那样的人？你还让他陪着月妩？你这是在把羊送入虎口知不知道？"

宋子卿按住她的肩膀，不让元瑾心跑出病房："你什么也没有了解就这样冒冒失失的，当时是宁月妩挂着点滴不方便去厕所，才让席修辰陪着去的，没想到会被拍到，爆料到报纸上。"

元瑾心呆呆愣愣的，许久才回过神来："原来是这样子啊……贴吧里面都说得沸沸扬扬的，我刚刚跟他们说了，难怪他们的脸色那么奇怪，原来是这样。"

宋子卿拿过元瑾心的手机，打开一看，果然网上的贴吧和论坛都在讨论这件事情，指责那名官兵，更有甚者矛头直指当兵的，说他们是洪水猛兽，素质低下。

种种负能量的言论数不胜数，宋子卿把手机握在手中，双目紧盯着屏幕，额头浮起青筋。再这样下去的话，对谁都是不利的，唯一的办法，就是让宁月妩把事件说清楚。只是怕的是，会将宁月妩拖入泥潭之中，最后事情不仅没说清楚，反而事态扩大……牵扯到更多的人。

第十四章　溺爱

经过一天的酝酿，第二天这件事情继续登上报纸，后续爆料、网友的相关讨论成为《忻城晚报》的头条。这件事在忻城传得沸沸扬扬。

宋子卿神色凝重地走进病房，看到宁月妩在睡着，而席修辰在旁边撑着下颌，看着宁月妩出神，不知在想着什么，于是上前摇了摇席修辰，打了个手势示意席修辰出去。

席修辰跟着宋子卿走出病房，两人坐在走廊的椅子上，宋子卿拿出报纸，扔到席修辰的腿上："你自己看。"

席修辰心里猜了个大概，一定是又出了什么事情，把报纸嘶啦一声翻开，看了看上面，一整版都是关于自己的。

报纸上刊登出一个女子的爆料，声称那一天的确有一名男子在女厕所中，身上穿着消防官兵的防火服，自己被吓得立刻就跑掉了，当时也不敢多看，现在想起来后怕不已。

"当时我也没敢仔细看，遇到这种情况，如果他是流氓的话，走上前不就是等于送死吗？没想到这件事登上报纸了，那我也要站出来证明这件事情。"郭女士接受采访的话被登在报纸上。

下面就是市民的种种议论。有的在指责消防部队疏于管理；有的指责席修辰素质低下，要求加强教育……

席修辰合上报纸，闭上双眼。事情愈演愈烈，是当初自己没有想到的。

宋子卿也是头痛不已：“你要怎么办？”

“我不知道，我总不能冲上去当众矢之的吧？这件事根本就是莫须有的事情，强行把泼污水在我身上。这家报社也是……”席修辰恨得直咬牙，“现在最怕惊动上面。”

宋子卿把手机拿给了席修辰：“你自己看，网上已经有人想要人肉你了，那张照片的信息都很清楚，万一真的找到了就更难收拾了。”

席修辰把手机握得紧紧的：“那些人就是吃饱撑着，不就是一件事情，至于搞得满城风雨吗？万一真被人肉出来了，连累我们中队就真的不好了。”虽然这件事情上自己并没有错误，但是自己作为一名士兵，名声格外重要，因为自己是在部队之中，自己在外就代表着整个集体。他决不能让集体的名声染上污点。

宋子卿亦是皱眉，手指直接敲打在椅子上，发出沉闷的声音。谁会想到小小的一则爆料会发展到这种地步，一发而不可收。

宁月妩不知何时已经出现在门口，缓缓打开了房门，看着两人坐在椅子上默默不语，望了良久，才开口道：“你们怎么不进去，坐在门口做什么呢？”

两人听到月妩的声音，俱是吓了一跳，心虚地看向宁月妩。此时宁月妩的手搭在门框上，自己一个人站立在门口，宁静得像是初开的白色孤挺。宋子卿笑着摇头：“没什么，兄弟唠唠嗑，这不是怕吵醒你吗？”

宁月妩露出一个安静的笑容：“再睡我就要变成猪了，还叫我睡觉，真是没良心。进去说吧，反正我现在也醒来了。”

“就说一会儿，没多久就要归队了，到时候能闲下来说话的时间还真不多了。对了，你有什么事情吗？叫席修辰陪你。”宋子卿把话题一转。

宁月妩赶忙摇摇手：“没什么，我就是去厕所……你们先聊。”宁月妩顺手关上了门，冲他们笑笑，“席修辰，我想吃大苹果，快去给我削，谢谢啦，别傻愣着。”说完眨了眨眼睛，走过两人的身侧，宽大的病号服裹着倩影走向洗手间。

待到走远了，宁月妩绕了个弯儿，并没有走向洗手间，而是走到了另一个走廊，拿出手机拨通了《忻城晚报》的热线电话。

其实他们刚刚的谈话她都已经听到了。那次在云灵山上经历火灾以来，自己睡眠就很浅，稍微有一点风吹草动就会惊醒。那次云灵山上的大火也震惊了全市甚至是全省，宗教名寺险些毁于一旦。据席修辰说，那次大火是因为禅房的厅堂香烛不慎掉到了可燃物上，牵连着一排的禅房都燃烧起来。

至于之后的事情，她也没太关心，毕竟自己在那里曾经身陷险境，不愿去多想。

晚报的热线电话很快就拨通了，是一名女士的声音，说道：“您好，这里是《忻城晚报》热线电话，请问有什么需要帮助的吗？”

宁月妩嘴唇勾起清寒的笑容，宛若秋季初霜：“麻烦你告诉我，最近贵报炒得沸沸扬扬的厕所事件，爆料人李先生是谁？”

电话那头一愣，过了一会儿才回答道：“对不起，这是爆料人的个人隐私，我们有义务为他保密。请问还有其他的事情吗？”

宁月妩沉声道：“你们没有摸清事情的来龙去脉就胡乱报道，这是一家报刊该有的职业道德吗？这分明就是子虚乌有的事情，被你们刻意炒作，你们是想要做什么？”

对方似是招架不住，赶忙换了一个男的：“这位小姐，请问贵姓？”

“叫我宁小姐就好，还有，这件事情是子虚乌有的事情，你们非要把脏水扣在一个消防官兵的身上，到时候如果惊动上面，你们要怎么样收场？”

“抱歉。”对方的话语不疾不徐，明显是有备而来，“这件事情有照片为证，还有一名女士出面作证，我们可以判定这件事情并非子虚乌有。”

面对对方的谦恭有礼，宁月妩只是趴在栏杆上，看着外面车水马龙，闪着前灯你来我往，还有这座城市高楼的点点灯火：“那么我就跟你说说这件事情到底是怎么回事。想必你是领导吧？麻烦你听好了。”

寒夜的风吹起她白色的衣角，恰如白色的百合翩然而立，安静美好，而不任污泥欺凌。

外面点点灯光如火，却暖不了心中的冰冷。

宁月妩走回病房的时候，正好看到元瑾心也跑了过来，同宋子卿挨着坐着，趴在宋子卿的肩上不住发笑。

“我说给我削吧，你要是再这样削下去让月妩怎么吃你的苹果？”元瑾心笑着要拿过来，席修辰却是摇头不肯，执意要自己削苹果。

他就不明白了，平常没有什么难得倒自己，怎么一个小小的削皮刀就这样难拿，皮一削就会断掉，很难一片地削下来，一整颗苹果被自己弄得坑坑洼洼的。

他就不信了，一个小小的苹果会难倒自己！她好不容易叫自己去削一次苹果，一定要让那个小傻妞吃上苹果。

宁月妩含笑走进病房，想要把削皮刀从席修辰手上抽出来，没想到席修辰握得紧紧的，宁月妩抽不出来，只好说道：“小席同志，把苹果给我吧。”

“不行，我要削。”

“没事的，平常也就洗洗就能吃的，削不削皮无伤大雅。”宁月妩把苹果拿了过来，用凉开水冲了下就放入口中，“元瑾心，今天你还是第一回带着你的兵哥哥过来啊，平常你都是自己过来的，怎么今天敢在我面前这么嚣张？不怕我告诉你家里啊？”

元瑾心赶忙向宁月妩靠了过去：“月亮姐姐最好了，要是被我家里知道了还不把我撕了啊！我这不也天天来看你嘛，今天是他正好在这里，我也只好过来了嘛。”

宁月妩眉眼弯弯："行了我知道了，这不是还帮你保密着嘛！这几天学校那里怎么样？小鱼儿怎么没有过来？"

"小鱼儿还在忙着改考卷呢，我偷懒，就把考卷丢给她改了。"

宁月妩用食指捅了捅她："你太坏了，把人家丢在办公室里面改考卷，等会儿回去的时候记得带消夜犒劳犒劳人家啊。"

另一边席修辰还拿着削皮刀一直摆弄着，然后又从袋子里拿了一个小苹果出来，开始削皮。他就不信了，一个苹果都削不好！

宁月妩看到他那副纠结的样子，很是好笑："席修辰，不就是一个苹果吗？我这个吃了，下一个你要负责吃哦！我可是吃不了那么多的。还有，你这几天不用回去吗？如果有事的话叫别人过来陪我就行。"

"没事的，这几天休息完回去就有的忙了。苹果削完了我就自己吃，也口渴了。"

第二天的《忻城日报》以及《忻城晚报》都对厕所事件进行了报道，宁月妩发出的声明也第一时间被刊登了出来。

"席修辰，你看那个男医生好帅！"宁月妩和席修辰从庭院里走回来，看到一个眉清目秀的医生，兴奋地拉着席修辰看。

席修辰面色一沉："你再给我花痴？你是我媳妇！"

"谁是你媳妇了啊？"这几天没管着席修辰，他倒是叫得越来越顺口！自己怎么不知不觉就被席修辰给拐了！

"我说是就是！傻媳妇笨媳妇呆媳妇，这几天都是老公陪着你，你想忘恩负义吗？"

两个人一路吵一路回去，宁月妩没想到席修辰要赖皮的时候连自己都居于下风，被弄得气结不已："我说不是就不是。我就看！"宁月妩扬起头。

席修辰也和她对峙着："媳妇你造反了！"

才一进房，席修辰就被宋子卿给拉了出去。

席修辰看着报纸发愣，而宋子卿则是眉头深锁，这件事的发展越来越失去控制，根本不知道之后会怎样，而且还把宁月妩给牵扯了进来。

最近的传得沸沸扬扬的女厕所事件，完全是一件子虚乌有的事情，我，宁月妩特此声明，这件事情完全是因我而起。那天我因为刚经历火灾，身体不适，正在打点滴，又急于上厕所。而我手臂受伤，无法自己拿着吊瓶，只好令身边陪护的人陪着去厕所，也就是照片中的人。以下有几点要说明：

其一，图片中的消防官兵的确是消防官兵，因为陪护而无暇换洗衣服，在这里我要向他表示愧疚与感谢，因为看护我而放弃自己的休息时间。

其二，进厕所的时候是我相陪，并不是他一个人，相信医院的监控可以替我证明。并且在厕所中的时候，只有我们两人，并没有所谓耍流氓的说法。后来有两名女士要进来都没有进来，请问，要对谁耍流氓？

其三，所谓的李先生爆料，完全是在歪曲事实的基础上爆料的，照片也是因为角度问题，没有拍到我。敢问李先生可否站出来说出自己是何居心？相信大家也猜得出来。

其四，所谓的郭女士的佐证根本不足为证。郭女士声称自己因为太紧张并没有看清楚，对没有看清楚的场面如何作证？请郭女士再次站出来把话说清楚，不要混淆视听。

最后，把男生带进女厕所，是我没有三思，带来的负面影响皆因我而起，我对此深表歉意。但是，一切与他人无关，切莫累及他人。

席修辰看到了报纸上的声明，一下子冲进病房，双目盯着宁月妩：“你什么时候跑去报社发了这个？你为什么要把自己牵扯进去？要是我想这样的话我早就叫你去发声明了！”

席修辰的脸上带着一层晕色，双眸布着深深浅浅的血丝，双唇也在隐隐颤抖着，手中的报纸已经被捏得皱得不成样子。

气氛变得前所未有的森冷，怒气从席修辰的身上迸发而出。宁月妩知道他在怒中，只是坐在病床上，双眸低垂，纤长的睫毛落下一弯阴影，双手握住床单的边沿。

许久，宁月妩才启唇，粉白的双唇滑出娇弱的声音："席修辰，你为什么都不把事情告诉我？要不是我无意间知道，我根本不知道事情会变成这样，我也不想看到你难办。而且，这件事情是因我而起，我去声明如果可以解决这件事，那么我牵扯进去也没事。我知道，你不希望我蹚这趟浑水。"

席修辰握紧了双拳，眉目间风雨欲来。

宋子卿冲了进来，对席修辰说道："宁月妩……她也是……"

席修辰只是恨自己没有用，与当年一样，什么事情都做不出来！

"因为这件事再不解决，我也知道，惊动上面会对你不利。席修辰……"宁月妩无助地摇头，眼角泪光隐隐，"我也不知道该怎么做，你不要生气好不好？"

第十五章　疗伤

那次之后，席修辰就会时不时莫名其妙地独自一人坐在角落，谁也不理，只是坐着发呆。几次月妩叫他，他也只是应答几声。

就凭自己这样，遇到麻烦什么也做不了，如果月妩真的成了自己的媳妇，他算是好老公吗？第一次，席修辰追求宁月妩的决心动摇了。

宁月妩感觉得到，席修辰他生气了。那一天他吼她并不是真的发怒，一旦他生气，只会将怒火压在自己的心上，独自一人闷着。

宁月妩看他这样也十分难受，自从那件事件以来，席修辰清隽的面容已经瘦削了不少，眉目间的阴郁清晰可见，就连下巴也长满了或长或短的胡茬。

而宁月妩自己伤势好得很快，不多日就可以出院了。看到床前的席修辰终日沉沉闷闷的，自己的心也灰了不少，如同一片阴霾落在天空，挥之不去。

"席修辰，你倒是说说话啊！你整天生什么气？你这样子还怎么陪我？席修辰，你到底怎么样了啊？"

席修辰只是低着头，把头埋在两膝间，露出一片短短的头发："我的事情不要你管，这件事是我不对。"他将所有的责任都揽到了自己的身上，就连生气，亦是在为自己气。平日那种嬉笑阳光烟消云散。

而那件事件，因为宁月妩刊登声明，立时平息了不少。然而也立刻有人站出来反对，反对宁月妩将男人带入女厕所，更有甚者怀疑宁月妩撒谎，事实上根本就没有她说的这回事。

舆论开始分为两派。一派支持宁月妩，认为是无心之过；另一派认为这件事情决不可姑息。

后者渐渐占据了上风，在网上对宁月妩口诛笔伐。宁月妩看到了不过凝眉片刻就放下手机。

这世界上不缺的就是散布流言蜚语的人，那些无所事事无事生非的人。

傍晚宁月妩进洗手间，出来的时候被一个中年妇女认了出来："你不就是那个带男人进女厕所的吗？"

宁月妩没想到会在这里被人认出来，愣了片刻，不置可否就想要走。那妇女却开始嚷嚷，一群不明真相的人将宁月妩团团围住，指指点点个不停。

宁月妩眉头深锁，只觉得耳畔乱哄哄的，难受地闭上了双眼，被步步紧逼倒退到墙上。她也不想解释，因为该说的她已经说了，更何况，人本身就是她带进去的。

最后还是宋子卿过来，怒不可遏地斥退众人："你们做什么？想要聚众闹事是不是！"

众人见到宋子卿穿着军装，加上那种逼人的气势，立刻让了脚步让宋子卿进去。宋子卿不由分说地拉起宁月妩，直接带了回去，临走前放话道："下不为例，为难一个女生算什么？否则我也为难你们！"

事件愈演愈烈，已经不可收拾，完全超出报社的掌控，在网上刮起风暴，甚至已经有人找上席修辰所在的中队，要求给一个说法。

这天早晨宁月妩才用完早餐，就有人冲了进来，看着病床上的宁月妩："你就是那个发声明的对不对？你把男人带进女厕所，你这么做知道会带来多大的危险吗？"

席修辰立刻把那人拉开，然而来的人却越来越多，宁月妩被席修辰保护在身后，一双眼盯着人群。

“我媳妇什么时候轮到你们指指点点！”席修辰一声呼啸，彻底震慑住了全场，病房内瞬间鸦雀无声。

来者不善，善者不来，多少人披着道德的外衣肆意颐指气使。席修辰牢牢把宁月妩护在身后，手握着月妩的手，暖暖的热意让她暖心。

有的人拿着话筒想要采访，还有的人拿着照相机对宁月妩一阵猛拍，刺眼的闪光灯让宁月妩偏过头去，双眸眯着。

宁月妩想要冲出去理论，被席修辰手臂挡着。席修辰对宁月妩摇摇头，如果宁月妩再与他们起什么冲突，场面不可控制，就无法收拾了。

“拍什么拍！再拍老子收拾你们！老子媳妇什么时候可以让你们这样欺负？！”席修辰压抑着怒火，再次把所有人震慑住。谁也不敢在一只即将暴怒的猛虎面前惹火，都收敛了许多。

席修辰气势逼人，却始终护着宁月妩。宁月妩双眸莹然看着席修辰高大的背影。他以后的媳妇，一定会被他这样牢牢保护着吧？

最后，医院的保安把人都驱散了，才让病房回归平静。

宁月妩眼看事情已是自己所不能掌控，拉着席修辰的衣袖，闷闷道：“席修辰，这件事情怎么办啊？”

宁月妩的声音已经失去了平日的软糯，变得喑哑涩然。席修辰的衣服上是那种最普通的洗衣粉的味道，清香朴素。

“没事，大不了我去把事情说清楚。这件事情本来就不是什么大事，澄清总比一直闹腾下去要好，不能拖到到时候闹到我的中队。”

宋子卿停在门口，不住摇头：“这件事情不对，如果能停下来的话，宁月妩的声明早就应该起作用了，而不是越闹越凶。这像是一个普通的事件吗？这件事情多半是冲着你来的。”

席修辰自问平常没得罪过谁，脸色沉郁：“不可能，我平常也没得罪过人，谁会和我过不去？”席修辰抓着自己的衣服，走出病房，拿出一根香烟抽起来。

宁月妩第一次看到他抽烟，他愁云惨淡的脸色埋没在烟雾之中，看不清。宁月妩想要走过去，却被他拒绝了：“你别过来，烟对你不好，我想静静。”

宁月妩默然，停下了脚步，转身回到病房。她拿出手机，把房门关紧，走到窗户边，接通了电话。

电话里是一个沉稳的男声，宁月妩问道：“喂，姐夫，有什么事情啊？”宁月妩的声音小小的，无力地趴在窗口。

“月妩，出什么事情了？是不是出什么事情了？你姐姐她最近怎么样？”电话那头一下子就扔过来好几个问题。

“姐夫……”宁月妩声音小小的，如今，她只能向姐夫寻求帮助，可是……宁月妩想起自己的姐姐，神色更为纠结。

宁月妩清了清嗓子：“就是……有一点事情。姐姐现在还好，就是有时候会抱着你的衣服……”说到此处，月妩不由哽咽，“姐夫，多陪陪姐姐吧，真的，我知道你们放不开彼此。”

电话那头传来无奈的叹息：“我也想，可是在部队里面身不由己啊！而且，我这离厦城千里之遥，根本抽不开身，到时候我再和她谈谈吧。小月，你这次，是有什么事情？”

听到那边不说话，他又开口：“小月，你还要瞒着我吗？我现在就在忻城开会，晚报的东西我都看过了。”

反正是自己家的人，宁月妩也不拐弯抹角，将事情的经过全部说了出来，只是说完后一再叮嘱，千万不能让家里知道，否则家里又要担心了。

“姐夫，我真不知道怎么办了。”从没遇到这种事情的她，手足无措。

“这件事我来安排，我总觉得，那个李先生不对劲，以后你自己在外要小心一点。”他又叮嘱了一番才挂了电话。

打完电话，宁月妩感到口渴，正准备倒杯水喝，不小心碰倒了桌上的热水瓶。月妩赶紧抽回手掌，但是手背还是被烫红了一块，水杯也掉在了地上。

席修辰听到声音立刻冲进来："怎么了？"看到宁月妩小脸皱成了一团，坐在床上，赶忙跑过去，"你这个傻妞，怎么了？"

"手烫到了……疼。"宁月妩发出嘶嘶的声音。

席修辰把她手掌拿过来一看，发现已经红了，低吼道："你怎么这么不小心！"

"我看你不高兴，我自己也心神不定的，如果当初我不叫你就好了。席修辰，不要再生气了好不好？"

席修辰脸色黯下来，沉默不语。

第二天，报社忽然刊登声明，宣称这件事情是误会，公开道歉。与其同时，公安武警方面也发表言论：报社并未旅行应有的义务，相关爆料人士肆意抹黑军队形象，军队方保留追究法律责任的权利。

事情在一夜之间转了向。

上面施以压力，加之报社发表了声明，一时间，原本沸沸扬扬的事情沉寂下来，而报社被推上风口浪尖。

宋子卿看到舆论一时风向大转，立刻跑去告诉席修辰："你说这是怎么回事？报社也就算了，这件事怎么连上面都给惊动了？"

虽然这件事情已经朝对自己有利的方向发展，但是事情发生得太突然，快得不像是寻常之人所能掌控的。

席修辰皱眉，盯着报社发表的声明。难道说，是有人在后面推波助澜，将事情的局势给扭转了？会是谁这样做，有这样的能力？

宁月妩拿着玻璃杯，小口小口啜饮着杯子里面的牛奶，低眉不语。这件事如果她再这样子放任下去，迟早会把自己和席修辰弄得难以抽身，倒不如现在来个彻底了断，等会儿报社就会有人来登门道歉。

要怪就只能怪报社为了赚发行量，不惜拿这种事情炒作，只能怪他们自己作茧自缚了。只是她没想到，《忻城晚报》竟会用大幅篇章报道这件事情，甚至还牵连了《忻城日报》。

心里想着，敲门的声音就响起来了。宋子卿起身去开门，没想到一行不认识的人，摆出很大阵仗要进来，宋子卿立刻张臂挡住：“你们什么人？这里是病房，你们要干吗？”

“先生您好，我是《忻城晚报》的负责人，姓王，我要找席修辰先生。请问他是不是在这里？”为首的男子西装革履，穿着很是正式。

宁月妩从床上起身，对宋子卿道：“让他们进来。”而后便神色淡淡地坐回到自己的床上，眼睛在一行人上流连。

这就是号称代表民声的报社？宁月妩一声冷笑：“席修辰就在我旁边，请问你们有什么话要说的？”

“这位就是宁小姐吧？您好您好！”王先生不住地笑着，发福的脸上因为笑容挤出不少皱纹，“这件事真是不好意思，给您带来了那么多麻烦。”

宁月妩不置可否，换了个姿势，对那名男子道：“王先生，这带来的岂止是麻烦，您这不仅仅是在给我泼脏水，还是抹黑军队的形象，您知道吗？牵扯到我事小，我知道，您是怕上头万一雷霆大怒，怪罪下来，自己饭碗不保。”

宁月妩说得很是淡然，字字句句戳中要害，让王先生流下了冷汗，只是不停地赔笑。宁月妩眸光一转，问道：“那天接我电话的那位先生应该也来了吧？叫他过来，我倒是要看看谁能将巧言令色的功夫运用得如此炉火纯青，都能颠倒黑白了。”

王先生将头扭到后边，立刻有人把一个清瘦的身影揪了出来。那名男子面容倒也端正，戴着一副黑框的眼睛，看上去文质彬彬。

宁月妩看着那名男子，随即把席修辰拉倒自己的旁边：“你猜猜他是读什么专业的？”

席修辰看了一眼，皱眉摇头：“我看不出，没读过大学。”

宁月妩抬眸，看着他道：“如果没猜错的话，应该也是中文专业，对吗？”

那个男子低低道："没错。"

宁月妩轻嗤："那天你也说得挺好的，如果我不是当事人，还真的会被你的话所蛊惑，你告诉我，李先生是谁？"

男子不言不语，最后才憋出几个字："对不起，这是个人隐私。"

"个人隐私？！我们的生活被他偷拍，这样就不算是侵犯了个人隐私吗？！你给我说清楚，他要不要为这件事情负责？抑或是，你就是那位李先生？"宁月妩压着怒意，"你不可能不知道网上把我们说成什么样子，你今天要是不把事情给我解释清楚了，我跟你没完！"

她姐夫跟她说，李先生现在还没有头绪可以找到，那么唯一的突破点就是那天接自己电话的人，他回答的是不能说，而不是不知道，由此可见，他一定知道。

宁月妩在人前向来是温文安静的样子，鲜有动怒，席修辰从未见过宁月妩生气的样子，就算是当时自己闷着，宁月妩也没有说什么。可今天，宁月妩身边隐隐有冷意环绕。

那名男子低着头不肯说话，宁月妩白了他一眼，转头对王先生道："你们今天不是要道歉吗？相信出了那么大的事情，今天也是你最后一次以负责人的身份出现了。"

王先生脸色乍变，脸上冷汗涔涔。

整个编辑部对席修辰再三道歉，表示不敢再随意报道有关军人的负面消息，一定会在报道之前调查清楚。

席修辰只是随便听了几句，就叫他们离开。原本自己就不喜欢人多，黑压压的一片，一行人又是抱着走形式的心态过来的，更让他不耐烦。

只要宁月妩能够好好的，事情能够尘埃落定就好。

临走前，宁月妩叫住了那名清瘦的男子。宁月妩平静地坐在床头，面无表情地看着他："你真的不肯说出来？"

那名男子点点头，随即迈步随队伍离开了。席修辰拉了拉宁月妩：

“事情解决了不就行了吗？为什么还要问个清楚？”

宁月妧摇头，头上垂下的青丝在肩上滑动：“你难道不觉得太突然了吗？为什么我们说出了事情的真相还有人怀疑，甚至找到了你的中队？你难道不觉得这件事情哪里不对劲吗，席修辰？”

“是。”宋子卿把人送了出去，回来，沉声道：“但就是说不出来哪里不对劲，一切发生得那么自然而然。”

宁月妧沉思着，接下来，就是要清除席修辰的不良名声了，她不能让这件事给席修辰留下污点。

第十六章 守望

《忻城晚报》报社第二天就报道了宁月妩撰写的感谢信，将其登载在报纸的头条之上，信中，宁月妩表达对席修辰的感谢以及抱歉。

> 我要感谢伟大的消防官兵席先生，是他冒着生命危险将我从火场中救出，是他牺牲自己的休息时间来陪护我。我由衷感谢这些日子他细致入微的照料。如果说他在火场中将我救出是他的义务，那么也可以说在茫茫人海中能够相逢也是一种缘分。因为在我刚来到忻城的时候，几次遇到麻烦，也是他出手相助，让我感受到忻城的热情、武警战士的铁血热心。
>
> 这些日子的相陪并不是他的义务，因为一些原因他留下来陪我，却没想到因此给他的正常生活以及声誉带来困扰。我深表遗憾。这世间总是不缺无端生事之人，为了博取利益而不择手段，拿别人当垫脚石，好在事情已经拨云见雾。
>
> ……

宁月妩洋洋洒洒几千字，被铅印在报纸上，一字不落。宋子卿和席修辰看到那张报纸，百感交集。

席修辰看到“缘分”二字，心里莫名地疼了一下。相识相知是缘分，可是以后呢？宁月妩为自己做了那么多，在事情解决之后还刊登这篇文章……她，真的很用心。

宋子卿仔细看完了那篇文章，脸上是的春阳一般的笑意："席修辰，一个女孩子竟然能为你做到这样，我只能评价：尽心尽力。"

彼时，两人正走在走廊之中，席修辰的手上提着打包好的早餐："嗯，我知道，她真的很用心。"

宋子卿停下了脚步，双目盯着他："席修辰，我听我媳妇说，你和宁月妩之间有什么，是不是真的？"

席修辰也停下脚步，瞬间有片刻的慌乱，双唇紧抿着："有什么？没有什么啊。怎么可能有什么。"

自己一个人，虽然习惯了单身，真的挺好的，但夜深人静的时候，总觉得心里缺了一块。

席修辰拳头落在宋子卿的肩膀上："宋子卿，你说我有可能跟她有什么吗？这种事情也就你们爱八卦，你又不是不知道我的事情。"

虽然是叫她"媳妇"，虽然自己很喜欢她，但是，她没有回应，她就像是看待小孩子的玩笑一般。

他席修辰一定要追到媳妇！母亲说自己找不到媳妇，他就不信了！

说完，席修辰自己先走了，而宋子卿在后面默默叹了一口气，才跟上去："席修辰，我先回去了，这几天就忙着要回去了，我还要整理材料。你自己……保重。"

走到病房中，席修辰小心翼翼地推开房门，蹑手蹑脚地走进去。宁月妩正巧翻了一个身，双眼迷蒙间看到席修辰，问道："现在几点了？"

"才七点多，要不要再睡会儿？"席修辰把早餐放在桌子上，有一杯热腾腾的牛奶，还有几个糯米烧卖。

宁月妩伸了个懒腰起床，伸手把牛奶倒进自己的杯子里面，声音软软的："不睡了，反正都醒了，这几天睡得够多的了。"

起床的时候宁月妩正好把放在枕侧的一叠纸张给碰落了，宁月妩也没察觉，就直接去洗手间洗漱了。席修辰看到了，就帮忙捡起来，结果一看，上面全是密密麻麻的字。

宁月妩的字清秀典雅，越写到后面越是潦草，但是仍然能认得出来。

让席修辰没想到的是，上面内容竟然是今天报刊上刊登的东西，再翻下去，下面一张则是今天要交给报社的东西。

她是什么时候写的？在自己不知道的时候写了那么多。席修辰听着洗手间传来流水的哗哗声音，心里觉得有暖热的东西流过，眼睛也觉得涩涩的。

宁月妩……宁儿，傻媳妇。原本生闷气的他，瞬间一颗心都要化了。这个小傻妞不知道晚上熬夜到几点。自己为自己生气，甚至还波及她，她还这样。

宁月妩，这个名字他在心里默念过数百遍。她为了自己，一定费了不少的时间吧？这些稿子，又是她费了多少的时间写的？自从她渐渐好起来后，晚上自己就会回中队。想想也就当时宁月妩昏迷的那几日，他日夜不离地陪在身侧，其余的时间就是出操回来给她带早餐，还有利用训练后空闲的时间来看看她。

这个傻媳妇，自己的身体都还没完全好，竟然就开始操劳，让自己要怎么说她呢？席修辰摇着头，唇边发出叹息。其实，她根本不用操心这些的，他一个粗人，哪里怕什么风言风语，只要不牵涉到整个中队就好了。

宁月妩揉着双眼走出洗手间，走向席修辰。席修辰声音低低的，把那些纸张收在自己的手心里，眼光巡在宁月妩的脸上："傻媳妇，这几天晚上你都做什么了？"

"还能做什么，当然是睡觉喽，大晚上不睡觉能做什么。"宁月妩慢悠悠地拿起杯子来，"今天烧卖好像不是前几天那一家呢？"宁月妩长发随意地披在肩上，并未束起，清水挂面的样子很是清然。

"你不是说那一家皮太厚了吗，我就换了一家试试看，觉得还不错就给你买了。”说完，他就拿出一叠纸，“不要告诉我这几天你都在忙这个。你照照镜子，宁月妩！你现在还没完全恢复，你怎么可以不把自己的身体放心上？”

“你从哪里摸出来的？”宁月妩有些不好意思，“那些都是有的没的，别多看啦。”说完就一把把那些纸张抢了过来。

席修辰盯着宁月妩，目光凝滞：“当然是你放在床上，自己弄掉的。——你是不是晚上在熬夜弄那么多东西？那么多字你要写多久？这些是报社应该做的，怎么轮到你来做了？”

宁月妩见事情败露了，面色讪讪：“我怕那些报社的不明情况，到时候又乱写惹出什么事情来，再说了，我也就有空才写写这个，没什么事情的。”

席修辰不理她，宁月妩就知道他生气了，于是也板了脸：“席修辰，我爱做什么这是我的自由，你又不是我男朋友你管我做什么？我连自己想做的事情就不能做吗？我本身就是中文专业的，不写东西我手痒不行吗？”

席修辰在早就见识过宁月妩说人的功夫，让人无可反击，可是这样他就更气，身体还没好就这样！席修辰拉长了脸，深邃的眼里跳动着怒火：“那我现在就是你男朋友了，我就要管你了，怎么样？这几天你就要给我好好休息！”.他生气的时候语气是几近怒吼的，强有力而霸道，他不容许宁月妩不照顾好自己。

宁月妩听他胡说，气得脸色都变了：“席修辰你再胡说，我什么时候是的女朋友了？我是单身好不好？你想要找女朋友，想这样随便拉一个，请你去秦淮河，不要来找我，谢谢！”说完，她自顾自把稿子拍完照发给了编辑。

“秦淮河？”席修辰拧眉问道，“什么秦淮河？为什么要去秦淮河？我都叫你傻媳妇了！”

秦淮河自明清以来便是秦楼楚馆之地，烟花柳色的场所，席修辰不会不知道吧？宁月妩一边弄着稿子，一边道：“就是青楼聚集的场所啊，你不知道吗？秦淮河自古就是脂粉之地。”

席修辰只听得懂前半句，后半句没搞明白，但是起码也把“秦淮河”的意思搞清楚了，原来是青楼……这个傻妞，竟然让自己到那种场所去！

席修辰拔高了声调，用命令的口吻喊道：“宁月妩，现在你给我注意休息，我现在就是你男朋友，你不听也得听。还有，我才不会去那种地方！”

“你什么时候是我男朋友了，经过我同意了吗？！别人说你们如狼似虎，在部队里一个个都憋坏了，你告诉我这是不是真的？你看看你现在的样子！”

宁月妩一席话直接扑灭了席修辰的气焰。只要牵扯到一个群体，席修辰就会立刻吃瘪，因为他不是一个人，穿上了军装，就代表了一个集体。

“我说是就是，就是你男朋友，要不你会让我管吗？”席修辰嘴硬，他不能再让宁月妩为自己这样辛劳了。

席修辰居高临下投下目光，将宁月妩的身形锁在自己的瞳眸之中，流露出军人特有的霸气与严厉。习惯了席修辰的阳光气的宁月妩，不由吓得双唇微颤，黑白分明的双眸看着席修辰。

其实宁月妩也知道席修辰的意思，她清楚席修辰是为了自己好……宁月妩摇了摇头，用撒娇的语气对他道：“席修辰，帮我去买果汁，嘴馋了。”

席修辰得令，立刻行动。不想刚打开门，就扑进来两个人，席修辰立刻闪身一躲，那两个身影就直接摔倒在了地上，有一个人还发出尖叫声。

宁月妩听见熟悉的声音，扭头看去，正好看到一个女生把一个男生扑倒在地。席修辰双臂环在胸前，定定看着两人。宁月妩仔细一看，竟然是元瑾心，被压在底下的不用猜就知道是宋子卿了。

席修辰看着宋子卿，然后伸臂一把把两个人拉起来："我说你们在做什么呢，我才一开门就要给我投怀送抱，这样的惊喜我可是消受不起。"

两个人都格外不好意思，本来在听墙角，没想到门会突然打开，结果就那样摔在了地上。元瑾心呵呵笑着，走向宁月妩："我们是来看你的，没什么啊，月亮姐姐。"

苍天为证，他们本来是来看宁月妩的，只是没想到后面听到的内容那么劲爆，席修辰强行要做宁月妩的男朋友！宋子卿和宁月妩当时就愣住了，不知道两人要做什么，而宋子卿则是万分激动，小声道："我就说他们有关系，你还不信。"

"人家宁月妩可没有答应他呢，你胡说什么呢。"元瑾心抓着宋子卿，"你看看你们这些当兵的，就是这么霸道。"

然后两人为了探听两个人之间的发展，就把耳朵贴在门上偷偷听两人在说什么，以至于席修辰把门拉开的时候两人猝不及防地摔在地上。

宁月妩双唇轻勾，玩味地看着元瑾心："真的吗？你们耳朵贴在门上有没有听出什么啊？隔墙有耳啊，真是防不胜防。"

宋子卿直接对席修辰喊道："速战速决懂不懂？怎么你有速战就没有速决？当兵的本事都哪去了，没有把阵地迅速拿下！"

宁月妩听到宋子卿如此比喻，气得摇头发笑，自己什么时候变成阵地了，敌方想要拿下就拿下？于是推了一下元瑾心，嗔怪道："还不快管管你老公？哪有整天怂恿别人做坏事的？"

元瑾心听到"老公"两个字，脸上就像被刷了一层红漆一样，神色闪闪烁烁："什么老公啊……宋子卿就是我男朋友而已。"

"行了行了，叫了还不承认，你没看宋子卿在抡拳头冲着你抗议呢。"宁月妩笑得春光灿烂，"我都听见了你还说没有，'嗯，老公，我想吃面，我就要吃面好不好，陪我去嘛！'"宁月妩学着元瑾心撒娇的语气，让元瑾心脸色爆红，席修辰亦是乐不可支，指着宋子卿笑个不停。

最后还是宋子卿嚷嚷着让宁月妩好好休息，赶紧把元瑾心带了回去，原本是来笑别人的，结果反被将了一军。

宁月妩喝着席修辰送来的果汁，趁着席修辰去训练的空当策划新的文稿——《为无私的消防战士点赞》，由席修辰的案例，引出几个经典的消防战士无私奉献的案例，向群众展现消防官兵的风貌，同时也找来了当时在场的另一个女生为事件做证明。

宁月妩快速地写着稿子，涂涂改改，觉得胸口越来越闷，呼吸也不是很顺畅，喝了几口温开水继续赶稿，等到稿件发过去时，终于撑不住，趴在了桌上。

“喂，宁小姐，我收到了，请问还有吗？喂？喂？”

第十七章　祈愿

醒来的时候，宁月妩睁开模糊的双眼，手里握着的，是一个领花。她还记得，自己的领花是挂在左手臂的，那这个是?

“席修辰呢？”宁月妩问姚芝虞道，环视了一圈病房，没看到席修辰的身影，心中若有所失。

姚芝虞倒了一杯水，递给宁月妩：“他昨天晚上有事回去了。他已经在病床前陪你两天了，这两天你昏迷不醒，把他吓坏了。也是席修辰太过粗心了，竟然把混合果汁买了过来，不知道你对杧果过敏，结果气管堵塞，你差点就……”

宁月妩拿着杯子，晃着杯子里的水，啜了几口，看向姚芝虞：“他有没有说什么？”

姚芝虞点头：“他说领导叫他回去了，要出警。现在中队的人手不够，因为有的人去考学了。他说有空再来。”

两天的沉睡，感觉有他在身侧相陪。那种感觉，是安心的，可以令自己宁神安心。就像是溺水的人抓住了一节浮木，而那浮木之上，还有另一个人陪着你。

还好是他。

见宁月妩垂眸不语，姚芝虞推了推她：“你是没看到他前两天紧张的样子，被你紧紧拽着手臂，困了也只能趴在你床头睡一会儿，吃东西也是喝点粥，怕有味道熏着你。”

宁月妩听了，心里不好受，他好傻，怎么就那样被自己拽着，也不肯出声，就傻傻地陪了自己两天，一句怨言都没有。

“真傻。”宁月妩浅笑。

“是挺傻的。”姚芝虞道，“人家把你从火场里面救出来还这样陪着你，后来你昏迷了也是寸步不离，整个人都憔悴了不少，很是自责。”

宁月妩只是沉思，轻声道：“是啊。有空再去感谢他吧，不知道他现在是在干吗呢？或许是在训练吧。”她手指勾弄着床单，问道，“瑾心那里怎么样了？”

说到元瑾心，姚芝虞不由扑哧一笑：“那两个人现在还腻歪着呢，不知道怎么回事，她男朋友可能是忙里偷闲，两人这几天一直在一起。不过明天他男朋友就要回去了。”

“回头咱们一定要好好拷问瑾心，瞒别人也就算了，竟然还瞒我们，一定要好好收拾她！”宁月妩道。

那边椅子上放着报纸，头条就是《为消防官兵点赞》，还好昏迷前把稿子发了过去，没有延误。姚芝虞见宁月妩的目光在那上面，开口道：“这篇文章反响很好，甚至得到了市领导的一致好评，席修辰看了好久呢，来来回回不知看了几遍。对了，《忻城晚报》决定聘用你为特约记者。”

宁月妩听了，一笑置之。能顺利宣传就好，其余的也就不求那么多了。

元瑾心听到宁月妩醒的消息，赶忙跑到病房：“月妩，好点没？”

“好点了，只不过……”宁月妩嘴角噙着玩味的笑容，“你还记得有我这个人啊？不去陪着你的宋子卿？”

“咱的月亮姐姐当然是最重要的了。”元瑾心春风满面地讨好着宁月妩，又倒了一杯水给她，“来，喝水润润嗓子。”

宁月妩笑：“你要把我灌成水牛啊？刚刚才喝了呢。——你那位怎么样？”

“他啊，该怎么样怎么样。领导说了，这次就算是放假了。天天蹦跶着想要出去逛逛，昨天才陪他出去溜达了一圈。”

月妩看她兴奋的笑容，就知道瑾心一定很开心。虽说自己不了解宋子卿，但能让瑾心高兴的，一定是对瑾心很好的。

“看你兴奋的，在两只单身汪面前花式虐狗会招来嫉恨的哦。”姚芝虞盈然道，“单身狗也是狗，请不要虐待动物哦，亲。”

元瑾心摸了摸脑袋：“没有啦，就是不知不觉高兴。不过再过几天就要回厦城了，时间好快。”

“嗯？怎么会？怎么这么快就要回厦城，我们不是要来两个月的吗？是不是发生了什么？”不知为何，一听到要回厦城，宁月妩心里有点舍不得。

姚芝虞道：“是学校通知的，听说你这里出了事情，连忙打电话叫我们回去，教育交流的事情先放下。”

“这么突然。”宁月妩惊讶。

“嗯，而且凌浩成等会儿会和你的父母过来接你，准备一起回厦城。”

听到凌浩成的名字，宁月妩蹙眉：“凌浩成来这里做什么？我又不是他的什么人，他凭什么来这里看我？”

“人家一番好意……还跟着叔叔阿姨一起来，我总不能让人家不来吧？”姚芝虞面露难色，虽然不知道凌浩成和宁月妩的关系，但是起码现在看得出，他们绝非恋人。

说曹操，曹操到。

病房响起敲门的声音，元瑾心过去开门，就看到凌浩成迈着优雅的步伐想要进来。元瑾心伸手一挡：“凌浩成，月妩她现在不方便见你。”

凌浩成也不气恼，只是微笑地看着元瑾心：“瑾心，我又不是旁人，没事的。”

凌浩成穿着棕色的大衣，看起来很是修长精神，腿上穿着灰色的牛仔裤，休闲而有气质。

特别是他的笑容，浅浅温温的，与宁月妧极为相似，让人抗拒不得。

“不行就是不行，病人受到惊吓，需要好好静养，如果你希望月妧好起来，就尽量不要打扰她了，谢谢。”元瑾心说话丝毫不留余地，含笑回答。

两人就那么僵持着，姚芝虞看向宁月妧，摇了摇头，毕竟这样僵着也不是办法。宁月妧撇过脸，双唇启合：“让他进来吧，来者是客。”

凌浩成的手上还提着一篮水果，外加一束百合花。他将东西放置在病床前的桌子上，温声道：“月妧，我给你带了水果和你最喜欢的百合，祝你早日康复。”

“谢谢你。”宁月妧漾起一丝笑意，然而眼光从未落在凌浩成的身上，“来都来了，还带什么礼物，这么见外，心意到了就好。”

凌浩成望着她，见她神色淡淡，说：“月妧，你不是说只来忻城几天就回去吗，怎么还和教学交流有关？”

“学校安排的，我也想去，毕竟这是不可多得的社会实践机会。”宁月妧依旧语气浅浅，“你不是也在忙自己的事情吗？刚开学的晚会就够你忙了，现在忙完了？”

凌浩成笑得云淡风轻，一副成竹在胸的模样：“没事的，所有的都已经安排好了，一切都打点下去了，按照策划书来做。”

“这一次可是海军方面要来视察，我们文学院千万不能输给了东道主航海学院呢。”

凌浩成的嘴角浮起一丝笑意，将床单上的皱纹抚平，然后坐了上去：“月妧，难为你还那么关心我，打听得那么详细。放心吧，有我呢。”

“是吗？”宁月妩淡淡的语气带着一丝嘲讽的意味，“不过……文学社的事情我还没准备，恐怕要让凌部失望了。”

宁月妩一句话让凌浩成脸色突变，原本的笑意顿时凝住：“你说什么？文学社的安排我不是期末考前就发下去了？”

“是，但是我不喜欢凌部的想法，我们文学社一贯采用自己的想法和构思，不喜欢被人指手画脚。所以凌部现在还能气定神闲地站在我面前问我是否安好吗？”

宁月妩嘴角是那种清浅怡人的笑容，仿若二月初开的桃花，娇媚鲜妍，让人不忍责怪。她看着凌浩成脸色变幻，而后又恢复了往日那种谦谦君子的模样：“没事，没事。”

“没事？”宁月妩不以为然，“我只是想告诉凌部，不要想将所有的事情都掌控在手，这一次学生会插手文学社是第一次，也只会是最后一次，希望你的接任者不要再重蹈覆辙。”

“没事的，这次来不是公事，只是为了看看你而已。我已经问过医生了，他说你只是吸入了一些有毒气体，受到了惊吓，以及局部烧伤。还好没什么大碍。”凌浩成恢复了往日的温润神色，语气中听不出一丝怒意。

“看也看了，您也了解了，我依旧安好，劳您费心了。”宁月妩打了个哈欠，“我爸我妈呢？怎么没见到他们？”

凌浩成看了一下手腕上的表：“叔叔阿姨马上就来。”

“嗯，那我睡会儿，你自便。”说完，宁月妩翻了一个身，准备再次入眠。恰好，宁月妩的父母赶到病房门口，急匆匆地跑进来。

宁月妩的母亲萧云岚最先冲到病床前，反复看了宁月妩几次：“月儿你没事吧？怎么才来没几天就发生这样的事情啊！”

看到母亲紧张得满头大汗，还千里迢迢地从厦城赶来忻城，宁月妩不免有些心疼和愧疚，第一次出远门就让二老如此担心。于是说：“妈，没事的，只是一个小意外而已，看把你着急的，我这不是好好的吗？”

“有没有伤到哪里？”萧云岚紧张地问，“现在还有没有觉得哪里不舒服？”

宁月妩的父亲宁正刚走在后头，拉了拉萧云岚：“孩子她妈别那么激动，人家浩成不是说了吗，月儿没事情，没必要这样大惊小怪的，月儿只要静养就好。”

萧云岚不以为然：“不行，月儿就要赶紧回到厦城。怎么到了云灵山就出了这样的事情？唉！”

提起云灵山，宁月妩就想起帮凌浩成求的东西，向姚芝虞道：“芝虞，帮我把包里面的锦盒拿过来。”

姚芝虞拿过锦盒，宁月妩示意姚芝虞递给凌浩成：“凌浩成，你要求的东西我帮你带来了，还好芝虞那天帮我把东西带出来了。”

凌浩成接过锦盒，解开上面的小纽扣打开一看，是红铜色的同心锁。病房内所有人的目光都看向那把同心锁，除了月妩和她父母，其余人都面露惊讶之色。

凌浩成嘴角微勾，将两把同心锁用食指挑起来，拿捏在手中，然后将其中一把锁打开，递给宁月妩：“给你。”

“凌浩成我帮你求了，所以当然由你先保管。”宁月睁着眼睛看着凌浩成，眼底浮起温柔的笑意。

“月儿！”萧云岚喊道。

“妈！”宁月妩带着撒娇的语气，“人家怎么能现在就要这种东西嘛。”她不是不知道父母的意思，可是，她既不想违背父母，也不想……就这样跟一个人在一起。

宁正刚推了推萧云岚：“月儿不要的话谁也不能勉强她，这是孩子的事，咱们别管那么多。”说着拉着萧云岚就往外走，“看了月儿也没事，反正过几天就回去了。”

凌浩成有些尴尬，不知道要不要接下那把锁，宁月妩道：“瑾心，好累了。”

这是下逐客令了，凌浩成杵在那儿不知该不该走。月妩再度开口：“凌浩成，你再站在那里打扰我的话，要不我换病房，要不我过几天就不走了。”

她真不知道要怎么面对凌浩成。

凌浩成只能动身，临走前看了月妩一眼：“对不起。”

他的声音极为轻微，若是不仔细听，根本听不到。宁月妩不置可否，也不去看他：“凌浩成，那早就过去了。”

凌浩成走后，姚芝虞和元瑾心相对无言。宁月妩看她们不知道说什么，于是道：“凌浩成就那样，我和他也没什么的，你们不用瞎想。”

而病房外，席修辰正好要走进去的时候，看见了凌浩成。

彼时，两人正谈论着晚会的事情，宁月妩那么了解凌浩成的生活，对凌浩成的关心可见一斑。席修辰觉得，就像是突然被针扎进心，然后针又被抽出，在心上留下了孔洞一般。

凌浩成就坐在月妩的病床前，温润如玉的神色带着关切看着月妩……而她竟然过几天就要走了，自己还不清楚。

那就是她的男朋友吧。与她真般配，真是郎才女貌。

席修辰拿起塑料袋里面的苹果，直接咬了一口。不用洗，直接吃，省麻烦，又节约水资源。他的苹果，与水果篮中的苹果相比，不知道要寒酸几倍。

席修辰咬着苹果，身子一转来到宋子卿的病房，把苹果带去给宋子卿。吃剩下的苹果核，随手一丢，丢入果皮箱内。

很可笑，他自作多情了那么多天，直到今天才知晓。

安静小傻妞，睡觉的时候喜欢抱着东西的小傻妞，不再会是自己的了。

第十八章 反噬

宁月妩身体已经好得差不多了，这几天是家里人陪在自己的身边，凌浩成也常常来。对父母，宁月妩自然是和颜悦色，可是对凌浩成，却没有太好的反应。

凌浩成对自己的好简直是无话可说，每天都挑好的吃食送来自己的身边，就连摆在桌上的鲜花也每天换着新的花样。对此，宁月妩的父母是默许的，宁月妩也只能默默地接受。

“凌浩成，你买了那么多花我根本用不着，还有那些吃的东西我也吃不完。”宁月妩坐在床边的椅子上翻着一本书，抬眸看向凌浩成，“你这样子是在浪费，知道吗？”

凌浩成并不在意，依旧谦谦温和：“没事的，没有用完、吃完的我都会分给这里的看护，根本就不会浪费。更何况如果你突然需要、想吃，到时候去找的话去找，不是更麻烦？”

月妩也不好继续说下去，只能继续埋头看书。只是，那道目光始终落在自己的身上，让她感到一种压迫感，于是啪的一声合上书，扬眸定定看着凌浩成。

凌浩成不论什么时候都是那副姿态，全然是温润公子的风骨，一如魏晋时潇洒的文人雅客，让人挑不出一丝缺憾。他笑的时候眉宇也同他的唇一样弯弯的：“没事的，我又不出声，你看你的书就好，有什么事情再喊我，我都在的。”

凌浩成的目光从宁月妩的脸上移开，落在月妩素手握着的那本书上。他的神色有一种淡淡若烟的落寞，旋即就被吹走不见。

“《玉壶清话》说过，君子谦文而鲜愠，淡然处世，月妩，你看到这里了没？”

凌浩成没有离开的意思，反而借着自己看的书来劝说自己。宁月妩把书翻转，把书封盖住：“对不起我还没看到那里，而且我不是君子，而是女子。君子远小人，自然也要远女子。”

凌浩成拿她没有办法，只能看着宁月妩悄然起身，末了，问了一句：“想不想吃烧卖？我正好有事要出去，给你带一点。”

“嗯，行。”这一次宁月妩没有再拒绝，直接开口道，“我要糯米虾仁的，不要去那一家店面大的，要店面小的那家，还有记得多带几个袋子。”

等到凌浩成回来的时候，宁月妩带着烧卖跑到另一间病房去，找到宋子卿，自己捡了两个，其余的放在宋子卿的床上：“回去的时候帮我带给席修辰啊，他喜欢吃虾仁的，还有，如果你想吃的话自便啊。”宁月妩笑得清浅怡然，秀眉弯弯如月，弯腰放下烧卖的时候，一排整齐的刘海垂落下来。

宋子卿在桌子边上整理着中队的材料，看了一眼烧卖就笑出声：“你这丫头，怎么这时候想起席修辰了？”

“之前不是都是他给我买的嘛，就想起他了。最近怎么都没看见他？他是不是很忙？”宁月妩问。

宋子卿一愣，继续写着材料，回答道：“是啊，最近中队的事情比较多，他也抽不开身，你看连我都在忙。”

“好吧。”宁月妩点点头，环视了一眼病房，“那我先走了，不打扰了，帮我给席修辰问个好。”

等到宁月妩轻轻关上门的时候，宋子卿才停下手中的笔，望着袋子里烧卖发呆。席修辰，你说这个我是给你带，还是不给你带？

这日清晨，阳光泻落满地，暖暖的温意充斥在空气之中，窗外鸟声婉转，不绝于耳。宁月妩推开窗子，新鲜的空气扑面而来，而后宁月妩就走到洗手间洗漱，走出来的时候，一头长发梳好，垂落在背后。

三声咚咚咚的敲门声响起，整齐而有节奏。如此熟悉，宁月妩涌起一丝喜悦，懒懒散散地走过去开门，而后揉了揉眼睛："你怎么现在才来啊，席……"迷迷糊糊看到的身影并不是他，宁月妩吸了一口气，温然道，"才七点而已，你这么早来做什么？"

凌浩成把手中塑料袋举起来："给你带早餐过来了，顺便叫你起床，现在可不能再赖床了，要不就成懒猪了。"

凌浩成这么一说，令宁月妩再次想起席修辰。原本那敲门的节奏和声音就很像席修辰的，开门的瞬间她差一点失言把凌浩成叫成席修辰。然而终究是不一样的，席修辰送早餐的方式很幽默，自己有好几次正在洗漱时都笑得喷出一口牙膏泡沫。

"您好，我是快递的，您有一个快件等待签收，请开门收件。"等到自己开门的时候，席修辰就从背后摸出早餐。

"你好，你的肚子正在呼叫我，我已经把你肚子想要的东西送来了，请查验。"

……

太多太多了，他总是换着花样让自己高兴。后来无意间听到席修辰和元瑾心的谈话，席修辰说那次大火以来，宁月妩晚上梦魇不断，这才想着花样让宁月妩轻松起来。

可是一阵子了，都没见到席修辰了，连宋子卿也归队了。元瑾心和姚芝虞也都准备好回厦城。一切似乎都要回归正轨，萍水相逢的人随着流水一样的时间的冲刷，相聚不过一瞬，过后各自东西。

宁月妩的父母因为有事，提前离开忻城，将宁月妩托付于凌浩成照料。那一日，太原机场，宁月妩手里紧紧握着那枚冰冷的领花，直至那领花被捂热，直到她望穿了秋水，也没望到席修辰。

本来还想把领花还给他的，跟他说一句谢谢，然而他却始终没有出现。

元瑾心看到宁月妩皓腕间的领花和掌中的领花，晃了晃自己手上的："月妩你看，宋子卿送我的，我也有！"

宁月妩笑着看着元瑾心手臂间亮晶晶的东西："是啊，他领花都给你了，今天他不来送你吗？"

说到这，元瑾心有些失落地放下手臂，声音低低的："没有，他们准备要去集训队了，这几天都在准备呢，我就没让他来了，怎么了？"

"没怎么啊，我就是问问，想把这个还给席修辰，结果偏偏一直没看到他，估计他们都在忙吧。"宁月妩眼神落在自己的脚尖，有些涣散。

宁月妩想起在火车站时，那一次把他扑倒在地上。还有山上大火之中，是他舍命相救；在医院里，是他无微不至的照顾。

起码相见是缘，既然只是萍水相逢，那么就把曾经作为怀念吧。一个人的人生中有太多的过客，我们遇到的多数人都从我们生命中匆匆而过，能驻足回首的不过寥寥几人而已。太多人的都被我们淡忘在了回忆的尘烟之中。

凌浩成今日身穿黑色的外套、灰色的裤子，衣装整洁平整，拖着考究的牛皮箱子走了过来："月妩，你们准备好了吗，证件都带了吗？"

"嗯。"宁月妩回答得言简意赅，拉起自己的行李箱，叫上了姚芝虞和元瑾心，"我们走吧，早一点通关去候机。"

凌浩成拖着行李箱，转头对宁月妩道："快中午了，你饿不饿？要不要我去给你买点吃的垫肚子？"

宁月妩浅笑摇头："我不饿，小鱼儿你们饿不饿，要不让浩成去给你们买点吃的？"

光洁的瓷砖上发出此起彼伏的脚步声，低眉望去，光亮的瓷砖上倒映出四个人的影子，不模糊，也不是很清晰，就像是水中的倒影一般。

而自己的影子，双眉微蹙，若有若无的愁思萦绕在眉头。

宁月妩努力撑起微笑，昂头向前走去。

就在检查身份证件的时候，宁月妩翻遍全身上下，都没有找到自己的身份证，又把自己的行李箱翻了个遍，也没有发现自己的身份证。

宁月妩急得满头大汗，眼看还有半个小时就要登机，仍没有看到自己的身份证。凌浩成见宁月妩着急的样子，问道："月妩怎么了？"

"我身份证不见了，好像忘在医院了，怎么办啊？"宁月妩有些无措地看向凌浩成。

凌浩成沉吟片刻，拉起宁月妩的手："跟我去拿，用最快的速度应该来得及，你还记得放在哪里吗？"

宁月妩想了想："应该是放在抽屉里的病历卡那里，我嫌病历卡太碍眼就没有带出来，结果……应该是放在那里了。"

然后宁月妩就被凌浩成拉着，在机场大楼中一路飞奔。凌浩成拉着宁月妩的手腕，抓得紧又不很用力，跑得很快，宁月妩不会被抓得很疼，也能亦步亦趋地跟上他的步伐。

眼前的景物都在跳动，宁月妩跑得气喘吁吁，转过转角，然后飞快地下楼梯，也顾不得发丝凌乱，两人就一路飞奔。

彼时，席修辰的中队正好前往机场中队演练，宋子卿看了下手机，对席修辰说道："要不要去看看她们？她们已经在候机了。"

席修辰正踌躇着。如果去，那也是为了宁月妩，可是宁月妩她……哪里还会需要自己呢。

那日出现的男子，衣装整洁，风度翩翩，对宁月妩如此亲密，一看便知是她的男朋友。而自己，就只是一个穷当兵的而已。

不然，去道个别也好？以后南北相隔，就再也不见面，彼此留个念想，将回忆沉在心底也好。

就在这个时候，席修辰看到宁月妩奔跑的身影。宁月妩和那名男子正好从机场的大门出来，宁月妩跟紧着他的脚步，长发纷飞，而他紧紧抓着她，昭示着两人亲密的关系。

席修辰瞳孔一缩，一双黑眸紧紧盯着宁月妩。宋子卿没听到席修辰的回答，不知他在看什么，问道："你在看什么？"循着他的目光望去，宋子卿立刻傻眼了，而后乖乖地闭口不言。

宁月妩被凌浩成拉着，下楼梯的时候下得太快，脚步一时没有停下来，直接向前扑过去，发出一声轻呼。凌浩成听见宁月妩的声音，转头过去看见宁月妩身形不稳，立刻张开双臂，把月妩揽在怀里："当心！"

月妩撞入他的怀中，才不至于整个人摔倒在地上。头顶上炙热的目光锁着自己，宁月妩揉了揉自己，问他道："没撞疼你吧？"

"没事的，你没事就行。"他声音醇厚温柔，一如一坛经年的老酒，有绵绵无尽的情意蕴藏在里头。

宁月妩小心地挣脱他臂膀："赶紧走吧，要不该来不及了。"

于是两人跑到路口，登上计程车便绝尘而去。而不远处，席修辰看着这一切，握紧的双拳随着车影的远离而渐渐松开。

她本就与自己没有任何牵连，不是吗？她曾经对自己的好、为自己的付出，只是一种知恩图报而已。

宁月妩那种气质，温文沉静，就像是书画中的古典女子，有那种浑然天成的气韵在骨子里。并且她也是一个随性的女孩。

可是，都与自己没有关系了。

第十九章 希冀

席修辰淡淡地收回目光，拍了拍宋子卿的肩膀："看什么呢，人家手牵着手跟咱有什么关系，你媳妇就在里面你想不想进去？"

"不去了。"考虑到席修辰，宋子卿立刻摇了摇头，"以后又不是见不到人，而且还有同学陪着她呢，不用了。"

席修辰嘴角抽了抽，拍了拍宋子卿的肩膀，而后跟着排长的带领走入机场中队，"那就好好训练，期待你们下次见面，起码补上那次火焰晚会。"

另一边宁月妩和凌浩成匆匆赶到医院里，跟当班的护士说明了情况，找到了那一间病房的钥匙。好在那间病房还没有来得及打扫，宁月妩打开抽屉，翻了翻病历卡，自己的身份证果然在里面，当下就松了一口气。

还好身份证没丢，如果真把身份证给弄丢了，真不知道要怎么处理才好。刚才凌浩成一路拉着她，紧赶慢赶才来到这，见找着了，便又拉住了她的手臂："我们要快点走，不能误了航班。"

宁月妩甩了甩手腕，不留痕迹地拒绝道："凌浩成，我手已经被你抓得很痛了，我们自己走行不行？"

凌浩成听了，眉头皱了一下，旋即了若无痕："没事，那我牵着你另一只手，这样才来得及。走吧，赶紧的。"

宁月妩委屈地撇撇嘴，站在原地不动了："凌浩成，哪有这样一直拉着我的，不清楚的人还以为我们在私奔呢。”说完，自己就打开房门走了出去，末了还转头对凌浩成道，“凌浩成你快一点，自己都说要快还站在那。”

凌浩成摇摇头，只能跟上宁月妩。宁月妩不愿意，他又有什么办法？今天，是他第一次牵着月妩的手，哪怕刚才他的脚步再快，也不及刚才心跳的迅疾。

那感觉，就像是将自己日思夜想的珍宝，有朝一日终于得到手一般狂喜。原本自己仅仅是下意识地拉起月妩，而她，没有拒绝。

即使他接触过的女人有无数个，但从没有人能给他这样的感觉。即使最初追她并不是喜欢她，但是追一个人久了，始终得不到，心里就像被下了魔咒一般，出乎意料地在乎上了她。

是以，他凌浩成能不顾形象地拉着宁月妩，在机场、路上狂奔，不管是乱了衣衫，还是皱了眉头，依旧向前，只要能拉着她一直走下去。

终究是要回归现实的，就比如现在，宁月妩很是客气地婉拒了自己，一个人走在前方，而自己，又开始了追着她的另一个轮回。

两人幸运地及时打到了的士，路上交通也不拥堵，顺利地赶回机场。进入机场中时，突然响起了警笛声，吓了宁月妩一跳。

所有人都面面相觑，不知道发生了什么，宁月妩和凌浩成检查过了证件和行李后，进入候机楼中，坐在姚芝虞的旁边，问道：“发生了什么，怎么我一来就响起了警笛？”

元瑾心凑过头来道：“这是消防119的警笛，估计出了什么事情吧，你刚来就响起来了，我们也不知道发生了什么。”

几个人凑到玻璃幕墙的边上，看着外面的机场。有一架飞机斜斜地停在跑道上，轮子上不断冒着黑烟，隐隐还有火花在黑烟中冒出。

浓浓的黑烟冲向天空，看起来很是吓人，在场的候机乘客不由沸腾了，都争相涌过来看现场的情况。

“那辆飞机怎么了？”宁月妩看到那样的场景，皱了皱眉，该不会发生了什么事情吧。

姚芝虞安静地看了看那辆飞机，道：“估计是降落的时候出了什么问题让轮胎着火了，起飞降落的三分钟被称为‘黑色三分钟’，在这三分钟里经常会发生各种事情。”

“哦。”宁月妩和元瑾心点了点头。之后，两辆消防车开进机场中，鸣着高声的警笛，快速进入火场，在飞机前面停了下来。

车门被打开，冲下几名身穿红色防火服的战斗员，他们从车旁边快速取出水带，扛起水带就准备要灭火。另一个消防员则配合着打开阀门，战斗员对着大火喷起来。

元瑾心眼睛微眯，兴奋地咬着宁月妩跳起来：“月妩月妩快看，是宋子卿！他怎么会在这里？”

宁月妩被元瑾心这股兴奋劲吓了一跳，怎么人家灭火她不提心吊胆，还这么兴奋？看到宁月妩鄙视的目光，元瑾心知道她的意思，不好意思地笑了笑：“我不是幸灾乐祸啊，这火根本就不大，宋子卿跟我说过，像这样的火就跟他们训练的时候那种火盆里面的火一样，他给我发过照片的，没什么大事情。我记得他说过好像要来机场演习，难道这是演练啊？用飞机演习也太下得了血本了吧……”

外面的灾情候机楼中看得一清二楚，人们开始交头接耳，不少人还拍了照片发到网上，还有的人跑到前台询问客服，整个候机楼中皆是此起彼伏的讨论声。

广播里响起和蔼的女声，告知候机楼中的人们：“尊敬的女士们、先生们，由于航班在降落过程中发生事故，导致部分航班无法正常起降，给您带来的不便敬请谅解。航班延误时间视具体情况而定，具体情况请留意电子大屏幕，谢谢您的合作。”

人们安静下来，各自讨论着等会儿要做什么。元瑾心则趴在玻璃幕墙上，看着底下的火势。宁月妩也看着那里，宋子卿旁边的那个人，拿着水带朝大火喷洒泡沫，面容一丝不苟，冷峻严肃。

他戴着头盔，红色的防火服穿起来英武逼人，他就是席修辰。

宁月妩在心里默默念了他的名字。

原来，他也在这里，不知道他这几天辛苦与否。

轮胎上的火越燃烧越大，渐渐逼近飞机的主体。席修辰调转了一个方向，朝飞机上喷洒泡沫预防大火蔓延。

宋子卿朝天空比了一个手势，食指指向地面，所有的人会意，立刻往后扑倒在地。所有的人都不知道他们要做什么，随后，一声巨响穿透玻璃幕墙，传到人们的耳中。

元瑾心和宁月妩紧张地瞪大双眼，双手贴在玻璃墙上，看着爆发而出的黑烟，尘烟滚滚。

这样一爆，大火的气焰倒消减了不少。消防员们乘胜追击，一个鲤鱼打滚从地上跳起来，继续灭火。

黑烟越来越少，三把水枪得到指挥，靠拢一个焦点，顺利将明火扑灭，只留下满地雪白的泡沫，风烟了无痕。

一行人收拾着消防器材，准备离开，元瑾心将手掌聚拢成喇叭状，大喊道："宋子卿！"

不知是宋子卿听到了，还是心灵感应，宋子卿转过头来，巡视了一番才看到元瑾心的身影，朝她们挥了挥手。而席修辰，则淡淡回看了一眼，就转过头忙着卷起水带。

难道席修辰没看到自己吗？宁月妩看着他。

广播里提示宁月妩他们要乘坐的航班准备起飞，宁月妩一行人拖着行李箱，从候机楼下去进入机场中，准备登机。

凌浩成与宁月妩肩并肩走着，宁月妩始终盯着地上，头低低的，一路走着。等到进入机场的时候，元瑾心突然惊呼一声，宁月妩心里一紧，赶紧回头看去。只见元瑾心满脸笑意地被宋子卿抓在怀中，喽喽地笑个不停。一猜就知是宋子卿从后面偷袭了元瑾心，给了元瑾心一个惊喜。

其实宋子卿是不想来这里道别的，分别的时候肯定是难舍难分，以元瑾心的性子，一定会难过得掉下眼泪。不过正好都出了火警，也就在这里等着，准备给她一个惊喜。

元瑾心抱着宋子卿又笑又跳，全然不顾旁边还有人在场。宋子卿摸了摸元瑾心的头："看把你乐的，不就是再多看你一眼吗，旁边还有人呢。"

心里高兴，却也不舍。元瑾心笑眸看着宋子卿，双臂拉着宋子卿，一行清泪不由自主就流了下来："宋子卿，下次见面还要等到什么时候啊！"

宋子卿看到元瑾心哭，立刻慌了神，伸出粗糙的双手就往元瑾心的脸上擦，没想到自己的手脏兮兮的，把元瑾心的脸弄花了，看得别人都笑了起来。

"乖，明年我休假就去找你，你在厦城乖乖等我，不许偷偷跑过来，听到了没有？"宋子卿不停地嘱咐。

一行人都默默等着宋子卿和元瑾心。宁月妩的唇角始终是浅笑，看着幸福的两人。她一转身，没想到席修辰就在自己的身后。

席修辰的黑眸沉沉地看着自己，不发一言，挺拔如松地站在自己的身后。宁月妩看了看他脸上的黑色的污痕："刚刚火势是不是很大？"

"还好。"不知何时，席修辰变得惜字如金，将眼睛的聚焦点转到别处，"他是？"

看到凌浩成始终在宁月妩的身侧，席修辰心里终究是不舒服的，蹙眉看着那名西装革履的男子。

凌浩成也已转过了身子，微笑道："您好，我叫凌浩成，是月妩的同班同学，这次来忻城是陪月妩的父母来的，月妩父母有事先行离开了，月妩就由我照看着。请问您是？"

席修辰沉了脸色："没什么，她的点头之交而已，算不上什么。祝你一路顺风。"他的脚后跟向上提了提，往两人身上看了几眼，就扬步而去。

“席修辰！”宁月妩喊住了他，却不知道要说什么。

纵然心里喜欢，可是那又怎样，宁月妩身旁的那个人才配得上她，两人看上去就是一对璧人！他双拳握紧，想要冲过去把她抱在自己怀里，可是……他怕！最后，他启唇道：“一路顺风，后会有期。”

宁月妩不知道为什么席修辰突然变了那么多，手臂挂着的那串领花此刻无比冰凉，重重寒意从手臂间传来。

凌浩成不动声色地勾起一丝嘲讽的笑容，虽然刚刚的话没有说出他与宁月妩的关系，但是那样含沙射影地说出，一般人都听得出来。他拉起行李箱：“月妩，准备走了，元瑾心他们都好了。”

转身的瞬间，席修辰眸中的冰冷一点一点裂开……他垂着双眸，前所未有地失落。

别了，宁月妩。

一行人顺利地登上飞机，凌浩成特意买了一排的位置，四个人都坐在一起，好让自己有机会跟宁月妩多接触。

凌浩成没想到的是，宁月妩三个人坐在一起就有说不完的话。宁月妩和姚芝虞刚放了行李坐定，就围着元瑾心拷问。原本一直想要问的，现在才逮着机会好好盘问一番。

“元瑾心，你们是什么时候在一起的，又是怎么认识的？”姚芝虞抓着元瑾心就丢下问题。

宁月妩也跟着附和点头：“对对对，还有你们在一起是怎么联系的？我怎么看你们都不常联系，好像连电话都很少打！你瞒得我们好苦，留下我们两只单身狗你好意思！”

元瑾心只觉得头都要炸了，举手投降：“你们停下来好不好，这么多问题让我怎么回答！”

乘务员走了过来，微笑地提醒三人：“你们小声点，飞机还有人要休息，不要发出太大的声音，谢谢。”

三个人立即偃旗息鼓，聚在一起小声说着。凌浩成见到这样也只能摇摇头，任她们去了。

元瑾心小声地和她们说，脸上还带着兴奋的笑意，吐了吐舌头：“当时在百度知道发了问题，关于我们消防演练的。你也知道，就是那次我们学院的活动，要采访消防员，所以我提前准备。没想到他让我与他私聊。当时谁不知道谁是谁，聊得挺来，时间久了，就凑合在一起了。”

原来他们是在网上认识的，宁月妩心里暗笑。他们还真是有缘，竟然能在茫茫的网络中遇到彼此，不能不说是缘分。

“那你们在一起多久了，怎么联系的？”姚芝虞继续追问。

元瑾心很是得意地飞了个眼色：“这个你们竟然还没有发现，你们没发现我午休的时候和晚上都会去溜达吗？就是和他打电话啊。都在一起一年了。”

仅靠电话联系，不得不说，这就是异地恋的辛苦。宁月妩很是佩服他们，相隔千里能坚持下来，的确很不容易。

元瑾心看着窗外的朵朵浮云出了神，趴在膝上：“一年……一年也很不容易，而且我们还没有考虑到未来，就在一起了。但，起码我不后悔。”

第二十章　独处

宁月妩也看着窗外的浮云朵朵，顿时想起来那句诗："回头下望人寰处，不见长安见尘雾。"

从飞机上望着下面，已经不知道是哪一座城市了，也不知还能不能望到忻城。元瑾心记挂着忻城，自己呢，又何尝不是有着几分留恋。

飞机掠过浮云万千，浮云，就如同之前的事情那样，迅速过去了。可回忆还是历历在目。

席修辰，他怎么在一夕之间就对自己如此冷漠疏离，两人的关系瞬间降落到冰点，就连他落在自己身上的目光，也是淡漠的。

他不是说自己是他的媳妇吗？原来，他是这样的人，始乱终弃，无声无息地想要一走了之。

说着玩的毕竟只是说着玩的，分道扬镳是迟早的事情。宁月妩嘴唇只有浅平的痕迹，原本的笑意已然消散无形。

回到厦城，就好好忙自己的事情吧，其余的，也不要多去想。她把手心的领花随手一丢就丢进了口袋里，将毛毯卷紧了，闭上眼就要休息。

凌浩成又要了一件毛毯盖在宁月妩的身上："再多加一件，你平时就特别容易着凉，现在才出院不久，不能再着凉了。想要喝水的时候跟我说，我帮你叫温水，听到了吗？"

宁月妩朝凌浩成一笑，将毯子的角抓在手心里："谢谢，知道啦。”

凌浩成拍了下宁月妩的头：“谢什么谢，跟你说了多少回不许说谢谢，结果还跟我说谢谢。”

宁月妩低头轻巧地躲开凌浩成的小动作，声音如棉花，道：“我记得了，别再打我的头了，被你打得变傻怎么办。”

“我养你呗。”凌浩成少见地笑了，如高山流水那般明净清澈，一双清亮的眼睛耀着灼灼的光，看着宁月妩的双眸，倒映出宁月妩的小人影儿。

宁月妩不知道该如何回答，低了头，垂下一缕发丝：“不用啦，再傻也有我的家里嘛。”

凌浩成看着她，轻声道：“赶紧歇会儿吧，刚刚就已经很累了，从医院到机场折腾来折腾去的，一直都没有休息。”

“嗯。”宁月妩简单答了一声，合上眼浅浅睡去。然而睡梦里，住着一个人，那个人救过她，陪伴过她，终究是抹不去的记忆。

下了飞机后，元瑾心一打开手机，宋子卿的电话就打了过来。“宋子卿，你怎么这么刚好就打了过来啊？我刚下飞机呢。你那里演习忙不忙？”

宋子卿嘴角是不明显的笑意，躲在墙角拿着手机。其实哪里是刚好打过来，他打了不知道多少遍，终于通了电话。“现在休息着呢，有时间的，刚才不是那架飞机出事吗，灭火回来后队长让我们休息会儿。”

“这样啊。”元瑾心拿着手机，脸上俱是笑意，让人看了都不觉沉浸在她的幸福之中。宁月妩打开了自己的手机，它安安静静地趴在自己的手掌中，没有丝毫的动静。

眸底是失望的神色，她关了屏幕，准备把手机放入口袋中。下一秒，手机震动起来。宁月妩一看，是忻城的手机号码，于是接了起来：“喂？”

“是我。”电话那头声音沉静有力，“到了吧？”

“嗯，你呢，忙不忙？”宁月妩问道。

“还行，就那样。你到了就好，祝你幸福。”说完，席修辰就摁掉了电话，宁月妩手机里传来冰冷的嘟嘟的挂断音。

宁月妩被弄得满头雾水，不知道席修辰是什么意思，就那样匆匆挂断了电话。一颗心瞬间跌落在了谷底，席修辰，他连多打一秒钟的电话都不耐烦了吗？

在忻城机场中队里，席修辰见到宋子卿给元瑾心打电话，心里的烦躁彻底被激起，把之前宋子卿问到的宁月妩的手机号给拿了过来，直接打了过去。

听到她的声音，席修辰的心里却烦躁异常。为什么，为什么她会有了别人？难怪之前叫她媳妇，她也不在乎，原来她当自己是开玩笑的。不是吗？自从那个男人来了之后，自己就是一个可有可无的存在。

傻，自己真傻，什么都没有问清楚就叫宁月妩“媳妇”。就算是叫了，她不照样还是别人的？

就把以前的事情当作是别人的故事好了，宁月妩对自己好，也只是出于报答的心，是自己，自作多情了。

在部队快两年了，他变得人情不知，怎么就那么傻，把一个女生对自己的感激当作喜欢。想要说的话全部堵塞在喉中，最后，说了一句“祝你幸福”，就挂了电话。

从此两相无牵连。

“谁打的电话，怎么看上去不高兴啊？”凌浩成帮宁月妩拉着行李箱，关切地问道。

宁月妩牵出一抹笑容：“没什么，可能是没休息好吧，晚上回去休息就行了。”

“嗯，好好调养好身子，别因为一点儿小事不高兴，有我在的。”凌浩成心里猜度，多半是那个小当兵打来的。

宁月妩原本想点头，听到了最后四个字不由顿住，睁着眼看着凌浩成。

“有我在。”

那是在台阶上自己摔倒的时候，席修辰一把拥过自己，对自己说的话语。想到这里，她一行眼泪就不住地流了下来，痴痴望着凌浩成。

依旧是这句话，然而却换了另一个人来说。沧海桑田过后，有多少人能依旧陪着自己？又有多少人，能始终在自己的心里占据一方？

回到学校后，大家都忙着毕业的事情，毕业论文交上去以后，还要去各个学校参加实习，而后准备教师招考。

三个人把去忻城执教的实践写成报告，交给了校方。学校对三个人的执教给予了高度评价，并且转达了章校长的谢意，章校长欢迎她们下次再去忻城。

苏校长在某一天下午邀请三人到文学院的咖啡屋中谈天。四个人围成一桌，随意地坐着，气氛轻松。

苏校长满是笑意看着宁月妧，将咖啡杯端起来，用调羹搅了搅：“月妧啊，章校长对你真是赞不绝口。虽然说你只上了一节课，但是给章校长的印象极为深刻，给我打电话的时候一直提到你。”

宁月妧低眉轻笑，调羹碰着瓷杯发出清脆的声音：“我才教了一节课而已，其余的都是她们两个在忙，我自己躲在一边忙里偷闲呢，校长您太过抬爱了。”

说到“忙里偷闲”，苏校长脸色就变了：“这一次听说你在忻城出的事情不少，先是火灾，后面又是被人炒作，我总觉得不对劲，怎么才几天就发生了那么多大事情？”苏校长皱着眉头，搅动咖啡的速度也慢了下来。

姚芝虞也开口说道：“月妧这一次事情的确很多，但生活总有意外，这也是没办法的。如果说是不对劲，也说不上来。元瑾心男朋友也出了点小意外……”

一切都发生得合情合理，根本不会让人觉得不对劲。

苏校长看着月妩："这次回来没有什么事情吧，身体有没有好一点？我听说你在报上发表的那篇文章不错，反响极佳，章校长跟我提过几句。不愧是中文系出身，拿起笔来自有千秋。"

"校长过奖了，雕虫小技罢了，为了革掉不好的影响，又不想靠那些报社的，只能亲自操刀献丑了。身体现在也没事了，多谢校长的关心。"宁月妩仍旧是低眉的样子，宁静地坐在椅子上，一只手臂拿着调羹，一只手臂撑在桌上。

苏校长点了点头："嗯，关心你们是必须的，毕竟是我派你们到忻城去的。最近也都在忙毕业的事情，也希望你们好好加油，我们学校培养出来的人才绝对不输他人！"说完，很是豪气地对三人竖起了大拇指，"有什么要求尽管和我提，实习的学校我尽量给你们安排最好的资源。"

"谢谢校长。"三人含笑颔首，能得到校长这样的青睐自然是幸运。而苏校长也是有自己的打算。学校的人才就要尽力培养好，三人能够在全省获奖已是不易，倘若再能取得非凡的成绩，自然是对学校名声大有裨益。是以，作为校长怎能不尽力支持？

返回到学校后，总有忙不完的事情。现在基本已经不再上课，除了毕业论文就是具体的岗位实习。三个月后，大家将各自东西，此刻忙碌的学习生活，总是带着一丝淡淡的离愁别绪。

宁月妩她们住的原本是四个人的宿舍，但是有一个床位是前一届学姐的，从去年学姐毕业后就一直空着，宿舍也就成了三人的宿舍。三人都在桌前写着东西，不时谈论着。

"芝虞，你到时候就要去美国了，当初为什么还选择中文系啊？"元瑾心好奇地问道，一边抓着笔转来转去。

姚芝虞也是这一个月才知道父母要安排她去美国攻读工商管理，父母向来独断专行，根本不容许自己拒绝。她专心写着报告，一会儿才放下笔，笑意温良："家里突然要安排我去，我有什么办法。不过中文专业倒是我自己选择的，当时蛮喜欢国学的，就来了，也想当老师。不过作为条件，就是以后我的路要由家里面来安排。”

“这样啊。”元瑾心有些惊讶，感觉很是突然，没想到一个月以后姚芝虞就要飞去美国了，再见面的机会很少了，心里难掩失落。

姚芝虞看到隔壁的元瑾心无力地趴在桌上，起身过去在她耳边拍上一掌，把元瑾心吓了一跳：“瑾心，你不是说明天拍纪念照会有惊喜吗，是什么惊喜啊？”

元瑾心的眸中这才重新燃起火花，傻呵呵地笑个不停：“其实只是对我来说是惊喜啦，也不算是什么，具体的明天你们就知道了。”

三个人一直谈论着有的没的，关于未来的幻想，而宁月妩始终安安静静地，只是时不时地插上一句话。

手臂上那一串红豆手链已经被自己重新串了一遍，仍旧留着那枚金色的领花，只要一动，它就会亮晶晶地发出金色的光芒。

那是席修辰的。现在他在做什么呢？是在训练？还是在忙其他的事情？和他的联系，就这样像是一座枯木搭成的独木桥，被时光的风沙吹着吹着，一点一点风化，慢慢风化成黄沙，消散在空气之中。从忻城回来后，两人再也没有了任何联系。

宁月妩拿起了手机，找出那个之前存着的号码，踌躇了许久，手中的笔不知道在指尖转了几百圈，仍没有把电话打出去。

他会接自己的电话吗？最后一次见面他英朗的面容上是阴寒的脸色，双眸如同霜冻一般覆盖着寒意，冷冷地看着自己，就像是在打量陌生人一样。

现在打过去，他方便接电话吗？

那个阳光温朗的兵哥哥，还有生气起来霸道凌人的兵哥哥。

终于，宁月妩放下了手中的水笔，按下了拨出键。然而，回应她的，只有冷冷冰冰、不断重复的声音：“对不起，您拨打的电话已停机……”

第二十一章　重生

宁月妩清眸望着黑掉的手机屏幕，而后把手机丢在了旁边。席修辰，看来是换了手机号码，与自己彻底断了联系。

心里像是被什么东西堵住了，感觉很不舒服，报告也随之写不下去了，宁月妩把它搁置在桌边上，一发呆就忘了时间。

熄灯的时候，她爬上床铺，手臂上领花折射着夜光，若隐若现。元瑾心好奇望了一圈宿舍，最后才将目光落在宁月妩的皓腕上。

“月妩，原来是你手臂上挂的东西啊，我还以为是什么呢，每天熄灯的时候都有隐隐闪光的东西。——还舍不得摘下来啊？”

元瑾心可是听说，席修辰不知道从哪里找了一个女朋友，最近天天很是快乐，好像忘了曾经认识过宁月妩。电话里，元瑾心也只是一叹：“没办法呀，两人也都没有表示，而且你没有看到凌浩成吗，对月妩那么关心，俨然就是男朋友的姿态。”

原本也没有仔细看宁月妩手臂上挂的东西，没想到竟然还是那个领花，如果没有记错的话，那个应该是月妩和席修辰第一次见面时候留下来的。月妩一直挂在手臂上，足见她对席修辰记挂的程度……可席修辰已经有了女朋友，她那样，有用吗?

元瑾心想要对宁月妩说出口，却无论如何也开不了口。自己要怎么说，直接说，人家席修辰已经有了对象，你何必在留恋他?那样的话，太过刺心。

只能说，动了情的人，都会变成傻子，就连宁月妩，这个一致被大家认为有古典文艺范的女孩，都不能免俗。

那个民间故事，天庭七公主因为爱情下坠凡尘，可见爱情的魔力有多么强大。的确，爱情它可以超越一切，也给人力量，让人拥有越过一切困难为爱付出的能力。所以七公主才不惜一切地下凡和董永厮守。织女仙子亦是如此。

现在的宁月妩，何尝不是被爱情所蒙蔽?

元瑾心也没有继续说什么，静静爬上了床铺，对宁月妩小声说道："别想太多，早点休息哦，明天要拍照片呢，晚安，明天一定要精精神神的。"

人间四月天，厦城早已回暖，气温在二十度与三十度之间徘徊，夜间也不是很冷，偶有绵绵的小雨。厦城内外皆是繁花缤纷。

宁月妩扯过自己盖的小被子，对着元瑾心笑着点头，"知道了啦，你也是哦，记得早一点休息。"

说是要睡，可还是想起了席修辰，那个让自己安心的兵哥哥。宁月妩褪下手链，将手链握在手中，然后才侧着身子安然入眠。

梦里荡荡悠悠，不知什么时候开始地动山摇，熊熊烈火照亮了一整片天空，满地的鲜血分外吓人。宁月妩努力压抑着，不让自己发出尖叫之声，慢慢退到一个墙角避身。

这只是一个梦，一个梦而已，不要怕！宁月妩不断告诉自己，躺在床上的她满脸冷汗，贝齿紧紧咬着下唇，小手紧紧地握成拳头。

席修辰……席修辰！宁月妩脑中闪过他的名字，把他的名字视为自己的救星。席修辰一定会救自己出去的！

黑夜中，她陡然睁开眼帘，喘息未定地看着天花板。最近不知道为什么，频繁噩梦压身，常常在半夜惊醒。

席修辰的名字就是驱散梦魇的灵咒，只要想起他，宁月妩就能挣扎地醒来，摆脱噩梦。

有一种爱慕，就是把他当作自己所有的信念。

现在是半夜，席修辰他会在做什么呢？应该是沉沉在床上睡着吧。他们早上都要忙着训练，有时候碰上出警会更累，到了晚上一定困到不行。

自己对他的感觉是什么？是喜欢抑或是爱慕，还是那种带着报恩的心的仰慕？

她不会怀着报恩的心去喜欢一个人，除非，他能让自己动心。

他有军人刚毅果断的品格，亦有军人的责任心，不得不说，这吸引着宁月妧。可是自己于他呢？冷冷冰冰的相待……罢了，权当一个念想好了。

也在此夜，席修辰从好好的睡梦中突然醒来。他深邃的黑眸望着眼前的东西发呆，渐渐失去焦距，呆呆地看着前方。

身边的床今天空了，宋子卿请假离开了中队。听着宿舍内传来此起彼伏的鼾声，席修辰暗自沉思。

好几个月了，她还好吗？她在厦城过得怎样，是否还顺利？不知道那次火灾有没有留下后遗症，还有后来因为自己的疏忽，让她过敏病危，险些休克……而自己却在赌气，甚至那样对她。

谁说一定要是恋人，做朋友有何不可？可是，真的甘心只做朋友吗？

然而，自己和她岂止是云泥之别。

学历、身份——一个初中，一个大学；一个是消防员，一个是学生。还有，彼此的家乡相距甚远。只要一想这些，便知道有多少险阻摆在前头，他又有什么权力让一个女孩子陪着自己受苦？

纵然，他现在有一个女朋友，可又能如何，她毕竟不是宁月妧。宁月妧，世界上也就只有一个。

席修辰发呆良久，翻了个身继续睡去。

翌日，宿舍中三个人早早地换好了学士服，准备好了相机，到大会堂的门口集合。元瑾心接了个电话，然后就跟宁月妩她们打了个招呼：“你们等我下，我去校门口接个人，马上就到！”

元瑾心的脸上是掩饰不住的笑意，眸光里闪烁着兴奋，宁月妩冲她挥挥手：“赶紧去吧，我们就在这里等你，速度快一点，等会儿就要拍合照了。”

元瑾心一溜烟跑掉了，黑色的学士服在风中翻飞，裙角翩然若蝶地在空中飞舞。整个班的人集合好后，班长点了个名，宁月妩说了元瑾心马上就来，于是班上的同学开始选要站的位置。

平日里要好的朋友都会被拉上站在一起，姚芝虞招了招手：“月亮姐姐快来跟我站这里，咱们必须要站在一起。”

宁月妩穿过人群站在姚芝虞的身侧，侧首问了问：“小鱼儿，你知不知道瑾心去接谁了啊，怎么一脸兴奋加神秘的？”

姚芝虞微笑着说：“你也不是不知道她的性子，有什么事都瞒不住，估计是什么惊喜吧，没看她这几天经常傻呵呵地笑吗？等会儿就知道了。”

凌浩成款款走到宁月妩的身边，眉目清朗地注视着宁月妩：“月妩，我站在你旁边好不好？从幼儿园到大学一路走来，我们都是同窗好友。”

宁月妩点头，也没有拒绝，让了个位置给凌浩成：“也是啊，时光匆匆，当年的小屁孩已经长成芝兰玉树的谦谦男儿。”

凌浩成低头一笑，看着光亮的黑皮鞋，嘴角勾起温润的笑意：“搞得你是我的长辈似的，明明就是我同学。如果非要这么说，我还看着你从一个稚嫩的小女孩变成亭亭玉立的绝世佳人呢。”

“什么绝世佳人，凌浩成你都把我捧上天了。”宁月妩横了他一眼，“到时候你有了女朋友，看你还敢不敢这样说我。”

台阶下，传来一声银铃一般清脆的笑声：“凌浩成，凌浩成！我在这里！”一个女孩子说着，一边站在广场前的空地上对凌浩成招着手。

那是一个穿着鲜红色连衣裙的女生，长长的裙摆在风中不断飘摇着，宛若火焰一般在空地上燃烧着。长裙正好落在脚踝处，露出她穿着蓝色凉鞋的一双雪白玉足。上衣清爽，露出一片雪白的肌肤，如雪般惹人怜。

看到凌浩成的目光转到自己的身上，那个女孩子眼睛一亮，就要跑上台阶。凌浩伸出手指示意她站在原地不动，自己动身前去找她。

那个女生视若无睹，直接登上了台阶，跑到凌浩成的身边。一袭烈焰如火的衣着在黑色连片的学士服中格外招人耳目。

“不是叫你在那里等着我吗？”凌浩成道，目光落在那个女生的身上，转身向宁月妩道，“你还记得她吗？”

宁月妩只觉得那个女生眉目格外熟悉，在脑海里却一时找不到关于她的讯息。

那个女生拉住凌浩成的手臂，对他撒娇道：“浩成哥哥，你看人家都把我给忘了，你还不快说我是谁。”

凌浩成瞥了她一眼：“你一走就是七年，你又不是跟每个人都保持着联系，淡忘了你也是应该的。”

那个女生翘起了樱桃小嘴：“凌浩成，你是不是也忘了我啊？这么多年没见，只和你用电话保持着联系。”

凌浩成摇头，双目依旧是那样温软：“怎么会忘了你呢？”说完，转向宁月妩，介绍道，“这就是莫紫庭，当时我们的班长，还记得吗？”

眼前的莫紫庭娇嫩如水的双唇涂着浅粉色的唇彩，两颊粉嫩若桃，双眼娇波流转，目光始终停留在凌浩成的身上。她看到宁月妩的目光移到自己身上，抿唇微笑，伸出手来握手：“亲爱的语文课代表你好，好久不见，你依旧那样喜欢语文，还来到了中文系。”

宁月妩笑着回答：“是啊，难得自己喜欢一个东西，当然要坚持下去。你呢？”

宁月妩还记得在初二的时候，莫紫庭还是那个认真负责的班长，但是一切都还是需要凌浩成这个副班长来帮忙打点，到了后来几乎所有的事都是凌浩成来处理，而莫紫庭反而被人忽视了。

几个班委平常被老师留下来讨论东西，彼此之间还是蛮熟悉的，互相都玩得来，也经常聚在一起，直到有一天，莫紫庭被班主任叫去了办公室，而后彻底从人间蒸发。

宁月妩记得最清楚的是，那时是烈日炎炎的夏天，窗外的蝉不知疲倦地叫个不停，当时，还是体育课刚回来，几个女生从小卖部买了冰水，一边走一边说说笑笑。

“月妩，昨天你刚被抽背，今天不会又是你吧？”

宁月妩瞪了莫紫庭一眼：“别瞎说。”

“我们老师喜欢课代表，没办法啊。”莫紫庭笑纹扩散，“今天我赌月妩肯定被抽到！”

可是语文课上再也没有看到莫紫庭的身影了。那瓶放在桌子上的冰水，瓶身流下的一片的水，不知干了多久，只剩下水渍。

没有人知道莫紫庭去了哪里。如今，看到莫紫庭，宁月妩的心里翻涌起一丝惊喜。

“紫庭，你这些年都去哪里了啊？怎么就不声不响地不见了？我们都好想你呢！”宁月妩双手把莫紫庭拉住，“这些年出落得跟出水芙蓉一样，怎么长得那么漂亮。”

莫紫庭脸一红：“哪有漂亮了，普通得很，今天我是听闻你们快毕业典礼了，特地从美国赶过来的。好久不见你们了，想你们了。”

“去美国了？”

凌浩成替莫紫庭接过话头：“嗯，这几年紫庭都是在美国读书呢，现在准备攻读硕士。”

第二十二章　洗礼

宁月妩弯唇，赞叹道："紫庭成了高才生，还跑来我们这参加毕业典礼，还真让我们有点不好意思呢。"

莫紫庭轻轻摇头，笑容深浅合宜："怎么会，朋友重聚首是好的，只不过是大家志向不一样而已。月妩，如果你想留学的话，我想你肯定也没问题。"

三个人寒暄完，约好了拍完照片去咖啡屋坐坐。远处，但见一抹黑色拉着一片迷彩色从远方奔跑过来，两种颜色在风景如画的校园中交织成独有的风景。

那样的颜色，是爱情交融的颜色，就那样在风中飞奔，其余人等，还有掠过的景物，都不过是衬托而已。

黑色是身穿学士服的元瑾心，那么另一个就是宋子卿吗？这就是这几天元瑾心一直乐呵呵的原因吧？男朋友能从千里之外赶来这里，如果是自己，肯定也会高兴得一连好几天傻笑个不停。

这样想着，宁月妩就想起了席修辰，清亮的眸子里转瞬黯淡。两个人没了联系，也就这样断了，就这样再也不可能了。

元瑾心一路奔上台阶，对班长说道："班长，我把我的兵哥哥带来了，可以让他跟我们一起拍照吗？"

班长面露难色，小声对元瑾心说道："瑾心，毕业照片可不是普通的照片，要留到好久的，这万一你们以后……"

元瑾心知道班长是怕自己日后与宋子卿分手，见到这张照片会伤心，于是拉起宋子卿的手臂道："放心吧，不论怎么样我都不会和他分手的，在一起就不会后悔了！"

宁月妩移目到宋子卿的身上，发现宋子卿比平日更黑了，也更瘦了点，下巴显得格外地尖，一身迷彩穿在身上，风尘仆仆的。宋子卿对上宁月妩的目光，不好意思地一笑："我们最近在集训队呢，我是跟领导请假的，费了我好大的劲才让我过来的。席修辰他还在集训呢。"

宋子卿把席修辰的名字脱口而出后，元瑾心立刻拉住席修辰的袖子，不让他继续提起席修辰。

宁月妩将两个人的小动作尽收眼底，清澈的眼里有一丝黯然在浮动，声音带着一丝哑然："他最近怎么样了，还好吗？"

宋子卿笑着说："当然好啊，吃嘛嘛香，睡觉睡得比我还死，人家现在正春风得意，哪里……媳妇儿，你干吗呢！"

"没做什么啊，真没有。"元瑾心对着宁月妩一阵干笑，"我刚刚想要提下鞋底，就扶着他，没想到指甲弄疼他了，没什么大事，别听他瞎嚷嚷，这人话痨。"

"没事呢，不都是我在问他嘛。瑾心，你的男朋友能来这里来看你，真幸福。"宁月妩望着手牵手的一对人儿，眼底浸出幸福的笑意，"瑾心，你们真不容易。"

被宁月妩这么一说，两人反倒不好意思起来："哪有，平常都互相照顾不了，都只是负责照顾自己，哪里不容易了。"

做军人难，做军人的对象也难。"军嫂"，是一个神圣的称呼，无惧寂寞，默默地扛起生活的重压，在一个男人的身后用无言的行动支持他的事业。元瑾心平日在众人的面前都是一副笑颜常开的样子，背后的艰辛，也就她自己知道吧。

是以，他们才有如此的勇气，无惧未来，毕竟一路走来，不知克服了多少的困难。

元瑾心从始至终一直拉着宋子卿，偶尔目光对视，两人互相一笑，那是恋人才有的默契。拍照的时候，宋子卿把元瑾心背在身上，元瑾心在他的头上比了一个剪刀的手势，笑容无比幸福灿烂。

时间定格在了那一瞬，姚芝虞与宁月妩宛若空谷幽兰地站在中间，而月妩旁边，是温润如玉的公子凌浩成，他身子倾向月妩那一侧。

拍完毕业照后，大家分成小组去拍学校的风景留念。三个女生自然是一块，后面又加上了三个人，宋子卿跟着元瑾心自不必说，而凌浩成则跟着宁月妩，莫紫庭也就顺理成章地跟了过来。

元瑾心和宋子卿难得聚在一起，又是拍毕业照，拍下的照片肯定不在少数，而拍照的重任自然就落在了喜欢摄影的姚芝虞的身上。

宋子卿拉着元瑾心行走在吹碧湖畔，两人执手脉脉对视，风起吹皱春水，风扬吹拂美人青丝，如果将学士服换成雪白的婚纱，这简直与婚纱照无异。

“小鱼儿，你说如果把学士服换成婚纱，那不就是婚纱照了？”宁月妩笑着对姚芝虞说道，看着两人如此幸福，眼底都是化不开的浓稠甜蜜，自己也被他们打动。

若是彼此深爱，那么就算是只牵着手，也是一种幸福。

凌浩成道：“瑾心，你要不要？要的话我马上叫人送过来，岛外也有婚纱店，很快就可以送到。”

“可以吗？”元瑾心转头看向凌浩成，手掌拉着宋子卿直晃，“亲爱的，我好想看看我穿婚纱的样子。”

宋子卿看了看凌浩成，如果没有记错的话，后面就是他来照顾宁月妩的。宋子卿想到这，就想起席修辰那一日昏昏沉沉地回到班级，一句话也不说。他怎么会不知道，那就是失恋的表现。

“宁月妩她有男朋友了……”席修辰看着床上的内务发呆，被宋子卿盘问良久后才吐出一句话，然后就出去抽烟了。

要还是不要？看到自己媳妇那么喜欢，他怎么忍心拒绝，可是那是凌浩成的……

凌浩成看出宋子卿眼里的难色，开口道：“也没什么，同班同学而已，正好我的好友有开婚纱店，借过来一会儿没事的。”

“嗯，好。”看到某只用可怜兮兮的眼神不停看着自己，宋子卿还是答应了下来，伸出手指捏了捏元瑾心的小脸，“叫你调皮。”

趁着婚纱送来的空档，元瑾心拉着宋子卿在湖四周逛了一圈，继续拍着照片。等到婚纱送来的时候，两人已经拍了很多的照片。

婚纱送来的时候，元瑾心拉着宋子卿坐在草地上，元瑾心眉飞色舞地不停说着话。虽然两人才分别一月，但总有说不完的话，更何况，一年有余以来，两人这才第二次见面。

姚芝虞和宁月妩拉着元瑾心就去换衣服，莫紫庭也跟上去帮忙。换完婚纱之后，莫紫庭帮元瑾心绾了一个发型，从包包里拿出发卡固定住头发，然后拿出小镜子给元瑾心：“看看，还行吗？”

元瑾心看到镜中的自己，绾起的发髻上簪着一对蝴蝶，在雪白曳地的婚纱的衬托下，有一种绝世脱俗的美，连自己都看呆了：“很美……”

莫紫庭拿出化妆包，简单地给元瑾心扫了一片淡粉色的眼影，而后补上了一点腮红，更衬得元瑾心美得惊心。元瑾心平日都是素面朝天，偶尔简单地化妆，总会有令人惊喜的感觉。

元瑾心看到镜中的自己化妆后，完全是与平日不一样的气质，瞬间变成了一个温婉的女子。镜中人的一颦一笑竟然会有一种让自己陌生的感觉，这真的还是自己吗？

莫紫庭一笑：“那还不赶紧出去，别让新郎等急了。”说完，用眼神示意姚芝虞和宁月妩。两人会意，用手提起长长的裙摆，雪白的婚纱触手软柔如水，两人送元瑾心走出洗手间。

宋子卿此时正在大楼的台阶下等着，听到凌浩成提醒自己，转身过去看元瑾心。就是那一眼，惊艳了宋子卿毕生的时光。

有人说心动有时候仅仅是一瞬间，或者是惊鸿一瞥，此时的宋子卿就是如此。一整颗心心跳加速，他能清楚地听到此时自己的心脏在有力地跳动，甚至，他有一种想拉着元瑾心跑到民政局去领证的冲动。

眼前的元瑾心丹唇红润，一双桃花眸流动着莹莹水光，目光在自己的身上打转。她那身雪白的婚纱更是叫自己移不开眼，她就像是清纯的池中白莲，迈着莲步翩翩而至，走到自己的面前。

现在的她，很美，与刚才身穿着学士服的她判若两人。身穿学士服的元瑾心，一头的青丝绑成学生常梳的马尾，笑起来仍有学生的稚嫩；现在的她，出落得就像不可亵玩的白莲，清纯又妩媚动人。

元瑾心伸出雪白的藕臂，那边宋子卿已经看得呆了，根本没注意到元瑾心已经伸出了手。元瑾心面上晕染开羞红的颜色，推了一下宋子卿："你发什么呆呢，大二货，别人都在看。"

宋子卿这才回过神，口中喃喃道："瑾心，你真美……真的很美。"这种美的确让自己很惊喜，都说英雄难过美人关，自己也算是半个英雄了吧，战斗在火场一线，但就是元瑾心这一道美人关，他知道自己过不去了。

"讨厌，难道我平时就不美吗？宋子卿你这个大坏蛋！"元瑾心抡起粉拳，作势就要往宋子卿的身上打。

宋子卿立刻讨饶："姑奶奶别生气，您第一次穿婚纱惊艳到我了，要不是我年龄不够，铁定拉着你去结婚！"

"结婚"二字被清风吹入元瑾心的耳中，元瑾心一听到结婚，两颊不知为何地发烫："瞎说什么呢，什么结婚。"

宋子卿笑，伸出手指挑起元瑾心削尖般的下巴，露出她天鹅般优美的脖颈："小爷看上的人当然是要娶回家了，哪能流入外人田呢。"

元瑾心没好气地打掉他的手指，不经意间碰到他粗糙的迷彩服，仔细凝眸一看，发现上面满是尘埃。原本想说他的话语到了唇边，便化作了心疼和关心："你是花了多久才赶来厦城的？是不是都没合眼？"

单从他眼下一层浓浓的黑眼圈以及身上风尘的迷彩衣服就猜得出。

宋子卿见被拆穿了，只能抓着自己的头发干笑。

宋子卿的头发不长，部队里一律寸头，没有所谓的发型可言，所以怎么抓也抓不乱。他一双眼闪着兴奋的颜色，咧着嘴笑道：“这不是着急来见你嘛，见自己的媳妇儿高兴，根本就不累，乖。”

站在台阶上的姚芝虞从高处拍下两人执手对立的景象。远处，是碧色绿荫，湖水荡漾，而近处，是元瑾心穿着曳地的白纱，双眸含情地望着宋子卿，两人的身影立于大厦的门口，就仿佛站立在礼堂门前。

军装配白纱，落在宁月妩的眼中是幸福的颜色。

特别是听到宋子卿的那一句“媳妇”，宁月妩的心脏蓦然揪痛了一下。“媳妇”，当时这样叫她的那个男人，那个叫席修辰的兵哥哥，现在远在忻城。如果他也能同宋子卿一起赶来厦城，自己又会是怎样的心情呢？

叫我如何不想你，席修辰。你在远方，还好吗？

“怎么了，羡慕了吗？”凌浩成拍了拍宁月妩的肩膀，唇角的笑意在脸上扩散，“你以后也会的，甚至比这个更盛大，也会有更美丽的婚纱。”

“然而我要的是幸福。”宁月妩垂眸恬静道，一双烟眉缠绕着淡淡的愁思，“盛大与否，无关紧要。”

第二十三章　蜕变

“知道了。”凌浩成笃定地说道，“一定会的。”

宁月妩默然不应，看了看凌浩成和莫紫庭。明眼人一看就知道，莫紫庭是为了凌浩成而特地赶过来的，偏偏，凌浩成没有明确的态度。她走下台阶看元瑾心和宋子卿彼此手挽着手：“你们真幸福，祝你们天长地久。”

“我就不谢谢了哈。”元瑾心一笑，拉着宋子卿跑到台阶上。草丛的边上栽植着一大片杜鹃花，此时已经开了一个月有余，但仍在花期中，仍然盛开得十分热烈，紫红的颜色连成一片，像是一缎紫红的彩锦落在绿叶上。

姚芝虞示意宁月妩将元瑾心婚纱的裙摆托到杜鹃花上，让元瑾心做出惊鸿一顾的姿势，伸出一只手臂，搭在单膝跪地的宋子卿的手上。这样的场景看起来浪漫至极，没想到在校园内也能拍出这么美的婚纱照。

如果席修辰也能过来该多好……虽然知道不可能的，但这样幻想，他牵着自己的手，跨过碧绿草丛，花香芳菲，湖波荡漾……

别再想他了，没有用的，另一个声音告诉自己，席修辰不过是一个遥不可及的梦而已，何必再想，让自己难过。

那一日，他们在学校里的各处都拍了照片。再过几个月，就要离开这个待了四年的地方，不论哪一个角落，都要多看几眼，把每一个细节印刻在脑海之中，就怕再见校园，景物改变，再也寻不到旧的踪迹。

拍完照片，宁月妩与凌浩成、莫紫庭如约来到文学院的咖啡屋中，莫紫庭盈盈坐在凌浩成的身旁，宁月妩就坐在他们的对面。

宁月妩要了一杯卡布奇诺，上来的时候，宁月妩吹了一口气，把上面心形的白沫吹散。莫紫庭好奇地问："月妩，你喜欢喝卡布奇诺？"

"是啊，不习惯太苦的东西，我比较喜欢甜的东西。"宁月妩笑着说道，"当年你走，怎么也没告诉我们？这几年也没有和我们联系。"

"当时走得太急……"莫紫庭显得有些难以启齿，姣好的容颜露出一丝难堪的神色，似乎不想说出来。

宁月妩见状，转了话题："没什么，我也就好奇问问而已。——这一次来厦城要待多久？有什么打算吗？"

"具体看情况了，这一次我来，是为了找到我的伴侣。"莫紫庭的脸上露出自信的笑容，一双动人的眼睛发出明媚的光彩。

"那么，祝你找到如意郎君。"宁月妩一笑，对凌浩成也说道，"浩成，我也祝愿你早日觅得良缘，事业再重要，也不要耽误了终身大事。"

拍了一天的照片，大家都很疲惫。各自忙完后，宁月妩和姚芝虞拖着疲惫的步伐回到宿舍，元瑾心则被宋子卿拉着跑去外面了。

"小鱼儿，你是没看到元瑾心高兴的样子，都快乐到天上了。"宁月妩一边刷手机一边笑着说。

姚芝虞正整理着架子上的书本，把自己的书本整理好，将之前向宁月妩借的两本《长生殿》和《白兔记》拿了出来，还给宁月妩："你没看到宋子卿一整天都绕着瑾心一直转吗，两个人见个面不容易啊。"

"这两本看完了？"宁月妩拿起书，放入自己的书架中。

姚芝虞道："《长生殿》挺好看的，《白兔记》讲的是刘知远的故事，不怎么感兴趣，也就没看了。"

"有什么关系，喜欢就给你好了，我放这儿。去了美国估计就买不到这样的书了吧？还是繁体竖排的。"

“也许吧，一个陌生的国度，谁知道会怎么样呢。”姚芝虞答道，双手摸过架子的每一寸地方，“也不知道在美国，还会不会有这样的架子、这样的宿舍。”

宁月妩浅浅道：“小鱼儿，你就放心吧，你家里肯定会帮你打点好的。”正说着，那本放不稳的《白兔记》不知道为什么掉了下来，砸在书桌上，砰的一声，吓了宁月妩一跳。

桌上的手机被砸得跳了起来，宁月妩赶紧去接住手机，不让手机掉到桌子下，拿着手机的时候不小心碰到了屏幕，打开了贴吧的软件，进了一个吧。

一张帖子吸引了宁月妩，那是一双穿着迷彩的手掌上，拿着满满的糖果：“我有糖糖，好多糖糖，你们吃不？”

原本就爱吃甜食的宁月妩当下就随手回了一帖：“好呀好呀，我想吃糖糖，给不给呀？”说着，发了一个可怜的表情。

没想到对方很快就回复了自己：“可以啊，叫一声哥就给你糖糖。”说完，还连带一个吐舌的表情，逗得宁月妩一阵发笑。

宁月妩很快就回复了对方消息：“哥，给糖吃不？”

“给！”他立马就回复了，附带一个大笑的表情，“可惜你不在我这，要不全部给你。”

宁月妩看对方着实有趣，于是就申请加对方为好友。对方很快就通过了宁月妩的好友申请。屏幕上跳出了一个窗口：“你们已经是好友，现在可以开始聊天了。”

宁月妩一开始就发了个可怜的表情：“兵哥哥在干啥呢？现在忙不忙？哪来那么多的糖糖？我也想要。”

宁月妩如何也不会想到，对方就是在集训队的席修辰。此时在集训队的席修辰正在站岗，偷着空玩手机，看到一个小女生那么可爱，也就和她聊开了。

曾经相识的人重逢，谁也不会想到，会是以这样的方式，以陌生人的身份。

“兵哥哥，请问你叫什么名字呢？”

姚芝虞看到宁月妩抱着手机在那里笑，拍了她肩膀一下：“在看什么东西呢？看你笑成什么样子了。”

“没呢。”宁月妩笑着回答，“进去玩贴吧，跟一个好玩的兵哥哥聊了起来，那个兵哥哥竟然也喜欢吃糖果，我也喜欢吃甜的。”

姚芝虞低头，眼里藏着坏笑：“这样啊——那你就好好努力哦，争取像元瑾心那样，带一个兵哥哥回来。”

宁月妩作势就要拿起书桌上的《白兔记》往姚芝虞身上砸过去，一双樱唇嗔道：“小鱼儿你再瞎说看我不打死你！连说句话都变成勾搭，我是那样的人吗？”

姚芝虞轻轻摇晃着脑袋，放在唇边的食指跟着摇了摇：“这个可说不准，当初我们不也没想到元瑾心跟兵哥哥在一起吗？机缘巧合的事情太难说了。”

宁月妩双眸盯着屏幕发呆，久久兵哥哥未见回复，不由怨道：“姚芝虞看你乱说，人家都被你吓跑了，都不回复我了。”

姚芝虞挑到宁月妩的破绽，乘胜追击，笑道：“现在两个人都还没有任何发展呢，胳膊肘就往外拐了，如果以后在一起指不定会怎么样！”

“大姐，您就大发慈悲放过我吧……”宁月妩向姚芝虞求饶，真是被姚芝虞说得无话可说了。

宁月妩不会知道的是，席修辰正在陪自己的女朋友，自然就把宁月妩搁置在了一旁。“亲爱的，今天上课累不累？”说哇，还发了几个亲亲的表情。

几分钟后，对方才回：“累啊，现在才刚刚吃完呢，等会儿还要去上晚自习呢。怎么了，有什么事情吗？”

看到自己的女朋友对自己如此冷冷冰冰的，席修辰不由有点失望，他望着信息发呆了好久，把信息读了好几遍，才把消息回过去：“没啊，想你了，不行吗？”

那一边又是很久才回复，寥寥数语：“可以啊，那你想吧。”

激情不过几日，沉淀下来剩下的就是她的冷言冷语。无论自己再怎样关心，她依旧是那样一副不为所动、满不在乎的样子。

不是谁都是宁月妩，愿意陪自己这个穷小子在一起的。许久，对方发了一条消息过来：“周末能出来陪陪我吗？”

即使是身在集训队，外出极为不方便，他仍毫不犹豫地回答道：“可以，可以的！你要星期六还是星期天？”

“星期六吧，星期天我有事情。就这么定了啊，我有事，先去忙了，忙完再说吧。”说完，就再也没有消息回过来了，直到很晚很晚的时候，她才发了一句“晚安”，便自己睡觉去了。而席修辰，只能呆呆看着没有丝毫动静的手机出神。

既然答应了，就做到吧。席修辰第二日就去找领导请假，哪怕磨破了嘴皮子，领导还是不肯松口，要席修辰老老实实地待在集训队中训练，哪怕是周末也不能外出。

席修辰急得眉毛都快烧焦了，自己可是答应沈梦曦的，自己一定会说到做到的，否则，他们以后肯定会越来越冷淡。沈梦曦现在也一定是暗中责怪自己没有用更多的时间去陪她，所以才这样跟自己生闷气。

“队长，我保证一定拿集训队的第一名，我就请假一天，就一天，好不好？”席修辰不惜立下军令状。

队长听到席修辰立下豪言壮语，被他的气势所折服：“好啊，年轻人就是要有这样的胆识！我准了。下午五点半之前必须归队，听到了没有？”队长说完立刻就把假条写好，签上自己的名字，拿给席修辰，拍了拍席修辰的肩膀，“小伙子好好加油，等着你的好消息。——能不能说说出去是做什么？瞒着我可没意思啊。”

席修辰不好意思地低头一笑，抓了抓自己的头发：“其实也没什么，女朋友想要见我了。”

“你小子行，可以啊！”队长笑着，一边看着席修辰，“好好对人家姑娘，毕竟人家看上你也不图什么，还天天不能陪人家，这一次好好去陪一天吧。”

当席修辰兴奋地拨打电话过去给沈梦曦时，沈梦曦电话此时正在通话中。席修辰挂了电话，过了一会儿再打过去仍是如此，只好等着沈梦曦回电。

她回电的时候甚至还带着一丝怒气，责问道：“席修辰你怎么了，没事打什么电话？你不知道我有很重要的事情在忙吗？”

席修辰的确不知道……无端招来指责，他也将委屈尽数吞入腹中，咽了咽口水，用哄人的语气说道：“亲爱的你别生气好不好，这件事情是我不对，我只是想告诉你我周六可以请假，你看看你什么时候可以出来？”

“哦，这样啊，行了，我知道了，周末再说吧。”沈梦曦打断了席修辰的话，“我先忙了啊，有空再说，拜拜。”

陪伴席修辰的只有那嘟嘟的声音，他失落地把手机丢在书桌上，一个人呆呆坐在岗亭之中。手机被丢在桌子上的时候正好跳出了贴吧的消息，是那个叫作“小汤圆甜又黏”的吧友的回复。

原来她问了自己的名字，自己隔了一天还没有回复她，于是就顺手回复了：“叫席修辰，怎么了啊，有何贵干？”

宁月妩此时正在写一篇教研稿，准备不久之后去另一家小学实习，当看到聊天窗口跳出的消息的时候，霎时心跳加速，怔怔盯着手机良久。

第二十四章　阴谋

宁月妩反反复复看了那三个字，才确定自己没有看错，的确是“席修辰”，但是，宁月妩转念一想，那会不会是同名同姓的？

“兵哥哥，我可以给你写信吗？”宁月妩转念一想，想要给他写信，有的东西用文字的方式能更好地交流。

席修辰回复道：“不用了吧，我的字不好看，丑得很。”到时候不仅人家看不懂，而且自己也不知道要写什么东西好。

“没事的，我写给你就好了，可以不？”宁月妩又发了一个可怜表情过去，水汪汪的双眼让人真是抗拒不得。

席修辰拗不过宁月妩，直接把地址扔给宁月妩了：“就是这个，我下岗了啊，有空再聊。”

宁月妩拿过信息一看，看到地址的正是席修辰部队所在的地址，全身上下的呼吸顿时凝滞，时间仿佛停滞在那一瞬。没错……真的是他，是席修辰！她可以确定，那绝对是席修辰！

没想到会在网上再次遇见席修辰。此时的宁月妩心中被一种异常的惊喜填充，那种感觉就像是心中陡然盛开满树的烟花，心被那种热烈的喜悦所席卷。

席修辰，我终究还是遇见你了。

我以为我可以试着不去想你，可事实告诉我，一切忽略你的努力都只能是徒劳。你是什么时候走进我的心里的？那一次车站的邂逅，抑或是烈火中你的奋不顾身，还是之后你的贴心照顾？还是其他更多的？

貌似全部都是喜欢他的理由。喜欢他的性格，温朗如阳；喜欢他的容貌，清俊硬朗。所有的所有的疑问，只有一个理由。

因为他是席修辰。

就这么简单的一个理由。

宁月妩把手机握在手心，深深呼吸了几口气。席修辰，这一次相逢，还会再像之前那样擦肩而过吗？初次的心动，她要如何把握。

可是，席修辰又消失了，连日给他发的消息，他再也没有回复。是他在忙吗？他在忙什么？集训队的训练累不累？

命运偏偏如此爱捉弄人，宁月妩为席修辰魂牵梦萦，而席修辰牵肠挂肚的，偏偏又是另一个人。

无论在训练的时候，抑或在站岗休息的时候，沈梦曦的名字都会被他念叨无数遍，起码那样就不会平白无故地想起宁月妩。

心心念念沈梦曦的席修辰，每日的守候即使仅能换回几条消息，连打电话的次数都屈指可数，但他仍然甘始如饴。

终于等到周末的时候，沈梦曦和席修辰约定在忻城的市中心见面。席修辰赶忙提前订好了电影票和用餐的地点。

那一天，云淡风轻，席修辰穿了便装前往约会的地点。虽然自己在忻城服役，但仍对忻城不是很熟悉，很少外出，出门也很少搭公交，一般都是直接打车。

虽然是简单的便装，但是穿在席修辰的身上就一种俊逸休闲的感觉，宽松的衬衣和下身的牛仔裤，衬得他长身玉立，加上那种军人的气质，他更为引人注目。

沈梦曦早已等在了喷泉广场，此时的沈梦曦并没有发觉席修辰已经到来，坐在温泉的旁边，正对着喷泉发呆。她蓬松的波浪卷的头发，被染成酒红色，颇有一种异域风情，还有她身上的奶油粉色的裙子，穿在身上，看起来格外可爱。

席修辰悄悄绕到沈梦曦的背后，想要给她一个惊喜，趁她不备，双手按在她的肩膀上："梦曦！"

沈梦曦乍然一惊，整个人下意识地往前躲，发出一声尖叫。眼看沈梦曦就要掉到喷泉的水池中，席修辰伸臂一捞，把沈梦曦抱了过来："是我，梦曦！"

"你干吗呢，怎么这样抱我！"沈梦曦见是席修辰，反应更为激烈，"你刚刚干吗那样子吓我？害我差一点掉下去！还有，你干吗这样抱着我！"说完，沈梦曦一把把席修辰推开，手上的包包一甩，打在席修辰的身上，"当兵的都这么流氓吗，看见女生就想抱？！"

"没有……"席修辰赶忙解释，"我就是怕你掉下去，情急之下才这样子的，我不想占你的便宜，而且这里那么多人我哪里敢。"

"你的意思是没有人的话你就敢喽？"沈梦曦毫不客气地反诘，拍了拍自己的衣服，"我是来和你约会的，放尊重点。"

席修辰心乱如麻，不知道如何开口，只能支支吾吾道："没有没有！我只是想和你开一个玩笑，谁知道会这样……"

沈梦曦看了看席修辰，目光如水流过席修辰的脸庞，这才放缓了语气："算了吧，没事的。——现在时间还早呢，我们要去哪？"说完，沈梦曦略带娇羞地伸出手臂，席修辰看了几秒，问道，"怎么了，你手臂有伤吗？去医院看看？"

沈梦曦顿时整个人都不好了，白了席修辰一眼："我……你不是约会嘛，约会当然要手拉着手啊。"沈梦曦暗自嘟哝，这个人怎么那么不解风情啊。

从没有拉过女生的手的席修辰，一张脸瞬间爆红……感觉就像是血液在翻腾一样。

"可以吗？"席修辰问得很是很是小心翼翼。

沈梦曦甜甜一笑："当然可以喽，除非你不要。"

说实话，这个兵哥哥真的蛮帅的，和照片一模一样地帅气，整个身板很是坚毅，看起来分外阳光精神，特别是腼腆的时候，有一种说不出的可爱和帅气。

帅气的兵哥哥，带上街多拉风！沈梦曦这样想着，脸上泛出笑容，精心修过的眉毛向上扬起，涂过唇彩的双唇如被投入石子的湖水，笑容如涟漪舒展而开。

“笑什么呢，那么开心？”席修辰看到沈梦曦漾起的笑容，心情顿时好了很多。原以为见到自己她会不高兴，和手机里一样冷冰冰地对待自己，还好现在她还蛮高兴的。席修辰小心翼翼抓过她的袖子，有力的手指收紧，将沈梦曦的衣袖牢牢拽在自己手指之中。

“你干吗把我的袖子抓那么紧啊？你会把我衣服抓坏的！”一听到沈梦曦在喊，席修辰立刻手足无措地放开手指，拉也不是，不拉也不是，尴尬地杵在原地。

沈梦曦很是无奈地斜了一眼席修辰：“我是让你牵手，没让你抓我的袖子，你怎么回事啊你？怎么看你什么都不会的样子。还是兵哥哥呢。”

听到沈梦曦略带嫌弃的语气，席修辰恨不得直接落跑！这才第一次见面，就被人家说得一无是处，这以后还要怎么办？！

当初宋子卿看自己整天失落地躲在角落，问了好几遍，自己才告诉宋子卿，自己喜欢的宁月妩已经有男朋友了。两人是关系最铁的战友，彼此间无话不说，这件事情自己也没有隐瞒。他是喜欢宁月妩，对此，他可以毫不隐瞒地说出来。

宋子卿听后愤愤不平：“那当初怎么不说！”

席修辰疲倦的眉下是他垂下的眼帘。他摇摇头：“人家为什么要和我这样说？而且，当初我那样乱叫她，她本来就是不肯的。”

宋子卿继续大声说道：“那有什么关系？喜欢的就要抢过来啊！席修辰，你不是最争强好胜的吗，怎么现在你胆小退缩了？”

“我不喜欢那样。”席修辰扔下一句话，就跑到天台独自抽起了烟，望着天际的浮云出神。

或许，自己真的该找一个女朋友了，可以让自己忘掉第一次喜欢的人。

在一次玩微信的时候，席修辰玩摇一摇，偏巧摇到一个女孩，正是忻城本地的大学生，两人于是聊开了。当沈梦曦得知席修辰的身份时，充满着好奇，问这问那的，两人聊得很开心。

不久之后，两人就确定了关系。虽然没有真的见过，仅仅是在手机上接触，但席修辰趁着一次外出，买了的礼物放在沈梦曦学校的传达室，让沈梦曦下课有空去拿。

得知只是一个水晶球，沈梦曦打电话的时候有些失落，声音也是低低的："只是一个水晶球而已，我还以为是什么呢。"

这样的话令席修辰困窘不已："对不起啊……我一个月津贴也就六百……真的钱不多，亲爱的，以后补给你好不好？"

"好啦好啦。没事。"沈梦曦回答道，"我有事要先去忙了，你自己照顾好自己啊，别太累了。"

再之后，两个人的联系就越来越少。

大街上，席修辰脸上泛着红，拉着沈梦曦。

沈梦曦看他那样，也就索性让他松开手："看你牵个手都那么机械化，是不是平时在部队里面训练呆掉了啊？"

席修辰欲哭无泪，这是他第一次跟女生牵手好不好！席修辰笑着，不知道说什么，只能回了那句最俗套的话："你高兴就好。"

席修辰之前就用手机在网上订了吃饭的位置，是市中心的一家西餐厅，平常人流量极大，好评也很多。席修辰也不知道她喜欢吃什么，就先在网上点了招牌菜果木牛排，配上葡萄气泡果汁儿。

沈梦曦款款落座，等到东西上桌之后，优雅地拿起刀叉，当她看到席修辰拿着刀叉的样子，不由皱着眉头看着席修辰。

"怎么了？"席修辰看到沈梦曦盯着自己吃东西，好奇地问。

沈梦曦扶额："你拿刀叉的姿势不对，还有左右手你也搞反了……”说完，沈梦曦自顾自切开牛排吃起来，“反正你怎么吃也没关系，没有人会在乎你的。”

“没有人会在乎你的。”

这一句话是最锋利的匕首，一下子就刺在了席修辰的心上。没有人会在乎自己？那么说，沈梦曦她也不会在乎自己，所以就不管不顾地自己吃了？

那是一种前所未有的挫败感。即使后来在大街上，沈梦曦的小手紧紧拉着自己的手臂，与自己寸步不离，他也感觉得出来，沈梦曦刻意与自己保持着距离。

电影院中，席修辰特意订了情侣座，还买了可乐和爆米花。沈梦曦歪在靠椅上，有一下没一下地吃着爆米花。当席修辰拿起一颗爆米花想要往沈梦曦的嘴里送的时候，沈梦曦一下子就躲开了。

“你洗手了吗？”沈梦曦问道，停下了拿爆米花的动作，双目盯着席修辰的右手。

席修辰摸了摸后脑勺：“并没有……”

“呵呵。”沈梦曦干笑了一声，默默抽回了自己的手，“刚刚吃得有点撑了，你自己吃就好了，我喝饮料。”

“嗯，好的……”席修辰的手机械地拿起一颗爆米花送进嘴里，却怎么也不是滋味，感觉爆米花也不那么好吃了。

一场电影匆匆结束，当席修辰要送沈梦曦回去的时候，沈梦曦很是客气地拒绝了：“不用了，我自己搭车就可以了。今天很愉快，谢谢，再见了。”

望着绝尘而去的的士，席修辰面露苦笑。

愉快？他可不这么觉得，看到沈梦曦不断变幻的表情，看起来也不是愉快的。

他突然想起在冬天的时候，自己送宁月妩回住的地方，清亮的月光洒满一地，莹莹白雪步上有声。只可惜那样的美好，注定是回忆。

第二十五章　躁动

还记得有一句歌词唱道：很高兴遇见你，让我终究明白，回忆比现实精彩。

宁月妩不止一次地回忆起在忻城的那段时光。纵然坎坷良多，但至少有他相陪。那样的感觉，就像是天崩地裂，有他在身侧，也不过是不值一提的小事而已。

有一种安心的感觉，叫席修辰。

席修辰终究还是消失了，贴吧里再也看不到他活动的踪迹，怎么也联系不上了。找元瑾心通过宋子卿拿联系方式？可是，她怎么好开口，又用什么理由要？

终究还是散了，擦肩而过。

宁月妩把手机放进口袋中，痴痴看着天上的星星环绕着月亮。愿我如星君如月，夜夜流光相皎洁的愿望，只能是奢求而已。

月光、星辰，不知道席修辰是否看得到同样的光亮呢？

日子一晃悠就到了夏天，这个凤凰花开的季节。厦城中，大街小巷中的凤凰花全部都盛开了，宛若一大片天火落在厦城中，到处是热烈的红色。

树上的蝉儿不知疲倦地叫了几百回，天天耳畔都是那千篇一律的腔调，就如同宁月妩脑中始终盘旋着一个人的名字，经年未变：席修辰。

六月份，这个分离的季节，燥热的空气都带着一丝忧伤的分子，那种隐隐藏在眼底的难过，是不舍分离，是怕此去经年，重聚后已物是人非。

树上的蝉鸣听起来都仿佛是蝉儿在声嘶力竭地唱着离歌，令人心神俱碎。

毕业典礼后，大家穿着学士服，彼此抱头痛哭。这天晚上，即使是从不沾酒的宁月妩，也喝了两小杯的冰酒，脸上带着两抹红晕。

“月妩，要不要先送你回去？”那边，凌浩成放下高脚杯。今日他穿着笔挺的西装，看上去有一种风雅帅气的气质，不少同一个专业的女学生频频借着劝酒的借口，将玲珑有致的身躯靠在凌浩成的身上。

凌浩成往往是不留痕迹地躲开，与对方碰碰杯子，发出清脆的声音，给对方留下面子，然后将目光移到月妩的身上。但见宁月妩每次都是眉目淡淡的，时不时小酌一口，而后就是和一群女生笑着。

该高兴吗？她没看到自己被那么多女生献媚。该失望吗？原来在月妩的眼中，自己的分量竟然一点都不重。

那么多年，加起来一共十九年了，她对自己到底有没有一点点的动心？

宁月妩的手放在桌子上，手掌托着下颚，另一只手晃着明亮的玻璃杯。灯光下，清亮的冰酒流光溢彩，渐渐幻化出席修辰的影子。

她停下动作，闭上眼一饮而尽。

那一次晚宴拖到很晚才结束，最后谁也不知道，那首《骊歌》是唱出来的，还是哭着吼出来的。

“长亭外，古道边，芳草碧连天……”

宁月妩她们三个人相互扶着回到宿舍，克制着，试图掩藏隐隐的啜泣声。她们大学的生活就这样结束了，明天之后，各奔东西。

宁月妩低头笑着，双臂如柳枝一样在空中摇摆，每一个眼神都带着醉醺醺的妩媚：“你们知道我明天要去哪里吗？这个夏天，我要出去走走。”

元瑾心拉着宁月妧咕哝道："我怎么不知道你要出去？怎么都不叫上我，你还够不够义气了？"

宁月妧没好气地推开元瑾心："亲爱的，你就别在这里花式虐狗了，要去玩当然是去找你的兵哥哥去，叫我干吗，我明天就走！"

元瑾心知道宁月妧甚少出门，更是几乎没出过远门，纳罕道："月亮姐姐你别吓我，你自己要跑到哪里去？"

姚芝虞也问道："月妧，你什么时候打算好的，怎么那么快就要走？"

"当然是遥远的北方。还有，我早就想去了。"宁月妧跌跌撞撞地回到宿舍中，伏在桌案上。

元瑾心跟过去，顺手拿起她桌上的一本图画本，结果上面全是席修辰的名字！

元瑾心看得愣在了原地，根本没想到宁月妧会在自己的本子上写满席修辰的名字。莫非，宁月妧喜欢席修辰？这就是自从从忻城回来，宁月妧终日闷闷不乐的缘由？自从回来，每一日见到宁月妧，她的眼角总是带着一痕说不清道不明的忧愁。还有她手上的那个领花，自从宁月妧戴上以来，就从没有摘下来过。那次拍照片，看到宋子卿的时候，宁月妧眼底的失神……

将所有的事情串起来，元瑾心惊到了。是自己太粗心了，怎么就没有发现。

"你是不是喜欢席修辰？！"元瑾心把绘画本放在宁月妧的面前。

宁月妧瞥了一眼，伸手就要抢过来："你拿我的本子做什么，那是我平时画画的本子。"

宁月妧无聊的时候都会有画东西的习惯，以此来打发时间，通常是画上一些花卉，时间久了也就画了很多本。

"画画有必要在旁边的空白全部写满席修辰的名字吗？我不相信。"

“是，我就喜欢他怎么着？可是喜欢有什么用，他不喜欢我。”想起分别那一日他冷若寒冰，就仿佛是他亲手拿冰锥刺入自己心房。

想着想着，原本压抑的泪水无声流了下来。她笑着抹去泪水，只觉得眼睛好痛，越擦越有那种酸涩的感觉，泪水如何也止不住。

“我记得那一次你不是抱着手机和一个兵哥哥聊天吗？”姚芝虞想起来，于是凝眉问道。

宁月妧心中苦笑：“他就是席修辰啊，不然你以为是谁呢？可是后来，就再也联系不到他了……”

“你喜欢席修辰？席修辰他知不知道？”元瑾心愕然，呆怔着看着宁月妧，心里还是不相信。一个人埋藏着喜欢一个人的心思如此之久，没有任何联系、任何交集，那样的处境，该是何等摧人心神。

宁月妧她暗恋了，暗恋上了席修辰，即使未知将来会如何，也那样孤注一掷地喜欢上了他。

姚芝虞和元瑾心两相对视，不知该说什么。

宁月妧一大早就被头上传来的疼痛疼醒，自己不知道什么时候爬上了床铺。宁月妧看姚芝虞和元瑾心还在睡梦中，为了不吵醒两人，蹑手蹑脚地起身，简单地洗漱后就拉起行李箱走了出去。

其实离正式毕业还有半个月，这半个月的时间还能待在学校中，但是她已经不想再等，她要去忻城，起码，再见席修辰一面。

她看了看手机屏幕上的时间，现在时间尚早，赶得上火车。厦城的北火车站离学校并不远，只要坐快速公交十分钟左右就能到达。

宁月妧搭乘的是早班车，此时在火车站中，等待的乘客并不多。宁月妧下了公交，去车站买了份早餐，坐在候车室等着，一边喝着绿豆汤。

这座车站不知道接送了多少人，也不知道见证了多少悲欢离合。而今天，她要去忻城，前途是悲还是欢，席修辰又会变了多少？

一边喝着，宁月妧被绿豆汤呛到了，一时一阵猛咳，直至咳出了眼泪。原来咳嗽也会咳出眼泪的……平常在漫漫长夜中，那种酸酸涩涩，想要流泪却流不出的感觉比这个还要难受。

起码，不用像在晚上那样压抑，独自摸着冰凉的领花，感受他的体温。再过一天，就能再见到他了，这种兴奋，是难以言表的。

她不敢奢求其他，只为了再见一面。

车厢中的乘客并不多，随着火车的速度不断提高，窗外景色也掠过得越来越快，手机的信号也越来越不稳定。此时，头上的疼痛愈来愈强烈。宁月妩扶着额头，觉得十分难受，于是就趴在桌上睡了会儿。

一整天在车厢中，宁月妩整个人都昏昏沉沉的，半梦半醒。车厢虽没有摇晃，也没有什么噪声，特别好睡觉，偏偏头疼一直纠缠着，整个人根本睡不着。

中午的时候，宁月妩撑着身子起来吃了一点午饭，下午的时候整个人都昏昏沉沉的，接了一个元瑾心打来的电话："宁月妩你跑到哪里去了！"

元瑾心的语气听起来怒气冲冲，吓得昏沉沉的宁月妩精神了三分。元瑾心和姚芝虞因着前夜喝酒的缘故，一睡就睡到了下午，结果看到宁月妩的东西少了，人也不见了，四下寻找也找不到人。

元瑾心突然想起说宁月妩要去远方，立刻打了电话过去，没想到，在火车上的宁月妩只是沉静地回答了一句："我已经在火车上了。"

元瑾心掀桌，大喊道："你一个人跑去哪里？你昨晚肯定没睡好，结果我们一起来你就不见了，你怎么可能有精神乱跑！"

果然是相处已久的闺蜜，对自己再了解不过。宁月妩强打着精神道："没事的，很快就会到的。——你们在做什么呢？"

"我们在找你！在干吗呢！"元瑾心没好气道，"你是不是去忻城找席修辰？你一个人怎么去找？现在我连宋子卿都联系不到，你去他们中队吗？"

"是，就是他们中队……"在中途的停靠站停靠完毕，火车继续开始向前进发，随着速度加快，信号越来越差，最后两边都听不到了各自的声音，信号中断。

宁月妩是被乘务员叫醒的，帅气的乘务员很有礼貌地在她耳边小声叫道："小姐，终点站到了。"

宁月妩此时还正在睡梦之中，抬了一下沉重的头颅，又想趴下去继续睡觉，被乘务员制止："小姐，我们要打扫车厢了，请您下车再休息可以吗？"

宁月妩皱着秀眉，紧闭的双眸睁开一条缝："怎么这么快就到忻城了，现在是几点了？"

那个乘务员有些尴尬，对宁月妩鞠了个躬："不好意思，这里是终点站阳城，如果您坐过站的话请您等会儿记得去补票……"

宁月妩一听到了阳城，整个人一激灵："什么，这里是阳城？怎么跑到这里来了？我是要到忻城的！"

"这个我就不知道了，估计是您睡过站了，以后要注意休息啊。"那个乘务员笑着请宁月妩起身，宁月妩只好拖着行李箱到了售票处，补了票准备乘坐最近的动车赶回忻城。

等到买好了票之后，还有一个小时才发车，宁月妩在车站里随便找了一家小吃店，准备吃东西。和当初一样，宁月妩点了一碗刀削面。依稀有那种记忆中的味道，只是找不到当时的那个人了。

才吃了没几口，宁月妩感觉鼻涕滴了下来，低眉一看，碗中赫然有鲜血的痕迹。她伸手一擦，手上立刻染上了一片血色，血腥味在鼻尖萦绕。

大概是今天一直昏昏沉沉，加上喝酒和今天没有怎么喝水的缘故，自己上火了。宁月妩赶紧抽了好几张纸巾堵住鼻孔，头向上仰着，等到感觉不再流血的时候，才放了下来。

看着漂浮血色的汤面，原本残存的食欲一扫而过。宁月妩恹恹地付完钱之后，买了一杯烧仙草，一边喝着仙草一边等车。

现在已经是九点了，漫天星辰。等到到达忻城的时候，又会是几点呢？

第二十六章　信仰

那一边，元瑾心不停地拨打宋子卿的电话，但是都提示对方已关机。等到九点半的时候，元瑾心终于打通了宋子卿的电话。

宋子卿今天实在是太想元瑾心，才趁着周末把手机摸出来。这才刚刚点名完，他刚把手机摸出来，就提示有无数个未接电话，全都是元瑾心的，把他吓了一跳。宋子卿正急急忙忙地想打过去，元瑾心正好又打了过来，他赶紧跑到体能活动室去接："喂，宝宝，发生什么了？怎么打那么多电话？是不是发生什么急事了？"

元瑾心着急地对宋子卿道："宁月妩她去忻城了，自己一个人。"

宋子卿皱眉，问道："她自己一个人来这做什么？"

"她是去找席修辰的，她喜欢席修辰！"一句话让宋子卿如遭雷击，整个人惊在原地。宁月妩不是有男朋友吗？怎么可能会喜欢席修辰？

宋子卿压下心中的烦乱："你是不是开玩笑？席修辰跟她才相处多久？还过了这么久一直没联系，她怎么可能会喜欢他？"

那边元瑾心急得团团转，姚芝虞在边上安抚，才让元瑾心坐下："我跟你开什么玩笑？大晚上跟你开玩笑有意思吗？要不是昨晚宁月妩喝醉了酒亲口承认，要不是她一整本本子全是席修辰的名字，我也不相信。"

宋子卿眉头深锁，许久，才吐出几个字："那宁月妩她知不知道，席修辰已经有女朋友了？”

一句话如一石激浪，让元瑾心整个人跳起来：“我怎么把这个忘了！席修辰怎么这样，我记得我们当初不是还偷听到，席修辰说宁月妩是她的女朋友吗？他居然那么快就找对象了！”

宋子卿也不知道该怎么解释，只能说道：“这件事我也不好跟你说，说不清楚。席修辰现在人在集训队，我也不知道他那里情况怎么样，不过集训队估计很难看手机，我是因为中队缺人手才回来的……”

“那怎么办？”元瑾心靠在墙上长叹，“她一个人那么傻，傻傻地跑去忻城，有时候遇见真是一种劫数，席修辰就是她在劫难逃的劫数啊。”

宋子卿听到元瑾心少有的深沉，学着同样的口吻：“那我是不是你的劫数，宝宝？想你都快想疯了。”

“贫嘴，难道我不想你吗！”

相思劫，劫走我相思无数，但为君故。

“傻瓜。”宋子卿低笑，“辛苦你了，小笨蛋。”

那边元瑾心却笑不出来，仍在担心宁月妩：“宋子卿，我这辛苦，那宁月妩她辛不辛苦？谁都不知道暗恋的艰苦，那种想要而不可得的酸楚，只有她懂。你知道吗？她从来没有自己出过远门，今天她竟然会为了一个人跑出去！”

宁月妩那个大傻瓜，喜欢一个人就说出来，为什么要一直埋在心里面不肯说出来，把自己的心关进笼子里？

“她也不是小孩子了，你担心什么？没什么事的。”宋子卿劝道，却立刻被元瑾心骂了回来：“你知道什么啊，她就是很少出门我才担心她。为什么她要在本地读书？因为她父母根本不想让她出厦城！让一个女生孤身一人北上还说没事？你知不知道她昨晚还和我们在毕业晚会上喝酒，她一沾酒第二天就会难受一整天。”

有一次学生会聚餐的时候，文学社因为一起举办活动，一起参加。

当时旁边坐着一个北方的男生，拿着饮料杯装满了白酒，把不少女生吓呆了。宁月妩信手夹了几个菜吃个味道，就在边上看着手机，没想到口渴想要喝水的时候拿错杯子，喝了一大口，整个人被呛得不行，一张小脸红得跟关公一样。第二天一整天头疼得不行。自此之后，宿舍的人都看着宁月妩，防止她再次喝酒。昨晚因为是离别之宴，也就没注意那么多，如果知道宁月妩第二天要出远门，绝对不会让她喝！

宋子卿被元瑾心骂得一阵委屈：“宝宝，我知道错了好不好？你别生气，可是我们现在也不知道她在哪里啊，席修辰也联系不到。”

“那怎么办怎么办？宁月妩的手机也关机了，貌似是没电了。都一天了，宋子卿，她要是出了什么事情我们会自责死的。”

宋子卿好生哄着元瑾心，对着夜空长叹。如果说席修辰傻，会思念宁月妩，那么宁月妩只能用一个字来说明了，就是“痴”。千里迢迢来到忻城。

席修辰，你知道吗？有一个你喜欢的女孩竟然会默默喜欢你那么久，只可惜，你们彼此都不知道。

登上动车的时候，已经接近十点，这一次宁月妩没敢再打瞌睡，偏巧手机也没电了，只能呆呆地看着窗外的融融月色。外面一片漆黑，偶尔擦过的灯火的亮光也不过是转瞬即逝的明亮。

只有天上的月亮、星辰依旧如初。宁月妩望着明月星光，看着看着就出了神。阳城离忻城距离并不远，乘坐动车一会儿就到了。宁月妩原打算就近找宾馆，但是转了一圈发现都满客了，只能回到火车站的候车室，自己一个人坐着休息一个晚上。

同样的地点，只不过当时的人已经不在了。

那个台阶上曾经身影交叠的两人，而今各自一方，但是明天或许就不会了。席修辰，我一定会找回你的。

宁月妩垂着头，坐在椅子上合着眼休息，清丽的面容在额前发丝的遮挡下若隐若现，披在脑后的头发也落在肩膀胸前，露出后面一截雪白的脖颈。

迷迷糊糊间，宁月妩感到有人坐在自己的身侧，睁开眼随便扫了一眼，看到是个穿黑色衣服的人，没有多在意，继续合上眼帘休息。没想到大腿好像被什么东西摸着，宁月妩猛然睁开眼，发现一个男子正对着自己垂涎欲滴。

骤然的惊恐让宁月妩腾地一下起身，双目盯着那个人看，拉起自己的东西就要抛开。那个男子衣冠不整的样子，一看便知是地痞小混混，那种垂涎的凶光暗示着，他绝非善类，一定要躲开！

陈武看到宁月妩一个人坐在候车室的时候，感觉就像从天上掉下来了一个馅饼，又正好落在自己的面前。岂有将到手的鸭子任其飞了的理由？

自己在这一块地盘无恶不作，也没人敢反抗。那女孩看起来还蛮好看的，别有一种江南水乡的甜柔风韵，让人看了都心痒痒。就凭她一个外地的小女孩，能耐我怎样？于是陈武便壮了胆子，伸手去抓宁月妩的衣服。

宁月妩见他手伸过来，抄起手就把陈武的手打开："你做什么！"

陈武笑得龌龊，浑浊的眼睛里闪着禽兽的目光："小妹妹乖乖跟我走，我带你去舒服舒服，省得在这候车室风餐露宿的，多辛苦啊。"

刚刚宁月妩的打对自己来说根本不算什么，螳臂当车而已。自己想要一个人，直接带走就是了，还怕什么呢。这样想着，陈武胆子更大了，伸出双手就要去抓宁月妩的肩膀。

宁月妩反倒冲上前，对他大喊道："你放肆！"

陈武没想到一个小女生敢和自己正面交锋，还冲向自己，吓了一跳。但小羊既然入了虎口，小爷哪里有放你走的可能，于是张臂就抓住了宁月妩。

此时的动静已经让周围的旅客惊醒。宁月妩大喊救命，可陈武一句话就轻轻松松地打发了他们："我女朋友跟我置气闹别扭呢，大家别见怪啊！”

宁月妩反抗着陈武：“我根本就不是他的女朋友！这种地痞！我死都不会找这种龌龊卑鄙的人！”

宁月妩尖锐的话语彻底惹恼了陈武，而宁月妩本意是想让众人帮助自己，根本没想众人只是当看戏一样，明哲保身，谁也没有上前帮忙。

第一次，宁月妩发现人心竟然如此凉，凉到一点温度也没有。面对自己这种境况，所有人都是无动于衷，仿佛眼前只是在彩排一场闹剧而已。

明眼人一眼就看得出来自己和流氓的差别，自己怎么可能会牵扯到一个衣冠不整的流氓？却没有人愿意伸出援手！

陈武双眼升起的怒火灼烧着眼前的一切，他手指紧紧抓着宁月妩，指甲几乎就要嵌进宁月妩的肩膀之中，宁月妩感到一阵切肤的疼痛。

宁月妩用力踩了一脚陈武，趁着陈武遽然疼痛的空当跑开，当她跑到警务室的时候，眸中的希望彻底破灭——警务室中根本没有一个人。

陈武双手摩拳擦掌，发出关节错位的声音，嘴角挂着丑恶的笑容，步步紧逼向宁月妩。宁月妩一个转身，跑下台阶，陈武箭步上前就要抓住宁月妩。

原本晚饭就没有怎么吃，现在肚子已经空空如也，根本没有什么力气再跑。自己怎么这么倒霉，连眯一会儿都能碰到歹徒。

此时天光微明，泛着鱼肚白的颜色，太阳仍未升起，空气中浮着丝丝寒凉。宁月妩跑得没有力气，整个人就要摔倒在地，只能伸出双手准备撑住自己的身子。

陈武伸出双臂一把就把宁月妩抱了回来，死死按在怀里。陈武的脸上俱是骄傲的神色，像是一匹征服了野兽的豺狼，面露凶光，上上下下打量了一遍宁月妩：“小妞儿，生得挺好看的，可是为什么要跑呢？白费力气做什么？还不如一早就乖乖地跟爷回去。”

宁月妩被陈武死死拽着，感觉呼吸都快要被阻塞，大口喘着气，眼皮未抬："我昨晚没吃，我跑不动了。"

"早跟我说，小爷我带你去吃饱喝足了，用得着这么麻烦吗，嗯哼？"说着，陈武还故意用下身顶了顶宁月妩，宁月妩更为难堪，雪白的脸庞露出厌恶的神色。

陈武只当她害羞脸红，伸出食指挑起她的下颚，然后拨去垂落在两边的青丝，宁月妩的面容一览无余，让陈武不由啧啧。

"是南方的吧？长得那么水灵。"陈武笑着，然后松开手指，"来，笑一个给我看看，到底南方的妹子和北方的妹子差别在哪。"

此时，大街上的车极为稀少，偶尔有开过的小轿车，也是亮着灯疾驰而过，根本没有发现两人。而路上的行人则更少了，起码，现在没有一个。

天光依旧是微微透白，还没有完全明亮，能见度也不是很高，只有昏黄的路灯闪着可怜的光晕。寒凉的晨风吹在身上，一点一点吹走身上心上的温度……她还没有见到席修辰，席修辰她一定要见到的！

她宁月妩绝对不会委身给一个这样的男子！

宁月妩将眉间的怒意用清浅的笑意洗刷干净，粉里透白的唇轻轻抿起浅弯，牵扯出两个好看的梨涡："这样笑是不是还不够好看啊？"

这样的娇嗔含着撒娇的意味，早就让陈武骨头酥软，对宁月妩的禁锢也就放松了一分，下一刻，宁月妩飞快地弹起膝盖，朝陈武下体踢过去。

千钧一发之际，陈武闪身躲开，用力拧了一下宁月妩的手臂，传来咔的一声声响。陈武怒极道："死丫头，敢这样对我，我就知道你们女人会这招！"

第二十七章　筑梦

宁月妩双手被陈武双双钳制住，丝毫动弹不得。宁月妩眦目欲裂："你这样做我就去告你，你敢！"

宁月妩怒目圆睁，凛冽的气势让陈武停住了动作。须臾，陈武大笑道："你去啊，到时候你也被我吃抹干净了，我被关了也值了！"

宁月妩被这等无赖弄得丝毫没有招架之力，只能死死瞪着陈武。陈武哈哈大笑，"你要是乖一点不就好了，干吗把自己整成这副样子？"

宁月妩扭着自己的身体，愤然道："你喜欢被别人无缘无故地招惹吗？你是不是不知道我有起床气啊！没看我在那里休息吗？我昨天还流鼻血了！"

"少给我装蒜了！想再骗我没用了，乖乖地跟我走吧。"陈武踹了一脚宁月妩，就要把宁月妩拖走。就在这个时候，宁月妩的鼻血很恰好地落下来，火热猩红的血液滴落在陈武的手上，他手上传来温热湿黏的感觉。

陈武以为是宁月妩的眼泪，无意间低头一看，竟然是血！陈武吓得愣了片刻，抬头看向宁月妩，只见宁月妩的鼻孔果然流出血液。没想到她说的是真的。

宁月妩见到陈武发呆，趁机扭身破开陈武的禁锢，把手伸进口袋之中，把随身携带的钢笔摸了出来。褪下笔套，将钢笔一转，用拿着刺杀刀的手势握住。宁月妩一招一式凌厉生风，一气呵成，原本恬淡的清眸迸发出凛冽的寒意，直刺陈武。

她宁月妩绝不会任由一个人肆意侮辱她，对这样的人，她绝对不会心慈手软！

陈武立刻再次伸出双臂想要掐住宁月妩的喉咙。宁月妩蹲下身子，而后向上猛冲。但见宁月妩长发飘飞，一双清眸锋锐如刃，手中的笔尖闪着清冷的光芒，让人无法直视。

她从小就告诉自己，无论站在何人的面前，都不能认输，哪怕自己山穷水尽，哪怕进退维谷，哪怕手无寸铁，也不能坐以待毙！

心里深藏的清傲被激发，宁月妩就绝对不会拜倒在任何人的淫威之下，做一只任人欺凌的绵羊。

陈武见到她这样，也被吓了一跳，他根本没想到宁月妩会这样反抗！慌乱间，陈武根本没看清宁月妩手中是什么东西，伸手想要抓住宁月妩的手腕，控制住宁月妩。

偏偏，宁月妩的手腕像是灵动的小蛇，能躲开陈武的钳制，陈武气急败坏地想要给宁月妩一记扫堂腿，给这个娘儿们一个教训，偏偏笔锋已经近在眼前。

他立刻伸手去挡住宁月妩的攻击，没想到这样一档，钢笔的方向一偏，直刺他的喉咙。陈武惊恐地瞪大了双眼，想要让宁月妩住手，然而宁月妩已经势在必行，此时想要收手也不可能了。

对敌人手软，就是对自己的残酷！眼前的人绝非善类，是对自己有非分之想的歹徒，如果不给他一记重击，那么注定就是自己万劫不复！

奸杀……这个念头在她脑中一闪而过的时候，宁月妩就告诉自己绝对不能这样草草被他人所终结，他没有这个权力，她要见席修辰！

席修辰，我不见到你，我不罢休！宁月妩眼中闪着狠绝，紧抿着双唇，尖锐的笔锋划破长风，刺向陈武。

尖锐的笔锋刮过皮肤，立刻刮破皮肤，一颗又一颗血珠滴落。陈武大叫一声，伸手就要去打宁月妩，宁月妩身子一退，旋即又将笔锋刺向陈武。

陈武的脖子上汩汩涌动着鲜血，手臂也不停流着鲜血。宁月妩剧烈喘着气，胸腔剧烈起伏，恨恨看着陈武。陈武只是痛苦地在血泊中挣扎，两手捂住自己的伤口，怒视着宁月妩。

可陈武的眼神无法杀人。宁月妩后退了几步，把钢笔丢开，擦了擦鼻尖和脸上的鼻血，还有手上的血液，双眸通红，仿佛是地狱走出的女修罗，浑身上下弥漫着鲜血的气息。

她绝对不会认输！在这种人面前，不拼的话，只能任人鱼肉，她怎么甘心沦为这等人渣寻欢作乐的玩物！

宁月妩整个人步步后退，最后转身跑回候车室，把自己的行李箱拿了出来，迈着步子跑下台阶，看到在血泊中挣扎的陈武，她再也走不动了。

刚才她已经耗尽了全身的力气，根本就没有力气再走动了，整个人瘫软在地上，胸口起伏。

当她看到陈武比出一个中指的动作的时候，宁月妩不由笑了。这一次她赢了，坏人再比中指，也是他输了。她拼劲最后的力气，留住了自己的清白。

这时候，一群人跑步着跑过来，后面跟着一辆消防车，闪烁着警灯，只不过没有打开警笛。宁月妩见有人跑过来，高喊道："救命！"

几个身穿迷彩短袖的人听见声音立刻跑了过来，当看到血泊中的男人，所有的人都大为惊讶。而不远处还瘫坐着一个女生，蓝色的衣服上血色片片，纵横交错，触目惊心。

她满头发丝凌乱，一双眸子布满血丝，双唇干裂而惨白，无力地喊道："救命……他是歹人，意图不轨……"

"宁月妩！"其中有一个人大喊道，立刻冲到宁月妩的面前，扳过宁月妩的肩膀，"你真的来忻城了！怎么把自己搞成这个样子，发生了什么？！"

宁月妩此时额头上冷汗涔涔，长发因为汗水黏在一起，瞳眸被惊恐所笼罩，原本秋水般的双眸如木偶一样失神，呆呆看着前方。她看了看前方的人，定睛细看，是宋子卿。

席修辰的战友。

“他要害我……”即使没有了力气，宁月妩一想起那个人，贝齿就紧紧咬着下唇，“宋子卿，他是坏人！”

陈武一声暴喝，从地上暴跳起来扑向宁月妩。宋子卿直接过去一拳，将陈武重重打在地上，血涌如柱。

“臭婊子，老子一定要弄死你！”陈武叫嚣着，捂着自己的伤口，发出的吼叫有如夜枭一般凄厉，尖锐得让宁月妩皱眉。

旁边的战友见宋子卿和宁月妩是旧识，立刻上前就给陈武一脚：“你嘴巴给我放干净点！今天你对人家做了什么？我们不会放过你的！”

陈武见来的是一群身穿迷彩的士兵，恨得直咬牙，在地上不知道念叨着什么。宋子卿扶起宁月妩：“你怎么自己跑过来了？看你把自己弄得！”

宁月妩不用照镜子也能猜到此时的自己要多狼狈有多狼狈，全身上下定然是血污一片，加上头痛缠身，也没有好好休息，肯定是留下了一层浓重的黑眼圈，脸容看上去憔悴万分。

“宋子卿报警，他刚刚想要把我拖去行不轨，我不会放过他！”宁月妩恨得直咬牙，如果不是自己拼死反抗，她就要委身给这个肮脏不堪的人。

宋子卿立刻让消防车中的驾驶员报警，公安一听到出了流血事件，立刻派警车过来，将宁月妩和陈武带走。

“你们先回去，回去就说是席修辰她对象来看她出了事，我陪着她！”宋子卿二话不说就要陪着宁月妩上警车。

宁月妩有气无力地说道：“我行李箱里面的包里有钱，帮我去买一块面包一瓶牛奶，谢谢。”

警察扶起宁月妩，另一名警察同时也简单地包扎了下陈武，将陈武扶起来。

宁月妩虽然已经筋疲力尽，但浑身上下仍有一种清冷的气息环绕在四周，即使被尘埃所压身，也无法掩盖。

那种气质，就像是在冰山中修炼的女子出关，一个眼神、一个表情都是冷的。那是看尽人情冷暖之后的表情，清清冷冷，不带有人情的一丝冷暖，冰冷的黑眸像是黑色的玄冰、黑色的深渊。

只是一天，宁月妩像过了一年。用了一天的光阴，尝了这人世间的冷暖，哪怕她读过无数这样的故事，却也不及自己的亲身体验。

世界这么大，你不出来走一走，怎么会知道这个世界是怎么样的？

她冰冷的双眸掠过陈武，冰凉的双唇吐出碎冰一样锋利的词语：“我不管你是谁，这一次我见到你，到底是我赢了。如果我没有拼死反抗，现在我估计就在任你凌辱。”向来谈吐端文的宁月妩鲜有这般毫不避讳，她挑了眉梢，“不管你是谁，叫什么名字，这一次我会永远记住的。别再出现在我的面前。还有，谢谢你告诉我这世界是何等险恶。”

买东西回来的宋子卿被吓了一跳，这样的宁月妩是他从来也没有见过的。那个平日柔若的女子，今日却如冰锋一样，宛若经过冰水淬炼一般，有一种高傲的冰冷。

那种神色，只会让他想起当新兵的时候，承受的多少苦痛血泪，仿佛是看透了人世浮华的空然。

宋子卿走过去扶过宁月妩：“东西我买过来了，等会儿在警车上吃吧。肯定饿坏了是不是？你怎么自己跑过来了？”

宁月妩并不知道元瑾心早就告诉了宋子卿，低眉笑道：“谢谢，我只是过来玩玩而已。自己过来玩玩有什么的。——让我靠一下，行吗？”最后的尾音直接向下掉，足见宁月妩的疲惫。

宋子卿点点头，宁月妩就靠了上去，紧绷的全身这才放松下来。宋子卿和元瑾心一样，都是心直口快的性子，上了警车就直接问："怎么就这样跑过来看席修辰？一个人过来，席修辰他会放心吗？"

没想到宋子卿会知道，宁月妩看了一眼宋子卿，玉容含羞："哪有，我哪里是来看他的，你别瞎说。还有这件事你别跟席修辰说。"

"怎么了，怕他心疼啊？不知道他看到你这副样子会做何感想。整个人变成这样，一开始我还真的没有认出你。一个宁静美好的女生，把自己搞成这样，怕给他不好的印象吧？"

宁月妩一边小口咬着面包，一边道："哪有，他看见有什么关系，我怕他骂我而已。"如果他喜欢自己，这样子出现在他的面前又如何？情人眼里出西施，心爱的人在自己面前，永远都会是最美的。

宋子卿继续拷问："那你还说你不是来看他的。元瑾心都跟我说了你喜欢席修辰，一整本本子都是席修辰的名字。你不喜欢那个臭小子干吗把人家的名字写在上面？"

宁月妩一听到元瑾心的名字和自己的光荣事迹，顿时把喝进去的牛奶给喷了出去。那个卖队友的元瑾心，有什么事情铁定都会说出去！

"那个……只是他名字写起来比较好看而已，就这样，你们都误会了。"宁月妩解释道，避开宋子卿的目光。

宋子卿拉长了语调："哦——是吗——？难怪一开始你就没问我席修辰去哪了，看来是元瑾心瞎说的。"宋子卿知道宁月妩不好意思，于是便不再多说了。倘若真的在乎，她就一定会问。

果然，下一秒宁月妩就开口。

第二十八章　立誓

“对了，席修辰怎么没有在你身边？你们不是在集训队的吗？”宁月妩一紧张，赶紧问道。

宋子卿知道宁月妩关心席修辰，也不点破，对宁月妩道：“他要忙着争取名次呢，留在集训队了，我是因为中队人手不够才回来的。”

“这样啊……”原以为马上就能见到席修辰，宁月妩眼中闪过一丝失望，看来只能等着去集训队看他了。

警车回到公安局之后，宁月妩草草做了笔录，将所有的事情口述了一遍。最后见到陈武的时候，宁月妩依旧是以前的从容宁静，整个人也换了衣服，将血污尽数擦去，长长发丝拢在脑后，一副天真宜然的样子。

陈武已经经过简单的包扎，正在审讯室里面。这一次宁月妩正当防卫让警方注意到陈武这一号人物，发现许多的案件都与陈武相关，于是深入调查，继续审问陈武。

宁月妩提出要见一见陈武，办案民警原本不同意，旁边的宋子卿拍了拍那个民警的肩膀：“兄弟，咱们都是公安的，行个方便吧。再说一个女孩子能把他怎么样了？”

那个民警犹豫不决：“陈武的伤就是她弄的，差一点就伤及动脉，十分危险……”

宁月妩打断了他的话，轻声道：“没有关系的，当初我如果我不那么做，我只会成为他魔爪中的玩物，谁都会有迫不得已的时候。”

现在只要闭上双眼，就只有铺天盖地的血色笼罩在自己的眼前，无论如何也挥之不去。只有血流成河，漫山遍野都是血红的颜色，自己的手上还有那种湿热黏稠的感觉，而后慢慢变干。即使她看过无数遍自己的手，确认没有血液沾染，但那种可怖的感觉偏偏不肯离去。

民警看宁月妩的样子，清宁婉约的长相，不像是行事狠辣的人，倒是陈武，整个人看起来凶神恶煞，脸上布满深浅不一的刀疤，一看就知道是混社会的，于是也就让宁月妩进去。

宁月妩打开门，轻轻迈着步伐进入审讯室中，在陈武面前坐定，一双手臂放在桌上，双目平视陈武：“你是叫陈武？”

“你知道这个想要干吗，以后还想找我？”陈武冷笑，狰狞的面容因为扯出笑容无比扭曲。

宁月妩轻嗤，转过头去：“我也只是问问而已，你自作多情到这种地步也真是够了。平日里为非作歹的事情也不在少数吧，这一次，你打算在哪里好好颐养天年？”

宁月妩的话语立刻激起了陈武的暴怒：“贱人！不给老子玩就算了还害得老子被牵扯了乱七八糟的东西，老子跟你没完！”

“若要人不知，除非己莫为。”宁月妩惨白无色的双唇吐出冰冷无温的字眼，抬起下颌，清眸扫视过陈武，“现在看到你的每一秒都让我觉得无比恶心，特别是你身上的味道，真叫人作呕。”

“哈哈哈。怎么样，记住了吧！哈哈哈，就让你忘不掉！”陈武得意地仰天长啸，用手指指着宁月妩，“你忘不掉我是不是，是不是！”

“我就说了，你这个人爱自作多情，你还不信。”宁月妩低眉一笑，转过身去，盈然起身，“所以我要用你的血，用鲜血的味道冲掉你的味道。我觉得已经差不多了，怎么，你还嫌不够？”

暗藏杀机的话语被宁月妩如此轻巧地说出，连她自己都佩服自己。只有她自己知道，她对这个叫陈武的男人有多恨之入骨。如果不是她的反抗，那么明日醒来，她就只能在这个男人的床上苟延残喘。

她根本不敢想象她反抗失败的后果是什么。

当你以为这世界很美好的同时，千万别忘了这世界是善与恶共生的所在。清澈见底的湖水下，都是乌黑肮脏的污泥，只是没有被翻动卷起而已。

陈武被宁月妩的气势所吓倒。没听见陈武回话，宁月妩一个转身，勾起清甜的笑容，双眸的秋波流过陈武的脸：“不要再让我见到你，否则，我就让你永远被囚禁在暗无天日的囚笼之中。”

这个社会本身就是弱肉强食，成败与否，看自己明白得早与晚。

清甜天真与邪气并存的笑容，让陈武不由脊梁一阵发凉……什么是最可怖的，就是绝美却暗藏着杀机的东西。当你以为采撷到了一朵绝艳芬芳的花而沾沾自喜时，才蓦然发现自己已经陷入食人花陷阱中，即将被吞噬。

陈武就坐在椅上，不知该说什么，瞪大了双目看着宁月妩，满是不可置信。

“你知道为什么你会输吗？因为你低估了女人，认为女人都只会拜倒在男人的膝下。还有，你低估了一个人在绝望时会何等决绝。”宁月妩说完拂袖而去，带起的风如她的话语一般冰寒，盘旋在审讯室之中。打开门的那一刻，宁月妩脸上的冰冷瞬间溶解消散，适才维持的阴冷瞬间破裂。

她本就是一个温婉的人，所有的狠绝都是被逼出来的，是在绝境之下，在那个见席修辰的信念下骤然爆发而出的，又怎么可能彻底把自己变成那样。

只有她自己知道，即使是隔着铁栅栏，面对着陈武，她紧紧握住的手指还是不住地颤抖，所有冷硬不过是一时的伪装。

宋子卿看到宁月妩迈着疲惫的步伐走出来，扶住宁月妩：“我帮你在以前的那个酒店开了房间，你去那儿休息吧，我想你在那里待过，可能会熟悉一点。”说完，把房卡交给宁月妩，“我送你过去。”

“谢谢了。”宁月妩含笑对宋子卿道，倦色浓浓的眉眼无力撑着，“还是你想得周到。对了，你还没有说，席修辰在哪？”

宋子卿看到宁月妩这副模样，还心心念念着席修辰，心里不由一阵剧痛。是什么支撑她走过来的？平时与世无争的一个女孩，生生被逼成这副样子，就为了一个席修辰？

或许这就是爱情，就像自己和元瑾心一样，为了彼此，可以不惜一切。但或许又是不同的，因为他与元瑾心有彼此的互相扶持，而宁月妩，是孤身一人。

“怎么啦？看你那副苦瓜脸，怪难看的，要是瑾心看到你这样子，还不笑话你？”宁月妩开了个玩笑，跟着宋子卿的脚步继续向前走。

宋子卿唇角衔了分苦涩：“没什么，心疼你而已。一路发生了什么，折腾成这个样子？”一眼就能看出来，宁月妩憔悴的面容是经历过何等艰辛才有的，就像被暴涨的河水冲散过后的无依飘萍，闪烁不定的双眸不时透着惧意，观察着四周的情况。

“没什么，也就一个陈武而已。”宁月妩轻描淡写，不愿意多说，怕多说了宋子卿说漏嘴，被瑾心和席修辰知道。

宋子卿怎么可能相信，继续追问：“那你怎么可能在火车站里，怎么不去酒店里面住？”

“我来得太晚了，周边的酒店都满了，我懒得去更远的，所以就随便在那里待着了。”

此时，宋子卿兜里的手机响起来。宋子卿拿出来一看，是元瑾心的名字，转手递给宁月妩：“瑾心着急你一天了，现在刚好你在我旁边，你跟她说说吧。”

宁月妩看到宋子卿的表情就知道宋子卿肯定被元瑾心吵得闹心。瑾心就是这样，发生了什么就会向最亲近的人求助。自己不知去向，又是跑来宋子卿的忻城，宋子卿定然是受了不少的骚扰。

“喂，瑾心，是我。”宁月妩小声地应答道。

元瑾心愣了片刻，才对宁月妩大喊道：“你还知道找我啊？还有胆接我的电话？要不是宋子卿给我发短信告诉我你已经在忻城了，我还不知道！手机也关机！”

面对元瑾心机关枪一样的攻势，宁月妩根本没有招架之力：“大姐，我手机没电了还没有充电，这不马上给你打电话了嘛，我那么大的一个人肯定好好的，就是在路上碰到你老公了，不用担心我。”

“真的没什么事情吗？”元瑾心仍是不放心，“宋子卿要回部队肯定没办法看着你，自己一个人去忻城我不放心。”

“又不是第一次来了，有什么好担心的，安心啦。”宁月妩好言相劝，“等到我回酒店充好电再联系你，你先忙你的，不是准备要开始正式上课了吗？好好加油。”

“那也要你来啊。”教师招考两人已经一起通过，又报考了同一个片区，一个在实验小学，一个在莲花小学。

“知道了啦，我找完人就回去。”

挂掉了电话，宁月妩发现宋子卿双目灼灼地望着自己，似有千言万语想要说出口：“你怎么报喜不报忧？”

“和你们一样，出门在外怎么会让自己的亲朋好友担心。难道你会告诉你的家里，你在部队里很苦？”宁月妩一个反问，把手机还给宋子卿的同时拉起自己的行李箱，“谢谢你今天帮我，还请帮我保密，我不希望太多人担心我。我自己打车去酒店就行了，钱和押金我到时候再给你，谢谢！你也赶紧回去吧。”

宁月妩双唇弯出浅柔的微笑，先行拉着行李箱推门而去，没有过多拖延。风吹着她宽松的衣袖，带走她身上残存的血味，她就那样把发生的事情当作是过了许久的前尘往事，简单平复后就拾起脚步继续向前，仿若是风雨过后的荷花，等到天晴日朗，云开雨散，风华依旧。

宁月妩到了房间后，把行李箱里面的衣服全部翻出来，一股脑地丢到床上，再把其他的东西整整齐齐地整理好，重新合上行李箱。

然后，宁月妩就跑进浴室中，打开花洒……她不知洗了多少遍，才把那种隐隐的血腥味洗掉。朦胧的水雾间，她望着镜中的自己，静静出神。

自己变了吗？有，又好像没有。

宁月妩摇了摇头，发丝上的水珠被甩了出去。她拿起浴巾在身上擦了擦，就一下子躺在床上，拿起遥控器开起了空调。

先好好休息一会儿吧，席修辰，我下午再去找你。宁月妩暗暗对自己说道，扭头把自己埋在枕头之中。

她努力不去想那些发生的事情，把所有的注意力放在席修辰的身上。她曾无数次幻想过他们再见的场景。会是斜晖脉脉，云霞流光照着两人，彼此的眼眸中只有对方……抑或是月光，抑或是落英缤纷，铺满了一地的落花……

所有的设想，都不及今日来得真实，那种在同一座城市，呼吸着同样的空气，头顶同一片天空的真实。

那个让自己日思夜想、魂牵梦萦的人。

拨了个电话给元瑾心，告诉她自己已经休息了。元瑾心一直追问她的情况，于是宁月妩也就把事情全部告诉了瑾心。

有些事情憋在心里，堵得难受。有些事真的只有自己去体会，才能领悟那种感觉，就如同社会的冷暖。

那边元瑾心听了心疼不已，嚷嚷着下次不让她到处乱跑。宁月妩笑道："总要闯天下的，难不成要我做金丝雀？还有，这些事不许和别人说，要不我就撕了你的皮。"

她侧头看着正在充电的手机，看着短信里面的地址，眼睛蒙上了一层水雾。席修辰，你知不知道，我想你好久好久。

我叫你一声"糖糖哥"。

我还叫过你"席教官"。

憔悴支离为忆君，席修辰，喜欢上你到底是因为什么？那种军人气质、体贴温柔与愠怒时的霸道？

或者另有其他。至少这一趟来忻城，发生的一切，旁人的那种旁观的冷漠告诉她：没有人有义务帮你，像之前的席修辰帮你，不需要理由地帮你。

第二十九章　解脱

浅眠醒来，已经是下午三点多了，外面仍是暑热的气息。宁月妩挑了一件雨过天青色的连衣裙穿在身上，然后将刘海梳到头上，用一枚蝴蝶型的发卡压住，一席长发松松软软地铺在脑后。

镜中的人儿浅笑如画，宁月妩看到镜子中的自己一副天然洒脱的样子，一双修长的柳眉弯弯如墨，清亮的水眸闪着如星的光芒。

她修长的手指抚上那如玉若脂的脸颊，指尖滑过陷下去的梨涡，然后在柔软的粉唇上留下痕迹。

这样的自己，席修辰会喜欢吗？他曾经叫自己“媳妇”，可还会作数？虽然那时也知道，席修辰半是玩笑，半是认真，并且已经被自己婉然拒绝。

时光的流沙，会不会把自己和席修辰冲散，让自己迷失在相思的海洋之中？

她不知道，所以，她要去找席修辰。她不知道她求的是什么，只见上一面就好，这种执念的产生，没有原因。

宁月妩拖了行李箱，坐着电梯走下楼，出了酒店，准备坐公交去。看了站牌后，正好那一辆公交车开了过来，宁月妩上了公交，投了硬币。

现在是午后，公交车并不拥挤，宁月妩就拉着行李箱坐在窗户边，看着车窗外飞过的风景、走过的行人、整齐的行道树，还有高矮不一的楼房。车渐渐到了忻城的郊区。

那是一种恍若隔世的感觉，前一秒还在千里之外，下一刻已是咫尺。愈近，好像愈难耐。

可是公交车开到终点站，宁月妩也没有听到自己要到达的那个站点的报站，正想问司机，司机走了过来，问道："小姑娘你怎么还不下车啊？这都已经到了终点站了。"

"请问这趟车不到原平站吗？"宁月妩看着手机问道。

那个看上去胖胖的司机摇摇头，又点点头："有是有，但是姑娘你方向搞反了，我这一趟是开到云灵山的山脚的。"

没想到转了一圈反而跑到云灵山山脚了，宁月妩大窘，问道："那下一班车要什么时候出发啊？"

司机看了看手表："再过一个多小时吧，没那么快，我这路是旅游线路。——我说姑娘你怎么就坐这路车，不是还有别的吗？"

"我看了站牌正好是这路……"宁月妩一看时间，已经被浪费掉一个多小时了，四点多了，决定打车过去。这一次，为了见席修辰，真是钱包大放血！

原以为在景区打车会很容易，但是司机一听说宁月妩要跑到原平，要走好远的路，担心因此没接到其他的客人，反而亏本，纷纷坐在车内摇头："姑娘你还是搭别人的车吧。"

望着一辆又一辆车开过自己的眼前，宁月妩深觉这座城市带给自己的无助。忻城，一座北方的历史文化名城，对自己来说何等陌生，自己就像是一颗插入墙壁之中的钉子，自己的到来与这座城市如此格格不入。虽然，不是第一次来，但忻城已然变化了太多太多。

宁月妩不由想起厦城，那座自己生活了许久的城市。至少她了解那座城市的脾性，不像现在，只能孤独一人望着车水马龙，一个人被淹没在这座城市中。即使高呼，也无人回应。

如果有了他的温情，这座城市还会冰冷如斯吗？

最后，还是一个中年的大叔看宁月妩等了半个小时还多，于心不忍之下让宁月妩上了自己的车。

司机是一个蛮健谈的大叔，土生土长的忻城人，原本说的是本地方言，见宁月妩听不懂，于是说了普通话："姑娘，你看起来不像是本地的人啊，是从哪来的？"

"哦，我是厦城的。"宁月妩坐在后座，含笑回答。

司机吃了一惊："厦城不是在闽省吗？离这里那么远，你一个姑娘家自己一个人跑过来做什么？"

跑过来做什么？是因为席修辰，可他现在对自己来说，什么都不是。反正之前他叫自己"媳妇"，这次把他称为男友也不算什么。

不觉间，宁月妩倒是把席修辰的赖皮学了去。

"我是过来看男朋友的，他在原平那里的集训队集训呢，正好赶上我放假，想想好久没见面了，就过来看他了。"

司机顿时恭敬了起来："原来是军嫂啊！军嫂不容易啊，找一个当兵的对象，随军的还好，如果异地就更难了。"

看到大叔这么严肃的表情，宁月妩被弄得尴尬："没什么，没什么的，不就是找对象而已嘛。"虽然说，这半年的思念简直叫人断肠。

大叔有一种怀念过去的感慨，像是在回想过去已久的陈年旧事："想当年我当兵的时候，当时我们才刚谈恋爱，就要让我媳妇儿等上三年。三年啊，对一个年轻的女人来说太珍贵了，三年一过，不知道就生出多少皱纹。我让她重新去找别人，她无论如何也不肯，雷打不动，直到我退伍以后，那时她还是那么年轻，就义无反顾地选了我，一个穷当兵的。"

对着车内的后视镜，宁月妩能看到大叔的眼神变得深邃悠远，仿佛又回到了当初。每一个人都有一段珍贵的过去，平时藏在岁月的宝盒中，只有偶尔才拿出来怀念。

"嫂子真不容易。"宁月妩莞尔，羡慕两人的情深意长。当初通信与交通都不如现今发达，两人的联系必定难上加难。

大叔笑着说："是不是你也觉得很不容易？现在我们俩想起来都觉得不容易，如果不是当时的年少冲动，或许我们永远都不会走到一起。人啊，为爱情冲动一回，幸福才会是自己的。"

"如果不是当时的年少冲动，或许我们永远都不会走到一起。"

宁月妩听到这句话的时候，莞尔的笑意不由在脸上扩散开来。自己不辞远路，迢迢赶来忻城，又算不算得上是一次冲动？

等到宁月妩下车的时候，宁月妩想要付给大叔双倍的车费，毕竟跑到原平，耗费了大叔不少的时间，肯定也少了搭车的客人。大叔却婉拒了月妩："一个人跑过来挺不容易的，而且还是军嫂，这钱不能收，就算是我给你们的支持吧，好好在一起。"

目送出租车远去，宁月妩双眸闪着盈盈泪花。原来这座城市，也是温情的所在。

身后就是消防大队的大门，宁月妩拖着行李箱，走过斑马线，看到消防队俱是红色的建筑，车库也是粉刷成鲜亮的红色，无怪乎大家都把消防称为"红门"。

一来一去，已经是傍晚五点多，此时夕阳下沉，红霞铺染，照耀得大地一片金黄的颜色，将红色的建筑镀上一层金色的流光。凤凰木的花朵开了一树，如火，被一阵风吹落，花瓣飘飘摇摇地落在脚边，静静躺在地上，一如她脸上的平静。

她深吸了一口气，慢慢靠近大门，这个席修辰所在的消防大队的大门。触手可及的感觉，让她心跳不断加速，每一步，都走得心神不定。

她停下脚步，望着消防队的门出神，这个席修辰待着的地方。

门口正有人站岗，见有一个女生走过来，望了消防队良久，于是探头问道："请问您要找谁？有什么事情吗？"

宁月妩见是一个小战士，收回了目光，弯唇对小战士道："你好，我是来找人的，不知道要怎么进去？"

“好的，请问您要找谁，我帮您转告一下。”小战士笑着回答，黝黑的皮肤、阳光的笑容，看起来很是好看。

那三字自己不知在心中默念了多少遍，不知在纸上描摹了几千几百回。她素手握紧了行李箱的把手，终于把那三个字说出：“席修辰。”

小战士一笑：“哦，是席班啊！知道了，估计他们这会儿正在训练呢，我打个电话让他过来——嫂子叫什么名字啊？”小战士有点疑惑，这个女孩子看上去和席修辰说说里面发的照片有点不一样，难道说是换了对象？怎么这样无声无息就换了呢。

宁月妩再次听到“嫂子”两个字，脸色顿时爆红，没想到第二次来到消防队又被别人叫成嫂子，难道来部队的女人都只能是嫂子吗？

“我不是……”宁月妩不知道怎么解释，“我是宁月妩，你和席修辰说一下就知道了，就说我过来了。”

小战士听了，然后笑嘻嘻拨打了电话，不管怎么样，席班肯定是找了对象，到时候兄弟肯定要狠狠敲他一把！

“嫂子您快进来等着吧，外面日头毒，在外面会被晒坏的，被席班知道非撕了我不可。”小战士毕恭毕敬地将宁月妩请入站岗的地方。

等到消息转达到训练场的时候，排长赵擎走了过来，大喊道：“席修辰！门口有人过来找你，先不用训练了，快过去！”

席修辰听到排长叫自己，一阵小跑跑过去，喊道：“是！谁过来了？”席修辰有些惊讶，怎么没有人和自己说要过来，这么突然？

赵擎看了席修辰一眼，对席修辰道：“是一个叫宁月妩的女生，人家就在门口那里等着，快过去，别让人家等得着急了！”

席修辰还以为会是什么朋友，可却听到宁月妩的名字，整个人如遭雷劈一样呆愣在那里，一动不动。

宁月妩？是宁月妩！不可能，她怎么可能会来忻城？她不是还在厦城读书吗？怎么可能跑来忻城，而且还来集训队看自己？

而且，她已经有男朋友了，那个儒雅有礼的凌浩成！

那个温文有礼、恬静的女生永远都不会和自己有任何交集，怎么可能还会跑到忻城？一定是自己听错了，明明已经强迫自己，不能再想她了！

“怎么了，高兴坏了？”赵擎拍了下席修辰的肩膀，开玩笑道，“发什么愣呢？让人家等久了跑了，看你怎么追回来。”

“排长，你刚刚说是谁过来了？我没有听清楚。”

“是宁月妩啊！怎么，你不认识这个人？是站岗的人跟我说的，是不是名字说错了？”

席修辰立刻撒开腿冲出训练场：“没有，我认识她！”

那个傻妞，真的跑过来了吗？有没有人陪着她？她是怎么过来的？路上是不是吃了不少苦？

跑到岗亭的时候，隔着玻璃窗户，席修辰见到有一个女生背对着自己，松软的长发梳在脑后。她双手垂立，右手搭在行李箱上，天青色的长裙及膝，宽松的衣裙穿在身上，将她那种宁静致远的气质展现得淋漓尽致。

宁月妩，她还是那样安静，像是深山幽谷的一朵幽兰，像是一汪水潭中独自临风的幽莲，与红尘的世界隔离开来。

席修辰不由放缓了脚步，那一瞬，他不忍惊扰到她的宁静，仿佛只要惊扰到，就会众鸟高飞尽，所有的美好会在眼前瞬间崩塌，化为乌有。

他只是想把她留住，甚至想自私地让宁月妩永远永远留在自己的身边，不让蚀骨相思，再欲罢不能地，一寸一寸，蚕食自己的心。

第三十章　沦陷

宁月妩在岗亭里面发呆，看到桌上有四个塑料的水壶排成一排，每一个水壶上面都有一个字，连起来正好是：忠于职守。

这里每一件陈设都是部队里的气息，一景一物都整齐划一，干净利落，每一个地方都一尘不染。

听到门开启的声音，宁月妩转头过去，长发被甩到胸前，随意地散落，等到看清对方的模样时，她只感觉这世界上万物都归于寂静，所有的东西，都不及眼前这一个人，璀璨华光都凝聚在他身上。

原本抓着把手的手指悄然松落，宁月妩双眼中唯有席修辰。他浑身上下都是汗水，迷彩绿的作训服也被汗水浸透，紧紧贴在身上，勾勒出他精瘦的线条。他清隽的面庞貌似更黑了，下巴也更瘦削了，汗珠不断从额头上滚落，留下一道道水痕。

他的黑眸依旧闪亮如初，剑眉依旧锋锐，浑身上下带着军人的英气。宁月妩看他欲言又止，伸出肌理分明的手臂，旋即又放下，只能双目灼灼注视着自己，双唇启合，无声呢喃。

她看得出，他的薄唇一起一合，唇形是：月妩，月妩。

他也是想自己的，她甚至想过，如果再见面，席修辰叫不出自己的名字，会是怎样的情形。她一定会浅浅一笑，重新介绍自己，而后在忻城只待一天，就此消失在他的生命之中。

所有的思念喷薄而出，恰如火山在临界点轰然爆发，她向席修辰冲了过去，张臂抱住席修辰的脖子，把自己的头卧在席修辰的颈窝之中。

席修辰的身上是重重的汗味，尽管很浓，她却丝毫都不排斥。汗水不断从他的身上落下，靠在他身上黏糊糊的，可她多希望就这样黏住，永远不分开了。

席修辰，我喜欢你，我好想你。

隔着一层薄薄的衣衫，宁月妩能清楚地听到席修辰有力的心跳，如此真实。席修辰伸出双臂，颤颤巍巍地环住月妩，不知道宁月妩会不会抗拒。

宁月妩深吸了一口气，抬头看向席修辰。眼前的他如此真实，就站在自己的面前，可她为何还有那么一点点忧虑，怎么这么快就见到席修辰了？他还这样抱着自己。

太美好，美好得恍然若梦，她生怕一伸出手指，就会把绚丽的气泡戳破。

宁月妩伸出手指，沿着他的脖子一路向上，滑过他的喉结，描摹着席修辰的轮廓……这是席修辰，是席修辰吗？

席修辰猛然抓住宁月妩的手臂，咽下了一口口水，喉结滑动了一下，将手臂的力度收紧，生怕她会跑掉一般。

不管，他这一次不管了！管什么凌浩成，什么她有对象，他这一次不会再让宁月妩跑掉了，她是自己的！

世界上只有一个宁月妩，旁人都只是匆匆过客！

宁月妩被他有力地抱在怀中，渐渐有些喘不过气来，她面色潮红地看着席修辰，羞涩地吐出几个字眼：“席修辰，你轻一点，我快喘不过气来了。”

席修辰一听，这才赶忙放手：“对不起对不起。”说完，就帮宁月妩把行李箱提了过来，“进去里面休息吧，人家这里还要站岗呢。”

小战士在旁边已经是乐不可支，捂着嘴一直偷笑，最后才忍不住笑出声音：“我说席班你怎么这么猴急？把人家都弄得呼吸不了了！”

“去你的。”席修辰上前就给他一记拳头，对宁月妩介绍道，“这是刘锋，我新兵连时候的兄弟，现在集训队又凑到一块了。”

宁月妩有些不好意思地对刘锋一笑，轻轻鞠了一躬：“你好，谢谢帮我叫来席修辰。”

刘锋更是乐不可支：“嫂子你怎么这么客气，都是自己的兄弟。”说完，朝着席修辰挤眉弄眼，没想到席修辰的对象还那么乖巧温顺。

席修辰瞪了他一眼，就带着宁月妩走出了岗亭，临走前，宁月妩拿出了一包绿豆糕给刘锋：“兵哥哥，饿的时候可以吃，厦门的特产。”

刘锋笑嘻嘻地说道：“去吧去吧，别让席修辰等急了！”

此时班里的人都在训练场上训练，班里空无一人，席修辰也就先把宁月妩带来了这里。东西才刚放下，就有人在楼上喊席修辰的名字：“席班，有你的电话！”

“知道了！”席修辰回答道，一边从旁边拿出自己喝水的玻璃水壶，灌满了一壶水，“傻妞你先在这儿休息会儿啊，喝口水，有电话，我去去就来，乖乖等我。”

席修辰也没拿小马扎，直接让宁月妩坐在自己的床铺上。宁月妩接过他的水壶，回答道：“快去吧，早点回来就好。”

宁月妩一个人坐在床上发着呆，看着水壶里的白开水徐徐流动，倒映出自己的影子，自己的眉眼中，俱是掩藏不住的笑意，连自己看得都要笑话自己了。

这个水壶上已经有不少磨损的痕迹，一定是经常用的水壶。是席修辰自己用的水壶吗？他直接把他的水壶给自己用，毫不介意。

宁月妩的鼻尖有一种酸酸的感觉。

自己在高三的时候，暑假时去部队军训。参观教官班级时，教官说，他们一般不会让人坐在自己的床上，而是拿出小马扎让人坐在上面，只有关系非常特别的人，他们才会让他坐自己的床，因为不介意他把内务弄乱。

有女同学当时好奇，就坐上去看教官的内务，结果被教官拉出去站军姿，晒了一个下午的太阳。

席修辰，他不介意自己。

宁月妩坐在雪白的床单上，目光滑过他床上的每一寸地方：军绿色的被子叠得整整齐齐，就是传说中的“豆腐块”；枕头码在边上；旁边还放着一条腰带。

这就是席修辰休息的地方，似乎还带着席修辰的气息。宁月妩好奇地伸手摸了摸他的被子，果然和他的身躯一样，硬邦邦的，很是结实。

席修辰风风火火地跑到办公室，接起电话：“喂，您好哪位，请问有什么事情？”

“席修辰，我说你手机怎么也不开机啊，就一直关机！我这几天也忙得很，你也不知道打电话联系是不是？”那边宋子卿铺天盖地地一顿责骂，骂得席修辰一头雾水。

席修辰皱眉回答道：“怎么了？我手机被收上去了，都有好一段时间了，站岗的时候被抓到了。怎么？不都在忻城，还联系什么？”

那边宋子卿着急不已：“你知不知道宁月妩已经来忻城了？我今天早上刚碰到她，帮她订好了房间，结果一回到中队就各种忙，根本抽不开身，只能先给你打电话通知一下。还有，我已经把你的地址告诉她了。”

“我知道啊，她现在人已经在集训队，怎么了？”席修辰不知宋子卿为何如此心急，于是皱眉问道。

“我先问你，你对她什么意思？”即使是身为兄弟，也要问个清楚，一个小女孩儿肯为他不辞远路赶来忻城，打心底里，他就觉得席修辰不能辜负宁月妩。

席修辰回答得不假思索：“我喜欢她。如果她想和我在一起，我会好好珍惜她；如果不想，我也要把她抢过来！”

席修辰的豪言壮语有一种指天为誓的味道，搞得宋子卿汗颜不已：“我又不是岳父，你跟我保证这个做什么？还有，我知道你之前还有一个沈梦曦。”

席修辰一听说那个名字，黑亮的眼眸不由消了几分光芒：“我不会瞒着她，所有的东西我都会坦白。”

“这才像席修辰！席修辰，我告诉你，你不好好对人家，我就不放过你！”宋子卿鲜有地严肃，“席修辰，你知不知道，我今天早上跟着中队出操晨跑的时候，看见宁月妩她在干吗？”

听到宋子卿这么说，席修辰的心就莫名地一痛，不知为何：“你早上的时候就碰到她了，那么早的时间？”

“是……你可能真的怎样都不会想到，”宋子卿顿了顿，“你可能想不到，一个女生浑身是血，自己一个人坐在地上的样子。她的眼里不是恐惧，而是空洞的恨意。”

“你说谁？！”席修辰拔高了音调，右手紧紧抓着电话。

“你说呢？”宋子卿把问题还给了席修辰，“当时她浑身是血，而另一个男人也浑身是血在地上挣扎。你猜猜发生了什么？那个男人想要对宁月妩不轨，被宁月妩用钢笔划出伤口，脖子上，手臂上，一个女孩要怎么样才能杀红了眼，我不知道。”宋子卿说完，重重吐了一口气。他无法想象，印象里的温柔安静的女生会变成那个样子，瘫坐在地上剧烈喘着气，满眼都是恨意。

宋子卿重新找回自己的声音：“你知道吗？她见到我，第一个问题不是我为什么会在那里，而是你在哪里。一个人累得不成样子，无助地坐在地上，你能想象她的样子吗？”堂堂七尺男儿，说到这里竟会有一种想哭的感觉，声音哽咽。这些事情说出来都觉得艰难，更何况是真的发生在身上。

一个女生，能义无反顾只身前来忻城，只为了一个男人，别人听了或许会觉得可笑，可席修辰听了，只觉得无比悲酸。

席修辰不知道自己是怎么回到班级的，他呆呆站在门口，凝望着坐在床上的宁月妩。她双手捧着自己的水杯，轻轻摇晃着杯子里的水，双腿在空中一摇一摇的。

这个傻妞，早上把自己弄成那副样子，现在还装作没事人一样来找自己，怎么就那么不会照顾自己？

席修辰双足被定住了，无路如何也走不动。此时，斜阳脉脉，从窗户斜照入内，投下了满地金色，把宁月妩的身影拉得老长。

他做梦也没有想到，宁月妩会再次出现在自己的面前，更没有想到，她会为了自己受了那么多苦。自己凭什么让一个女孩子这样？

席修辰，如果你没有好好地对宁月妩，你就不算男人。

月妩，我一定会好好对你的。

兜兜转转，我席修辰只要你。

席修辰迈着步，悄悄走进班内，悄然无声地绕到宁月妩的身后，看她在夕阳中美好安静地坐着，突然想到一个词：女神。

宁月妩就是自己的女神！他这一辈子就要缠着女神不撒手了！就算要赖皮也要赖上一辈子！

他一伸手就抱住宁月妩，把自己的下巴停在宁月妩的肩膀上轻轻蹭着。宁月妩根本就没有察觉席修辰的到来，被席修辰这么一偷袭，整个人被吓得一抖，立刻挣脱出席修辰的怀抱。

想起清晨的事情，宁月妩就会惊魂未定。手中的水壶被宁月妩牢牢拿在手中，因为这么一挣扎，里面的水泼了一半出来。

宁月妩退身靠在墙壁上，重重喘着气："你不要过来！你过来我就砸你！到时候我什么都不管！"

小人儿的眼睛里满是恐惧的神色，还像一直逞强的小猫一样，竖起了浑身的毛，让席修辰不由一阵心疼，看来早上真的吓到她了。

"月妩，是我，席修辰。"

听到声音，宁月妩才抬头起来看向席修辰，跳动不安的心脏渐渐归于平静："你做什么呢，要吓死我是不是？从我背后冒出来，是个人都会被吓得半死。"

第三十一章　敛伤

宁月妩自己也知道反应过大，但反正不赖在他身上，赖在谁身上？宁月妩再次把席修辰那种无赖的小性子学了去。

“傻瓜。”席修辰迈步走向宁月妩，拿了个拖把把地上的水渍拖干净，然后问她道，“进来的时候就看你拿着水杯在发呆，不口渴吗？”

宁月妩望了席修辰一眼，又看看水壶：“这个水壶是不是你自己喝水的？怎么给我了？”

“嗯！”席修辰回答道，一拍脑门才想起，怎么能给女生用自己的水壶呢？人家不嫌弃脏才怪。可是班里去哪找一次性杯子？“要不我去给你买杯水吧，你等等我啊。”

“不用了，不就喝水嘛，哪里用得着这么麻烦。”累了整整两天的宁月妩只想好好坐着休息一会儿，拿起水壶就小口喝着凉白开。

凉白开的水冰冰凉凉的，一溜烟儿流入肚中，传来丝丝清凉的感觉，消了不少的暑气。她直接把半杯水喝完了，然后还回味无穷地啧啧咂嘴，看得席修辰在旁边笑话。

“不就是白开水，看你的样子，好像甜得跟蜂蜜一样。”席修辰接过自己的水壶，放在小桌上。

宁月妩笑着回答：“口渴呗，喝什么都是甜甜的。”

因为那是席修辰的水壶啊，这样子……算不算是间接接吻？

“傻妞，看你傻样。”席修辰张开手臂环抱住宁月妩，她原本就身子纤柔，此刻搂在怀中更能感到她肌骨瘦削，轻轻一抱就能把小人儿整个护在怀中。

“月妩，辛苦了，让你跑过来看我。你看看你，比之前更瘦了。”席修辰的声音低低的，原本清越的声音像是被打磨过了一般，带着嘶哑的沉。

他的眸子里满是心疼和温柔，倒映着小人儿的身影。宁月妩与他对视着，他们的黑眸映照着彼此：“怎么了？不就是过来看看你吗，又没有什么大事。还有，我一直这样的好不好。”

席修辰捏了她一下小肚子：“还敢骗我。”他的下巴蹭着月妩的肩膀，“你忘了我之前在火车站，被你压倒过一次吗？所以我哪里不知道。”

“你……”宁月妩被席修辰弄得语无伦次，原来这家伙当初就不怀好意，还记得那么清楚！

看到宁月妩说话都结结巴巴，席修辰得意一笑：“跟你开玩笑的，只不过，傻妞，你怎么自己跑过来的？有没有发生什么？”

“坐动车来的啊，一路顺风，怎么啦？”宁月妩说起这个的时候有些心虚，避着席修辰能掐出水来的目光。

席修辰脸上铺了一层阴云：“你这个傻妞，你真的什么事情都要瞒着我是不是？你别跟我说你在车站什么事情也没有！”

以自己对席修辰的了解，席修辰是越在乎，越容易心急。宁月妩拉了拉他袖子：“没什么的，不就是碰到一个坏人了。”

那个宋子卿还答应会守口如瓶，肯定是他打的小报告！

“傻，真傻，你还以为你能自己扛所有的事情吗？”席修辰觉得眼角酸酸涩涩的，好像有什么东西要流下来，第一次，他觉得这样感动。

宋子卿还告诉他，宁月妩瘫坐在地上的时候，口里无声念着的，是他的名字。这完全在他意料之外。

他听过，有一种信念叫作爱。

“跟我说说，可以吗？大傻妞，跟我说说都发生了什么。”席修辰双目看着宁月妩，毕竟宋子卿看到的只是后面发生的事情。

见宁月妩双唇嗫嚅，不肯说出，席修辰继续道：“这里怪闷的，带你去逛一圈吧，边走边说，憋在心里当心憋坏了。”

集训队的操场很大，四周都栽植着树木，风吹起来沙沙作响。此时，已经是夕日西垂，所有东西的影子都被拉得老长。两人漫步在操场上，一步一伐，觉得时间平静而漫长。

两人从未如此安静地一起并肩走过。此时，操场上的士兵们还在训练，不时传来口号声，两人在边上散步，自然引来了无数人的注目。宁月妩不好意思地把席修辰拉到自己的身前，挡住别人的目光。

“傻瓜，这有什么不好意思的。”席修辰咧嘴笑道。这个傻妞以为用自己挡着别人就看不到她了吗？弄得跟一只鸵鸟似的，把自己的头藏进沙子里就以为别人看不到了。

把她带在身边，他有一种欢欣的感觉。看到别人的目光，他有一种自豪，有一种冲动，想告诉他们：“这是我媳妇儿！”

有的战友直接对着两人吹口哨，还有的人一边训练一边起哄：“席班嫂子来一个，亲一个！”

宁月妩被这么一弄更不好意思，席修辰于是赶忙带着她拐了一个弯儿，去了人少的地方，问道：“月妩，你今天早上……？”

宁月妩的脸上挂着清浅的笑意：“早上也没什么，不就是碰到了一个歹徒。我跑去警务室结果没人值班，也不知道人跑到哪里去了，结果才被宋子卿看到两人在广场前血染满身。有点可惜我的那支钢笔，随身带着挺久了。”

宁月妩平常就有随身带着笔和本子的习惯，有灵感的时候写写东西，没想到在日后还会成为自卫的武器，宁月妩唏嘘不已。

“乖，不要再去想了，谁不会碰到几个坏人呢？”席修辰低着头，凝视着宁月妩，“以后让我来保护你，好不好？”

一句承诺，远胜过那三个字——“我爱你”。我要告诉你，爱你并非是说说而已，而是时时刻刻守护着你。

宁月妩含笑看着席修辰，他刚毅的脸庞正对着自己，深邃的双眸透露着他的认真。宁月妩道：“好。”

其实，他哪一次在自己的身边时不是守护着自己？云灵山上的大火，还有在医院的时候，哪一次危急，不是席修辰在身侧？

两人就坐在山楂树的下面，有一句没一句地说着。更多的时候，都是席修辰在发问，然后一双眼睛巡在宁月妩身上，不肯移开目光。

谈话中，席修辰问得最多的就是宁月妩在学校的学习。用他的话说，自己没有上过大学，对大学充满着好奇。当得知宁月妩已经毕业，要去当老师了，席修辰更为惊讶：“月妩，你几岁了？”

“啊？”女生一般对年龄都比较在乎，于是问道，“席修辰，你先说你几岁了，你说我才说。”

“我二十一了……”席修辰有些讪讪，二十一的年纪对宁月妩来说会不会太小了？

宁月妩听了也笑道：“正好，我也二十一，不过我是虚岁的，还没满二十一呢。”

席修辰笑着点头：“那么你比我小，我四月份的生日，今年生日已经在这里过过了。”

宁月妩趁热打铁，看着席修辰，撒娇道：“哥，我的糖糖呢，现在你可以给我了，怎么还没有给我啊？”

“我的糖糖哥！”席修辰听到宁月妩叫他哥，看宁月妩的眼神透着一丝迷茫，于是宁月妩就把“糖糖哥”的名字说了出来。

席修辰忽然想起来，自己曾经在贴吧里面发了个帖子，有一个小女生一直追着自己要糖，还央着要给自己写信，于是自己把中队的地址扔给她了。

谁又能想到贴吧里那个傻傻呆呆的女生竟然会是宁月妩？也不知道她写信了没有，自己在集训队，也没有回中队去收信。

现在想起来，那个吧友的昵称带着“宁”字，就是宁月妩无疑了。原来他们在贴吧重逢了，可自己竟然浑然不觉，小傻妞一直都还记得。席修辰捏了捏她小脸蛋：“你是不是一开始就知道是我啊，大傻妞？”

“没，刚开始觉得你挺好玩的，后面就猜到是你，向你要地址确认下。——信收到了没？”听到席修辰的话，宁月妩就知道他想起来了，脸上带着春风般的笑意问道。

即使后来席修辰的动态不再更新了，她也在默默关注着。

席修辰习惯性地抓了抓头发：“没回去，不知道啊……我等会儿给你买糖好不好？欠下的都补给你！”

答应人家的就肯定要做到，再说了，这是宁月妩要的，岂有不满足她的道理？就算买上一百斤，也要扛回来！一百斤糖果换一个宁月妩，怎么说都是自己赚到了！

“嗯，要不是看你帖子，我还不知道你们还会画瓷器，还会唱蓝精灵，还有各种事情，当时看那些把我乐的，我舍友都问我在笑什么。只不过后来你都没更新发帖了，每天九点多去看都没更新……”

她竟然会知道自己经常会在点名后，也就是九点多才发帖，把自己发的每一个帖子都铭记在心上，如果不是刻意关注，怎么会注意到这些？

她竟然默默关注了自己那么久，直到手机被没收，可自己却在和沈梦曦……席修辰心里一阵剧痛，把宁月妩按在怀里，想要把她揉入自己的骨血之中。这个傻妞！“对不起，我不知道你……月妩，你怎么那么傻，后来我手机被收了……”

没想到，会有人暗恋自己，默默关注，而那个人，偏巧又是她，宁月妩。席修辰声音哑哑的，紧紧抱住宁月妩，嗅着她身上清淡的馨香，听着她清浅的呼吸声。

时光也放慢了脚步，慢慢走着。所谓岁月静好，无非就是宁月妩转过头，与席修辰不过只有尺寸的距离，双目相接，温意如水，他身后连绵的火烧云，给所有的场面都点染上浪漫的色彩。

恍然若梦。

席修辰怀里抱着宁月妩，眼角无意间看见月妩身上有一道异样的绿色，横在她青色的衣裙上，在缓缓蠕动，盘旋着纤长的身躯！

那是竹叶青，自己在山上训练时曾经看到过的毒蛇！他脑子没多想，一把把宁月妩压倒在地上，伸出手臂就去抓那只竹叶青的七寸。

宁月妩被席修辰的突袭弄得猝不及防，惊呼一声被席修辰扑倒在地。她的第一反应不是挣扎，而是紧紧抓住席修辰的肩膀，整个身子被席修辰压倒，动弹不得。

那只竹叶青感觉到动静，立刻往别处逃窜。席修辰手掌转了个方向，以迅雷不及掩耳之势冲向宁月妩裙子的下摆，准确无误地抓住竹叶青的七寸。

“席修辰……”宁月妩正要问他怎么了，蓦然看见他准备去抓一条蛇，吓得语无伦次，“这……这是从哪里来的？”

厦城在夏季的时候也经常有蛇出没，她在电视上看过，这是毒蛇竹叶青，一旦被咬到立刻就会中毒。

“刚刚在你身上，我看到就把想它抓住了。集训队靠山，偶尔会有蛇出没，但是毒蛇几乎没有。——你别动！”

“席修辰你快一点！”

“快好了，不能太快，要轻！”

“叫你快一点就快一点……啊！”见到席修辰抓到竹叶青，宁月妩轻呼一声，惊魂未定盯着那条被席修辰握住七寸的竹叶青。

“快把它扔了，还放在这里做什么！”宁月妩吓得整个人缩成一团，颤颤巍巍指着那只竹叶青。

席修辰一笑：“没事，有的战友喜欢泡酒喝，拿回去给他们泡酒，扔了万一又跑回来怎么办？”

不远处响起小战士的声音：“席班，开饭了！你们去哪里了？”小战士刘锋转过建筑，看到席修辰正把宁月妩压在身下，两人皆是衣衫不整，瞬间石化。

“你们继续，你们继续……”刘锋干笑着，然后一溜烟儿跑掉了，临走时还带着暧昧不清的笑意。

第三十二章　圈牢

“班长加油啊，别太晚就好了，不然饭该凉了！”刘锋转弯的时候，还对席修辰一阵挤眉弄眼。

小别胜新婚，他懂！总不能打扰别人的好事吧！排长叫自己过来通知下，通知完也就完事了，赶紧走人。

席修辰喊道：“没有，刘锋你别想歪了，我是在抓蛇！”

宁月妩也赶紧从地上爬起来，解释道：“我们真的是在抓蛇！我们马上就去吃饭，你等我们一下啊！”

抓蛇有必要把人压在地上去抓吗？刘锋自己心里暗笑着，这个谎说得也太漏洞百出了吧，自己就不留下来当电灯泡了：“你们随意，我还有事情，先走一步！”

两人赶紧起身要去食堂吃饭，宁月妩把被弄乱的衣服理了理，看到席修辰的衣服上也有尘土，于是伸手帮他把上面的尘土拍掉。

“我自己来就行了，脏，还流汗。”

宁月妩拍了拍双手：“我都不介意，你还介意什么，吃饭前洗手不就好了。”说完，就要拉着席修辰去食堂，转头勾起微笑，“席修辰，食堂在哪？”

“我带你去。”感觉到宁月妩拉住自己的衣角，席修辰觉得很是好笑，那感觉就像是小孩子拉着大人的衣袖一样。

这大概就是宁月妩与其他人的差别。宁月妩给他的感觉，浅柔安静，让他如沐春风，而别人，只会让他觉得无比拘谨，不知道要做什么。

两人走进食堂的时候，席修辰正要领宁月妩去洗手间，一群兵崽子不知道从哪里窜出来："嫂子好！"

宁月妩之前就领略过他们的热情，小手抓得更紧，把席修辰的衣服都抓皱了，微笑回应他们："你们好，你们好。"

"嫂子"这个称呼，有点不适合自己吧？

"席班，蛇抓到了没啊？"一个战友冲着席修辰笑得不怀好意。

另一个笑着回答："肯定没抓到！"

没想到才这么一会儿，谣言就传遍了，席修辰额头青筋浮起，刘锋那个小子，自己绝对饶不了他！

听到自己的战友含沙射影，席修辰尴尬地看向宁月妩，宁月妩道："席修辰已经抓到了啊！"刚刚去后厨的时候，就交给炊事班的一个老班长了，怎么说没抓到？是他们记错了吧？

其余的战友笑而不语："嫂子您快点吃饭吧，抓蛇抓了一个下午肯定也很累了，我们已经帮你打好饭了。"

宁月妩被搞得云里雾里的，根本不知道他们在说什么。什么抓蛇抓了一个下午？明明就是一会儿的事情。而且是席修辰抓的啊，跟自己都没有关系。

此时的宁月妩因为下午天气热，小脸蛋潮红，跟桃子似的，额头隐隐挂着几颗汗珠，满头青丝在回来的时候被晚风吹得散乱。那些兵崽子看在眼中，脑中就想起了刘锋所说的旖旎景象：

宁月妩被席修辰扑倒在地，两人衣衫凌乱。席修辰正对着宁月妩上下其手，宁月妩头发垂落，双手抵着席修辰的肩膀，一副欲说还休的娇羞模样。

这等场面把刘锋看呆了，黑黄的小脸泛着可疑的红色——席修辰和宁月妩……于是说了几句话就跑开了。

部队本就没什么可以谈的，遇到这种事情刘锋第一时间“汇报”给众人，还在边上配着音：

“席修辰你快一点！”

“快好了，不能太快，要轻！”

“叫你快一点就快一点……啊！”

其余人等脑补一下，就知道那个场面何等春色旖旎，有人开玩笑道：“刘锋，你撞破席班好事等会儿看席班不整你！”

“他不敢，哈哈哈，谁叫他让我逮着了！小别胜新婚你们懂不懂？”

“哦——！”众人心领神会。

看到席修辰面色铁青，赵擎就知道那群兵崽子又拿人家的家属开玩笑了，也不是一回两回了，于是出面解围，对宁月妩道：“您好，欢迎来到我们集训队，快来吃晚饭吧，你们肯定也饿了。”

宁月妩看到众人暧昧不明的笑意，迷迷糊糊地被席修辰拉到饭桌前。席修辰把碗往宁月妩的面前重重一放：“我们吃，别管他们！”

宁月妩被席修辰怒气冲冲的样子吓了一跳，整个人往椅子后面缩了缩。席修辰知道吓到月妩了，于是温颜道：“我不是生气，就是那群浑小子太会闹腾了，你别介意啊。”

宁月妩抿唇轻笑道：“没事儿，他们也难得高兴下，随他们去吧。——你多吃点，看你今天训练一定很累吧。”

那群兵崽子开完玩笑，也打饭开始吃了。这边宁月妩和排长、席修辰坐在一桌，饭菜也更丰盛一些，鸡鸭鱼肉，每一道菜都色香味俱全，格外诱人。

宁月妩拿起筷子，准备开吃。席修辰起身跑到厨房，拿出了一把汤勺，递给宁月妩：“汤勺快拿去，怎么忘记拿汤勺了。”

宁月妩正对着筷子发愁呢，没想到席修辰就拿来了勺子：“谢谢啊，你怎么知道我习惯用汤勺啊？”

“不就是跟你去吃刀削面的那一次嘛，后来还是我帮你把剩下的那些吃完的。”席修辰坐在椅子上，用筷子扒了一口饭，“当时我就觉得好笑，怎么还有人一手筷子一手汤勺的。”小小的一个细节就这样印刻在了脑海中。

宁月妩拿起汤勺，舀了一勺玉米排骨汤，脸上是清浅的笑意，觉得入口的排骨汤无比香醇。

与他一起吃饭，感觉所有的东西都是人间美味。宁月妩吃饭的时候，也是小口小口吃着，与赵擎和席修辰相比，明显是细嚼慢咽，吃菜也是只捡面前的饭菜，浅尝辄止，绝不伸手去夹比较远的菜肴。

“怎么了？”宁月妩见到席修辰盯着自己看，有些不好意思。

席修辰撑着下巴，笑声清越：“没啊，看你吃饭呢，怎么连吃饭都那么可爱，小口小口地。”

“因为我没训练啊，哪像你们，累得什么样子。”宁月妩送了一口米饭进入口中。席修辰伸手，把一盘红虾拿了过来，剥了皮，夹到宁月妩的碗中，“多吃一点，你赶来忻城一定累坏了。”

“我吃不了那么多啊，你自己怎么不吃，都给我啊？”宁月妩举起碗就要抗拒，那么多虾仁，哪里吃得完。

排长赵擎看着小两口甜蜜的样子，脸上也不自觉泛起微笑。人家都说恋爱的人是幸福的，果然不假。他站起身子，对两人道：“要什么尽量对后厨说啊，我已经交代下去了，我还有事情要处理，先走了。”

宁月妩放下汤勺，站起来微笑：“首长您慢走。”

“这里是部队，没那么多礼数，叫我排长或者赵擎就可以。”赵擎看到宁月妩礼数周全，对宁月妩印象更好，看来席修辰这小子找到了一个好媳妇啊。

“是啊月妩，快坐下来吃，要不饭菜该凉了。”席修辰拉宁月妩坐下。

这时身边那群兵崽子也吃完了，但坐在食堂不走。

刘锋学着席修辰的口吻道：“来，娘子，为夫给你剥虾仁吃，多吃点，你来这里太辛苦了，不容易。”

旁边的兵崽子阴阳怪气，故意拉长了声调：“嗯，讨厌，人家吃不完这么多，还是夫君留给你自己吃吧，你平常训练都那么累的！”

宁月妩原本喝了一口汤，听到他们在学自己和席修辰的对话，差一点把喝进去的汤笑喷，被呛到，咳嗽良久。

席修辰赶忙帮宁月妩拍了拍后背，对刘锋等吼道：“还不给我去忙自己的，都把人家弄成这样子了！”

谁都知道男人最会护自己的媳妇儿，起哄也起够了，于是兵崽子们连忙跑出食堂给两人留下空间。人家见面也是好不容易。

“现在人少了，你可以吃了。”席修辰笑道，英朗的眉宇带着温柔，“来来来，多吃点，别把东西浪费了。”

别人拿东西都是用筷子夹，席修辰直接端起一盘菜放在宁月妩面前，“尽管吃，今天排长特别准许让加餐的。”

宁月妩夹了一个烧卖送入口中：“席修辰，我吃不了那么多的，你也帮我吃一点啊。”

“没事，你慢慢吃。”席修辰对她说道。能这样看着她吃饭，也是一种幸福。

“月妩，你平常都喜欢吃什么，不喜欢吃什么？”席修辰一边看着宁月妩吃饭，一边问道。

宁月妩看了他一眼，想了想：“除了那些乱七八糟的，比如什么狗肉的，其他简简单单的都行了，怎么了？”

“没啊，问问你喜欢吃什么，以后可以注意点嘛。”自己是吃过狗肉的，席修辰想起这个就一阵心虚，看来以后要注意点了。

最后宁月妩吃撑了，席修辰才大赦天下，放过她，没再逼她吃。他们走出食堂的时候，响起一阵连绵不绝的口哨声和掌声，宁月妩吓得直接抓住了席修辰的手臂。

这又是哪一出惊喜……宁月妩能感到部队中热血男儿洋溢的热情，他们这是在欢迎自己，但是……但是要不要每一次都这么出乎意料？

第三十三章　宿命

“嫂子，欢迎来看我们的焰火大会，不要见笑啊！”刘锋笑嘻嘻地冲宁月妩笑，把一支铁棍交给宁月妩，“请嫂子主持晚会！”

宁月妩愕然看着刘锋，犹豫不决：“我吗？我不会啊。”宁月妩根本就没接触过这些什么焰火，不知道要怎么做。

“没事没事，到时候你只要在空中画出一个爱心就可以了！”刘锋笑着说道，然后把铁棍交给宁月妩。

宁月妩转头看向席修辰。此时，金乌已西沉，夜光淡淡，操场上的灯光照在席修辰的脸上，他黑亮如星的眸子光华灼灼，正看着自己。

席修辰点点头，示意宁月妩可以接过铁棍儿。虽然不知道那群浑小子要做什么，但他们是不会做坏事的。

宁月妩接过铁棍，依照刘锋说的在空中画出一个圈，没想到才画到一半，铁棍就突然爆出火花，然后整根铁棍快速地燃烧起来。

宁月妩吓得要把铁棍丢开，刘锋在一边喊道：“嫂子，不要把铁棍扔掉！继续继续！”

宁月妩继续在空中画圈，紧接着触碰到一根吊在空中的绳子，是早就悬挂好的，只不过因为夜色而看不清楚。绳子被迅速点燃，立刻将地上设置好的可燃物引燃，霎时，火光四射。

熊熊烈火燃烧着，形成两个心形，交织在一起，绝美绚丽。之后，连绵的大火把后面的三个火圈点燃，三个火圈变成三个正在燃烧的火圈。

宁月妧看到心形的火焰，觉得格外惊喜。这次的大火，与自己那次来忻城看到的全然不同，不知又会有什么样的惊喜等待着自己。

“席修辰，现在看你的了！跨过火圈才能拿到对面的一束玫瑰，不许碰到火圈，不许出现意外，能不能完成任务？”刘锋站在边上对席修辰高声喊道。

席修辰脚后跟靠在一起，对刘锋敬了一个礼：“保证完成任务！”

虽然不知道这是谁安排的，但这意思已经足够明显了，就是想让宁月妧和自己在一起！他决不能错过这次机会，一定要俘获宁月妧的芳心！

宁月妧紧张地看着席修辰，小手拉住了他：“席修辰，我们不要玩这个好不好？太危险了，一点都不好玩！”虽然很想看到他的英姿，但她不会拿席修辰的安全开玩笑。

席修辰仰起头，自豪地对宁月妧说道：“这根本就不算什么，等着我回来，不就三个火圈加上地上一堆火焰吗，对我来说小菜一碟！”

平常火场都进，这样的东西更不值得一提。与火场货真价实的大火相比，起码火圈还是可控的，未知的大火才是真正的考验。

刘锋看宁月妧着急，小脚在地上一直跺着，上前安抚道：“嫂子，没事的，你是不知道我们席班有多厉害，去年才第一年兵，就得了集训队的第一名，实力那叫一个杠杠的，这点小东西对席班来说真的不算什么，相信我们席班吧！”

席修辰薄唇勾起笑意，弯腰在宁月妧的耳边说了什么，宁月妧听了一阵脸红，小粉拳在他身上锤了几下：“席修辰你讨厌！快去吧！”

“乖乖地看我。”席修辰对宁月妧吹了个口哨，挑起双眉，挽起袖管准备开始。

适才，席修辰在宁月妧耳边说：“月妧，你还记不记得当初我叫你媳妇儿？当初我是真喜欢你，这次如果我成功了，我还是这么叫你，你也要叫我老公，听到没？”

一席话让宁月妩脸红心跳，一双清眸映照着火光，眼帘如蝶扑动，然后才缓过神来，打了席修辰。

这个席修辰又拿自己开玩笑！虽然说……她很想答应，但“老公”两个字，怎么说得出口，那不是夫妻之间的称呼吗？

宁月妩的动作和席修辰眼中的宠溺被刘锋看得一清二楚，他凑上前，八卦道：“我们席班说了什么，惹得红颜大怒，竟要让席班上刀山下火海了？”

宁月妩心虚：“没什么啊……还有什么上刀山下火海，你别吓我，要不我就让他回来了。”

那边，席修辰做好准备动作，就向火圈进发。他首先跳入两个心形的火焰之中，不知道往火上泼了什么，顿时火焰燃烧的更为剧烈！

席修辰这是要做什么？！宁月妩一颗心被揪起来，虽然他说没事，但是看到自己在乎的人与火共舞，宁月妩只觉得心跳加速，无比紧张。

升起来的熊熊火焰足有两米高，席修辰的身影已经被火焰吞噬。席修辰不会出了什么意外吧？怎么这么久都没有动静？

“糟了，席班不会被困在里面吧？按道理说应该出来了啊！”刘锋看着宁月妩着急的神色，说出这样一番话，让宁月妩更心急如焚。

火焰传来的热意已经让月妩额上后背都被汗水浸染，她眉目皆是不安之色。

“灭火器在哪里？快一点把火灭了啊！你们还愣在那里做什么！”宁月妩站不住了，马上就要去找灭火器。

“嫂子，你等等，快看！”刘锋脸上堆着笑意，手指指向火焰之中。

但见火焰突然往四个方向压倒，如一朵花陡然绽放，火焰中，俊朗的席修辰拖着两颗燃烧的爱心，扔向宁月妩：“接好了！”

“啊……”宁月妩叫了一声，虽然说怕火焰的灼热，但还是下意识地去接住。没想到那爱心火焰落在掌中，一点都不烫，反而温温的。

“嫂子，这是低温火焰，不用怕的，席班四周的大火那才是货真价实的！”

席修辰翻了一个跟头，极为干净利落，丝毫不拖泥带水，轻而易举地跳出那片火海，跳向下一步，还向宁月妩招了招手。

席修辰的每一个动作，都牵动着宁月妩的心。她看到，席修辰矫健的身躯，如豹子一般暗藏着无限力量，蓄势待发。

远远地只见席修辰蹲在地上，双手抵在地上，头颅扬起，是一种准备飞奔的姿势。而后，他朝旁边的人使了一个眼色，就飞奔起身。

宁月妩看到火焰都为之扑腾了一下，可见他起跑的时候有多迅速。只见他跃起矫健的身躯，双臂迅速并拢，如鱼跃龙门一样跨过火圈，而后翻了个身，准备再跳过第二个火圈。

这是第一个火圈，他跳得已经快得让宁月妩看不清楚。到第二个火圈的时候，席修辰一个漂亮的后空翻，轻而易举地穿过，潇洒干净，如一头敏锐的豹子。

宁月妩双手紧紧握着，盯着席修辰的身体，看着他的一举一动。

刘锋对席修辰喊道：“席班加油啊！失败的话我们就不让嫂子跟你在一起了啊，想抱得美人归没那么简单的！”

翻过两个火圈，席修辰蹲在地上，而后缓缓起身，回头看了眼宁月妩。两人隔着火光对视，所有其他不过是一掠而过的浮华，只有彼此的身影才是永恒。

两人没有言语的交流。无声胜有声。

而后，席修辰转过身子，踮了踮脚尖，整个人往火圈上面一跃，根本没有穿过火圈。宁月妩一颗心都提到嗓子眼了。

席修辰的行动出乎所有人的意料，其余的战士也吃惊地看着，这根本不在他们的安排之中，席修辰要干什么？

席修辰一个跳跃，立刻弹跳到了火圈上面，站在燃烧的火圈上面。

圈子上接触面本来就很窄，站上去极为不易，更何况下面还燃烧着熊熊烈火。

火焰之上，席修辰英姿飒爽，指了指自己的胸口，两手摆出一个爱心的形状，然后手指指向宁月妩。

我心系你，相爱不移。

他脚底下是熊熊烈火，明亮的火光将他英俊的脸庞镀上了一层橘红色的金光。他浓黑的英眉带着傲人的英气；一双黑眸倒映着火光，如暗夜中的明星；一双薄唇轻抿勾起，帅气又深情。

这样的席修辰是宁月妩从未见过的，英武，帅气逼人。她只有一个感觉，他是真正的男子汉。这就是消防战士席修辰。

席修辰在上面停留不过三秒，就立刻从火圈上跳下来，就在这一刻，火圈上面的火焰突然熄灭，又突然燃起新的火焰，显现出三个图案：I❤U。

我爱你。这一次，比她上次在中队见到的更为壮美。

席修辰飞快地从终点抱过玫瑰花，冲到宁月妩的面前，气喘吁吁，身上还带着火花燃烧后微微可闻的焦味。

“嫂子，答应席修辰，做席修辰的女朋友吧！”在刘锋的指挥下，所有的战士高声呼喊，震耳欲聋。宁月妩从没有见过这样的场面，已是百感交集。

感动，震撼。

席修辰单膝跪地，把一大束玫瑰高举过头。他闪亮的黑眸闪着渴望的神色，一大束玫瑰娇艳欲滴。席修辰扯开嗓子，对宁月妩喊道：“月妩，做我的女朋友好不好？我喜欢你！”

宁月妩被感动得不知道该说什么，两行清泪落了下来，滴在玫瑰花的花瓣上，泪滴转了一圈滴落在地上，水光盈盈。

席修辰，我也喜欢你，我爱你。

“嫂子，快答应啊！”有的小战士见宁月妩呆了，着急地喊道。

宁月妩回过神来，樱红的双唇抿起浅柔的笑意，并无言语。

席修辰双目灼灼地盯着宁月妩，眼中倒映出的只有月妩。她弯下腰，合上眼帘，轻轻地在席修辰的额头上落下一吻。

席修辰看到宁月妩弯下腰，不由也闭上了双眼。她垂落下的长发落在他的脖子上，轻轻地，如羽毛一般撩动着他脖子上肌肤的神经。接着他便感到额头上传来凉凉的湿润，轻软如冰冻后的汤圆儿，黏在自己的额头上，轻轻一点便分离开来。

一瞬间，席修辰睁开双眼，宁月妩如玉的脸庞近在咫尺。她双眸轻合，纤长的睫毛投下一抹乌黑的阴影，红润的双唇犹如甜美的樱桃般诱人。

恋人之间最大的默契，就是你不言，我不语，两心知一意。

他一跃起身，搂过宁月妩，在她的唇上落下深深的一吻。宁月妩嘤咛一声，一下子没站稳，本能地抓过席修辰的肩膀。

那一束玫瑰花成了阻碍两人亲密的东西，此时早已掉落在地上。席修辰把宁月妩牢牢按在自己的怀抱之中，乘胜追击。

宁月妩紧闭牙关。席修辰的吻极为霸道，让宁月妩毫无招架之力，宁月妩逐渐丢盔弃甲。

“傻妞，我的初吻是被你夺走的，你要负责！”席修辰用只有两人能听到的声音说道。

其余的小战士开始欢呼：“班长好样的！班长好样的！”

两人皆是初手，宁月妩想要呼吸的时候，不经意间咬了席修辰的舌尖一下，席修辰疼得呼出一声，双眉一皱。

“嫂子好厉害！”战士们立即倒戈。

宁月妩不一会儿就被席修辰吻得柔软下来。席修辰扶着她娇软的腰肢，怜惜地将贴合的唇瓣分开，深情款款：“月妩，我要你在我身边一辈子。让我守护你！”

“席修辰！”

第三十四章　遗忘

席修辰依稀听到有人叫自己，扭头看向集训队的大门。夜色深沉，集训队外面微弱的灯光仅能照亮方寸之地，探寻一阵，席修辰就没有发现任何人的身影。

怀中的宁月妩感到他的失神，抬头望向他：“席修辰，怎么了？”

“没有，刚刚好像听到有人叫我，看了一圈没有看到人，可能是我听错了。”席修辰放开了禁锢着宁月妩的手臂，弯腰捡起了玫瑰花，双手递给宁月妩，“月妩，你是我媳妇。”

听到“媳妇”两个字，宁月妩更为娇羞，只接过了玫瑰花，拘在原地不肯说话。

席修辰凑上前，在她的耳边悄悄说：“月妩，怎么这么快就忘记了，说好的我成功了你就要叫我老公的。”

叫他老公？！抛开害羞不说，她感觉，叫他老公就跟那些早恋的人一样，急于用恋人的称呼来掩饰自己不成熟的爱情，向世人宣告爱情的存在。

“乖。”席修辰小声诱哄，“老公可是之前是叫你媳妇儿了，而且刚刚你都答应了。”

“我没有答应，席修辰你耍赖！”宁月妩不肯，看到众人的目光聚集在自己的身上更不肯了。

席修辰不依不饶：“你刚刚没有回答我就是默许了！”

席修辰死缠烂打的功夫非同一般，最后，搂过小人儿的袅袅腰肢，促狭地笑道：“媳妇儿，你就叫一声好不好？要不我就要亲亲了啊。”

大庭广众之下一次热吻就够了，而且适才自己还在没有丝毫防备的情况下丢盔弃甲，不能再丢脸了！宁月妩红着脸，吞吞吐吐的声音让自己觉得那根本就不是自己说出来的：“老……公……”宁月妩的声音小小的，垂着眼神看着玫瑰。此时的她，脸都快烫得着火了，简直比玫瑰还要红。

“媳妇儿，没听清。”席修辰一定要听到宁月妩叫自己老公。这次宁月妩无论如何也跑不掉了，自己上门的媳妇儿，而且还那么好，还让她跑哪去？

宁月妩拗不过席修辰，依言乖乖说道：“老公公……”说完，就挣开了席修辰的桎梏。

周围传来战士们的笑声：“席班你是老公公，人家说你老公公！”刘锋笑得快要岔气了，其余的战士也是笑得出了眼泪。堂堂席班怎么到了女生手里就频频吃瘪呢！

席修辰面色铁青，吼道：“笑什么笑？！自己的媳妇儿开玩笑有那么好笑吗？都给我闭嘴了！”

席修辰又一把拉回宁月妩，双眸星星眼一般，撇嘴卖萌，仿佛刚刚山雨欲来的怒色不过是别人的错觉：“媳妇儿你就可怜可怜我好不好？就叫一声老公。”

战士跳起来起哄，对着宁月妩高喊：“嫂子不可以向暴力屈服，怎么能那么随随便便地叫别人老公呢，就这样以身相许了啊！”

周围又是一阵骚乱，席修辰立即喝止了他们。再这样下去，指不定那群小兔崽子会说出什么话来。席修辰把语气放得更软，手指绕了绕她乌黑松软的发丝：“媳妇儿，那么多人在看呢，总不能让你老公丢脸，是不？你就可怜可怜老公好不好？”

宁月妩不由有些心乱神迷，席修辰弯下腰，轻轻吻了一下她的耳垂。

这个方法自己绝对是第一次用的！之前，他不知道怎么哄女生，去百度搜“怎么样哄好女生？”宋子卿当时就在他身边，看到他的问题笑得几近崩溃。

“席修辰，我以为你在看什么呢，没想到你还看这个？”宋子卿哭笑不得地指着席修辰的手机屏幕，“我说靠百度泡妞，可靠不？”

“广大人民群众的知识就是智慧，你懂啥。”席修辰对宋子卿的嘲笑不屑一顾，百度一下，啥都知道，总比什么都不知道要好！他总不能傻傻地什么都不知道吧？单身不是错，因为傻而单身就是错了！

现在想起来，席修辰自己也觉得好笑。

宁月妩面色潮红，难为情地看着席修辰，小手抓了抓席修辰。席修辰小声诱哄，最后宁月妩才说：“老公！”

这一叫，就引起一阵骚动，在场的人无不鼓掌吹哨。谁都希望他们能在一起，有情人终成眷属！

席修辰一个公主抱抱起宁月妩，宁月妩一声尖叫。

“月妩，我爱你！”在众人的欢呼中，席修辰抱着宁月妩跑出了操场。

等到席修辰一脚踹开房间的门，宁月妩探出脑袋，打量了一番眼前的房间的布置。房间虽然不大，但是电视等电器一应俱全，可谓麻雀虽小，五脏俱全。

“席修辰，这是哪里？你怎么把我带到这里来了啊？”宁月妩问道。

席修辰小心地把宁月妩放到沙发上：“这里是家属房，如果有家属过来探望，就住这里。我已经叫人帮你把东西拿过来了，也打扫了一遍，媳妇儿晚上就住这里。”

“嗯。”宁月妩站起来，走了一圈，看着环境还不错。

席修辰在旁边介绍道：“听他们说，这栋家属楼也是最近这几年才建的，硬件设施都不错。我也是第一次来这，托你的福。”席修辰笑笑。

宁月妩把行李箱拖过来，打开，里面除了换洗的衣服都是厦城的特产。宁月妩把那些东西一一拿起来，摆在桌上，小客厅的桌子都给放满了。

原来这么大的行李箱全都用来装这些了啊，难怪那么重。席修辰略带吃惊地问：“带那么多东西过来吃，是怕吃不习惯忻城的东西吗？”

宁月妩笑眸抬起，觑了席修辰一眼：“哪有，之前不都来过忻城一次了，哪里会不习惯。这些都是带给你的，等会儿你拿回班里，饿的时候可以填肚子。别饿坏了，像你们那种训练，饿肚子可不好了。”

“那么多东西，都给我？”席修辰瞠目结舌。自己的媳妇儿不远万里跑过来看自己，还给自己带了那么多东西……这个傻妞，什么都为他想，怎么没有为她自己想想，带那么重的东西多不方便。

宁月妩点点头：“是啊，当然都是你的，不然给谁啊？”

下一秒，宁月妩口中逸出一声尖叫，席修辰一把把宁月妩抱坐到自己的腿上，埋首在她松软的青丝间：“媳妇儿，我发现你好傻，真的好傻，只有你这么傻的人才会看上我。”

“哪有看上你，我这叫回报。”宁月妩不肯承认。

席修辰吻下来，让月妩猝不及防：“媳妇儿，你真的没看上我吗？”

“没有……”宁月妩犹在抵抗。

席修辰又吻了吻她：“还说没有，傻妞，我可是一直想着你，你知道我有多害怕吗？喜欢你，却怕你……月妩，我好怕你已经有了别人，怕我对你来说只是一个路人而已。”

喜欢却恐惧，不敢上前，那种犹豫不决的心理让他劝说自己忘掉宁月妩，去开始一段新的感情。

掩埋的深爱一旦被激发，就如同滔天洪水一般，排山倒海，不可收拾。此刻抱着她，他觉得不够，他要让宁月妩永远永远陪在自己身边。

“媳妇儿，快叫我老公。”席修辰双目炙热，把宁月妩抱在双膝上，品尝着月妩唇间的妩媚芬芳。两人都是新手，唇齿纠缠之间难免磕磕绊绊，宁月妩不小心咬了一下席修辰的舌头，席修辰这才放开她。

“小傻妞，这就没力气了。”席修辰笑着看宁月妩，又继续缠着她。几个月来的相思之苦，让他怎么亲都亲不够。

宁月妩挣扎着不肯，席修辰放轻了唇齿间的动作，低声对宁月妩呢喃。一句呢喃，就仿若绝世魅惑的情蛊：“月妩，我爱你，好爱好爱，做我的媳妇儿好不好？”

“好……”宁月妩已经意乱情迷，自己的魂魄早已不知所踪，痴痴跟着席修辰的脚步走，“我也爱你。”

席修辰低声道：“乖媳妇儿，快点叫老公。”

“老公……老公，席修辰。”

“乖！”席修辰勾起笑容，转身就把宁月妩放在沙发上。两人的唇瓣分离，席修辰的双手紧紧握住月妩的皓腕，只见她精致的锁骨玲珑毕现，头发散落在沙发上，清眸中眼神迷离，媚眼如丝。

席修辰只感觉小腹涌起一股熊熊烈火，简直要把自己燃烧殆尽。宁月妩只觉得浑身起火，看见席修辰就往他的身上靠过去。

傻妞这是在玩火！席修辰爱怜地亲吻她。她光洁如玉的脖颈，宛若纯白的玉瓷，席修辰不由轻轻啄了一口。

“席修辰……”原本想叫席修辰住手，说出来的话语却别有一种风韵在里头，很动人。她头发随意地散落，神色妩媚，全然不同平日的端文宁静。

席修辰怜惜地搂着宁月妩，接触间，迷彩作训服不小心落在地上，精壮的身躯露出来。与脸上的麦黄不同，席修辰的皮肤还是蛮白的。他的肌骨昭示着力量。

席修辰的身材属于精瘦型，并非模特那样健硕。平常的训练将他的身材雕塑得极好，胸肌明显，还有八块巧克力般的腹肌，再往下，就是人鱼线。每一寸地方，都线条优美，看得宁月妩面红耳赤。她只匆匆瞥了一眼，不敢多看。

“媳妇儿，对你老公满不满意？”看到宁月妩怔怔的，双颊潮红，身为男人，席修辰觉得自豪。看到宁月妩衣衫有些凌乱，席修辰咽了下口水：“媳妇儿，我也想住这儿，可不可以？”

第三十五章　絮语

席修辰说出这句话后就后悔了。宁月妩在自己的心中就是女神，自己怎么能对女神说出这样的话?

宁月妩双颊彻底红透，羞涩得说不出话来，也不知该说什么。两人都是情欲初动，一挑起火花，就有星火燎原之势。欲望彻底霸占了席修辰的思维，他只想拥有她。他伸出修长的手指挑起她的上衣。

“席修辰，不要。”宁月妩赶紧把衣服拉上。

席修辰又是一吻。

渐渐地，宁月妩开始尝试着回应席修辰，两人唇齿纠缠，闭上眼享受彼此的柔情蜜意。许久，席修辰才放开宁月妩，深深看着她。

“月妩，我是绝对不会侵犯你的，一直到我们结婚。你就是我的至宝，我一定要好好珍惜你。”

他的话语是神圣的誓言。只要自己在，不管是滔天洪水还是接天烈火，自己都会死守有宁月妩的那一寸之地!

年轻人就要为爱冲动到底，认定了一个人，绝不回头。他席修辰就是认定了宁月妩，那么久了，他也想清楚了，哪怕别人说他傻，他也愿意!

席修辰不知道，到后来，真正傻的人是宁月妩，从始至终，为一个叫席修辰的男人，爱恨沉浮，生死几度。

“好，席修辰。”宁月妩听他这样说，笑着哭了出来，一行眼泪从眼角滑落。男人情欲被激起，有多少人能控制得了？更何况他常年在军营，血气方刚。

“别哭了，哭成花猫了。”席修辰俯身，小心翼翼地擦去宁月妩的眼泪。他粗糙的指尖擦过她的肌肤，月妩趁他不注意，抓过席修辰的手掌，灯光下，宁月妩看清他手掌上布满了黄色的老茧，摸起来粗粗糙糙的。

席修辰在部队里，一定训练得很累，手上都磨出了那么多厚厚的茧子。宁月妩一想，才发觉他们根本就没有牵过手，难怪根本就没有发觉他的手上有那么多茧子。

下午见到他的时候，他浑身是汗，不知道去训练什么了。训练，无非就是拉体能，没有日复一日的训练，怎么会有军人刚硬如铁的身体。

席修辰好不容易……同样的年纪，别人在象牙塔中度过青春韶华，而他们，却在军中默默不言地为国挥洒汗水。

她喜欢的人，是一名军人，是兵哥哥！

席修辰有些不好意思地抽回手掌：“这都是训练弄出来的，是不是弄疼你了？我去拿纸巾帮你擦。”

席修辰小心地把她的泪水啄干净，正要起身，宋子卿带着刘锋砰的一声踢开房间的门，高喊道：“席修辰，看我们给你送来了什么！”当两人看到大厅内的场景，瞬间石化。

沙发上，宁月妩衣衫有些乱，青丝也散乱着，身下的玫瑰花束，早已零落成瓣铺满整个沙发。男主角席修辰，俯身在宁月妩一旁。两人转过头来，格外诧异地看着闯进来的他们。

宋子卿和刘锋饶是铁骨铮铮的军营男儿，但是根本就没有见过这样的场面，一时间不知道是去是留，到底要说什么，想要张口，却怎么也说不出话来。平常玩笑归玩笑，但是这种事情……他们绝对不是故意现在要来的！

“席修辰！”宁月妩羞愤地喊出席修辰的名字，“你怎么进屋也不关门！”说完，就把席修辰扯到身前，让席修辰挡着自己。

席修辰把双颊羞红的小人儿搂在怀中：“对不起对不起，我刚刚太心急了，忘记关门了……”说完，对两人吼道，“还不给我出去，愣在那里干吗！看现场直播吗？！”

“现场直播”……此语一出，不论宁月妩还是宋子卿、刘锋，都扑哧一声笑出来。宋子卿和刘锋把手里的东西放在桌上，立刻就要跑人。

原本他们只是来给两人庆祝，平常兄弟几个大大咧咧习惯了，也没敲门就踹开了门，没想到会看到这样的场景……只能抱怨宋子卿来得不是时候！宋子卿也觉得委屈啊，自己特地请假跑来一趟集训队也不容易，本想小聚一下，就这样泡汤了！席修辰这斯太心急，才第一天！

宁月妩看到两人就要走，拉过席修辰衣服的下摆：“席修辰，别这样赶走他们啊，人家来肯定是有事情的。再说了，都是自己的战友，这样子不好。”

“可是……”席修辰欲言又止。

“没事的，看都看了，而且我们又没有什么。”宁月妩温言软语道。

席修辰追出门外，拉住宋子卿：“刚刚都是你安排的吧，多谢。”说完，握拳跟宋子卿对了对拳头。

宋子卿转过头：“谢什么谢，都是自己的兄弟，只是不想看你们俩再继续那样下去，帮你们撮合下而已。我们先走了，那些酒菜你和你媳妇儿分了吧，下次有机会出来喝一杯。我也不能留太久了，还要赶着回中队。刘锋也没少出力，那些都是他准备的。”

“没没没，我没什么，顶多瞎起哄骗你媳妇紧张紧张。”刘锋憨憨地笑道。能促成一桩好事谁不乐意呢。

送走了两人，席修辰回到家属房，宁月妩已经把房间里又收拾了一遍。席修辰道：“月妩，你早点休息啊。”

“嗯，那你呢？”宁月妩望着席修辰的侧脸问道。灯光下，他的侧脸一半隐在阴影中，更衬出他的坚毅。

“我要回班啊。明天周末，我请个假带你出去玩儿，早点休息明天才有精神，听到了没？要乖乖的哦。”席修辰捏了捏宁月妩的小脸，笑着说道。

宁月妩把桌上的吃的拿给席修辰：“席修辰，把这个拿回去，我不吃这些的。”那一袋子宁月妩看过，都是一些小糕点，啤酒被她收了起来。

“你吃吧，给你当消夜。”席修辰笑意盈唇，现在的他，只想把天下最好的东西捧到宁月妩的面前，巴不得她全盘收下。

宁月妩直接把袋子扔给席修辰：“我才不吃呢，刚刚在食堂被你灌了那么多吃的，早就吃撑了，倒是你刚刚跑上跑下的，才要多吃点。”

席修辰觉得有一股暖流缓缓流过心田，心间暖暖热热的。好久没有这样的感觉了……好像上一次有这样的感觉还是在新兵的时候。

当时在新兵营，一伙人都不适应高强度的训练，晚上就又饿又累。那时还是长身体的时候，男孩子饭量都大，吃饭还有时间限制，往往吃不饱。

有一次晚上拉紧急集合，席修辰跑五公里的时候饿晕在跑道上，被送到卫生队挂葡萄糖水。而后的每一个夜晚，熄灯后宋子卿就会偷偷摸出一个馒头：“快吃吧。”

“哪来的？等会儿又要被班长骂。”

“没事，我早饭的时候偷偷藏起来的，怕你饿坏了。”

想起以前的事情，席修辰百感交集，依依不舍地在宁月妩脸上落下一个轻吻：“乖乖休息，快吹哨集合了，等会儿我洗漱完就睡觉，明早来找你，晚安。”

“晚安。”宁月妩送席修辰出门，对他招了招手。今天一切都来得太突然，梦寐以求的突然成为现实，让宁月妩心生了一分对未来的害怕。

得到得越快，失去得也越快。席修辰，我想陪你一直长远地走下去。

宁月妧洗漱完，趴在窗口发着呆，看着他们在操场上吹哨集合，不知道说着什么，只有依稀几个音节被风吹入耳中，听得不甚清楚。

而后他们解散回到宿舍楼，半个小时后，宿舍楼的灯火熄灭，四周的一切归于沉寂。宁月妧看他们熄灯了，也回到床上，抱着枕头。

一整天的劳累让宁月妧很快沉入梦乡之中，一夜安眠。

早晨宁月妧被一阵敲门声吵醒。宁月妧睁开眼，开了手机看了看，现在才七点半而已，谁那么早就跑过来了？

宁月妧顾不上穿拖鞋，就去开了门。站在门口的正是席修辰，他手里提着豆浆、包子，满脸的笑意如同清晨阳光一样温朗。

“媳妇儿，早。”席修辰笑着把早餐举起来，在宁月妧眼前晃了晃，目光锁住睡眼惺忪的宁月妧，“小懒猪，还没有睡醒吗？”

宁月妧光着小脚丫就跑了出来，身上的睡衣还松松垮垮的，香肩半露，头发随意地披在肩上，一双小脚丫跟羊脂白玉似的，丝毫无暇。

“早啊，老公……”宁月妧右手捂着口，困意浓浓地说道，声音软软糯糯的，“怎么那么早就跑过来了，手里什么东西啊？”

“早餐啊，我都出操回来了，你不饿吗？”

宁月妧打量着席修辰，看他穿着白色的衬衫、蓝色的牛仔裤，随意，潇洒，气质俊朗，整个人看起来有一种简单的帅气。

人有时候，也未必靠衣装。

宁月妧赶紧让席修辰进来了，想起答应了席修辰要出门的，回到房间关上门，换上要出去的衣服。

宁月妧穿了一条露背长裙走了出来，后背完美的曲线显露无遗。穿着这条裙子，她显得沉静如水，温婉的气质仿若深山中波澜不惊的一汪春水。

但是这样暴露的衣服，自己看了都……他不许别人看到！

第三十六章　结痂

“媳妇儿。”席修辰在旁边小声说道，“媳妇儿你今天就穿这样子出门吗？这样穿会不会太冷了？”

宁月妩根本没发觉席修辰的脸上蒙上了一层阴云，拿起早餐就拉着席修辰要往外面走：“忻城这里挺热的，怎么会冷呢？咱们还是赶紧出去吧，我可是听元瑾心说你们请假五点半之前就要回来呢。”关于消防的东西，因着元瑾心和宋子卿的关系，宁月妩多多少少有点耳闻。

席修辰在沙发上坐不住了：“不行，换掉！”

“怎么了啊？”宁月妩看到席修辰脸上闪过不悦，不知为何。

“我不喜欢这件！”席修辰双目盯着那条水蓝色的长裙，简直要把长裙瞪出两个窟窿来，“这件不好看，再换一件！”

宁月妩皱了皱眉，低头瞄了一眼：“我觉得挺好的啊，席修辰，是不是你觉得我哪里不好啊……”

“不是不是！”席修辰赶忙解释道，有些难以启齿。他要怎么说？说不让宁月妩穿这件衣服，就是因为他不想让别人看到？说他吃醋？

媳妇可是自己的，他可没那么大方到别人可以随便看！所以无论如何都不能让她穿这件出去！

其实宁月妩平常的衣服也都中规中矩，只是这条裙子的后背开得有点大。因为忻城的夏天天气比南方的厦城还要热，所以宁月妩才特意穿了这件，好让自己出去的时候凉爽一点。

席修辰的目光有意无意地落在宁月妩的后背，宁月妩顺着他目光一看，转头询问道：“你是不是……不喜欢这件露背？”

“衣料太少了……设计这件衣服的人是有多穷。”席修辰不好意思地道。自己这样子，是不是管得太多了，她穿什么衣服都管。

宁月妩笑了一声：“这样啊，好吧，我也只是想着凉快，你介意的话我去拿一条披肩来。”说完，从房间内拿出一条披肩披在肩上，月光白的纱巾盖住了那片吹弹可破的凝脂，“这样可不可以？”

席修辰低着头委屈道：“我刚刚不是在生气……我只是不想看到你穿这样的衣服出去……被别人看到不好。”

“知道了啦。”宁月妩一笑，拿起早饭就要往外走，“咱们赶快走，今天你都安排好了没？”

“别笑话我啊，一会儿你就知道了！”

两人坐公交车，到站的时候，席修辰带着宁月妩下车。席修辰率先跳下车，朝宁月妩伸出手，月妩抓稳他的手掌，笑着就跳下车厢。

“你怎么会选择这里啊？”宁月妩好奇地问道。没想到席修辰一个大男人会把自己带到这种地方，这儿不都是大人带小孩来吗?

“嘿嘿，我几乎没来过游乐场，以前在邯郸，在农村很少进城。所以这次趁着有空和你来玩一玩。下午再去看电影，好吗？”

宁月妩双唇不由牵出微笑，如蜜糖一般：“行啊，我也好久好久没有来玩了，小时候我家里都护着我，怕我出什么意外，也不让我去游乐场玩。”

“那正好喽。”席修辰伸出手，想要拉宁月妩的手，宁月妩见状便握了上去。席修辰觉得心间暖暖的。

月妩，你怎么那么懂我。

当初沈梦曦的一席话，至今回忆起来，仍是一种刻骨的打击：“席修辰，你活该这辈子单身，你压根就不会谈恋爱，你这个傻子！”

傻人也有傻福，最起码，他有一个懂自己的宁月妩。

席修辰拉着宁月妩走到一个卖棉花糖的摊位前，看着宁月妩道："哥哥今天就给你买糖，之间答应你的一定补回来！"

现今的棉花糖也玩起了各种不同的花样，什么草莓味的、蓝莓味的、凤梨味的，连造型都各式各样，心形、花形……一应俱全。

席修辰脸上还挂着汗珠，兴奋地说道："月妩，你快看看喜欢哪一种，哥哥给你买，想买多少就多少！"

"买那么多我又吃不完，来一串草莓味的就好。"宁月妩道，顺手指了一种粉红色的棉花糖。

老板是一个头发花白的老人，笑容和蔼可亲："你们是兄妹吧？哥哥都是这么疼妹妹的，都想把好的东西给自己的妹妹。"

听到老板误会了，席修辰纠正道："没有，这是我媳妇儿！"说话的时候，还带着一种无与伦比的自豪。

"你小声点，怎么那么大张旗鼓。"宁月妩小声嗔道。

席修辰一笑："我就是要让所有人知道，你是我媳妇儿。我席修辰高兴！"

老板笑着把一勺糖倒入炊具中："怎么还对自己的媳妇儿自称哥哥啊，还是头一次见到。"

两人之间之前的因缘际会，一时半会儿也说不清。宁月妩含着笑意，接过拉丝好的棉花糖，伸出舌头舔了一口："因为哥哥可以保护自己的爱人啊，哥哥就是顶天立地的人。"

话音刚落，宁月妩觉得手被谁拍了一下，棉花糖落在地上，接着便传来尖锐刻薄的女声："什么顶天立地，我看是一个窝囊废还差不多！"

席修辰回过神来，发现沈梦曦不知何时已经绕到了宁月妩的身旁，阴晴不定地盯着宁月妩。这个女人要做什么！

宁月妩心疼了下那掉下去的棉花糖，旋即转过身去，音容清冷："这位小姐，请问你说谁是窝囊废？"

宁月妩身穿水蓝色的长裙，披着月白色的披肩，夏风吹过，翩然而动，仿佛是洛水神仙。她的性格本就宁静，加上她此时的清冷，浑身上下带着一种拒人千里的疏离。

她上前一步："你凭什么说他是窝囊废？当他在火场上奋不顾身救火的时候，你在哪里？当他在事故现场救灾的时候，你又在哪里？"

沈梦曦不由后退了一步，抬起下颌猖狂道："我说他什么用得着你管吗？他是我的人，我自然可以说，想说什么就说什么！倒是你，不知哪里冒出来的野丫头，不知廉耻地对我指手画脚，也不看看你是谁，我是谁！"说完，沈梦曦扯了扯嘴角，万般不屑地斜睨宁月妩，糖果色爱马仕包包不停在手臂间晃着。

"我是宁月妩，你是谁？"宁月妩双瞳一缩，看着沈梦曦。这个女人和席修辰是什么关系，为什么说席修辰是她的人？

"我？沈梦曦！"沈梦曦瞥了宁月妩一眼，"宁月妩，这个名字我倒是听过，之前报纸上的那个女人吧？原来之前报纸上恬不知耻的女人就是你！"

席修辰脸上已经覆了一层怒色，眉峰尽是雷霆之怒，额头浮起青筋。他一把拉过宁月妩，搂在自己的怀里："沈梦曦你闹够了没有？宁月妩是我媳妇儿，你干吗对她大呼小叫？你看看你，一副市井泼妇的样子！"

的确，沈梦曦看到两人如此甜蜜而妒忌了，妒火中烧，失去了理智。为什么席修辰对那个叫宁月妩的女人那么好，明明之前他的好都是对自己的！为什么他们两个那么合得来，席修辰就是一个二木头，为什么宁月妩不嫌弃他！

除了当兵和英俊，席修辰在自己眼中根本就一无是处，但是自己就是看不惯，自己曾经在一起过的人跟别人温柔缱绻。自己曾经经手的东西，她绝对不允许他人染指！她沈梦曦就是这样！

而且，席修辰还说自己是市井泼妇。泼妇？如果自己是泼妇，那席修辰他又算得上什么？只是一个一穷二白的穷小子而已。

“席修辰，你说谁是市井泼妇？”沈梦曦不顾形象地上前推搡，想要把席修辰推倒。席修辰是什么人，是练过的，沈梦曦的力道对他来说根本就算不上什么。

席修辰把宁月妩护在身侧，牢牢搂在怀中。沈梦曦一边喊着，一边用手推席修辰：“你这个农村来的穷酸汉，你以为谁都稀罕你吗？你只是我沈梦曦弃之不顾的一只破鞋而已！一只破鞋！”

这样羞辱的话，让席修辰双眼浸透了血色。他满脸阴鸷地松开手臂，把宁月妩放在一边，而后双拳握着，指节发出有节奏的摩擦声，一步一步紧逼：“沈梦曦，你给我说清楚了，谁是破鞋？”

一个男人的忍耐是有限度的，他之前不动怒，不代表他没有底线，可以任人肆意践踏自己的尊严。被甩？自己也就认了，但是，“破鞋”这个称呼，哪一个男人会接受得了？

沈梦曦蓬松的卷发依旧是之前的酒红色，身上穿着肉色的衣裙，周边都有蕾丝边，考究的衣料和设计一看就知道价值不菲。只是，他对沈梦曦的印象已经完全变了，从甜美可人的小女孩，变成了一个尖酸刻薄的长舌妇。

自己当初就是瞎了眼，鬼迷心窍。

沈梦曦看到席修辰这等暴怒即将迸发的神色，也不由吓得往后退了几步，后背抵在公交站牌上。

眼前的席修辰清隽的面容泛着铁青之色，挟裹着暴怒，双唇紧抿，不发一言，一双幽深不见底的黑眸中风起云涌，仿佛人只要跌落入其中，就会万劫不复。

“怎么不说话了？嗯？”席修辰挑眉，冷笑道。虽然说自己不打女人，但是有的女人太过了，就要吓上一吓，给她点颜色，省得她不知道天高地厚。

眼看曾经对自己深情温柔的男人脸色变幻，沈梦曦被吓得后背湿了一片，只能用双目死死瞪着席修辰，不敢轻举妄动，手指紧紧拽着包包，几乎快把包包捏变形。

席修辰他要做什么，他是不是要对自己动手？

沈梦曦冷汗涔涔，快速冲破席修辰的包围圈，伸手就要去打宁月妩：“你这个不知廉耻的……”

下一秒，尚未说完话的沈梦曦就被席修辰一个勾腿扫在地上。沈梦曦重心不稳，整个人向前扑倒，摔在地上，手臂间的爱马仕包包飞了出去，掉在地上，梳理好的发型乱得不成样子。

他从不打女人，可是刚才沈梦曦已经发了疯，想要对宁月妩不利。他不会让别人去伤害宁月妩，谁都不可以！哪怕知道沈梦曦这个人或许不简单。

沈梦曦没想到席修辰会对自己动手，挣扎着想要起身。宁月妩赶忙上前想要扶起沈梦曦，沈梦曦一甩手，把宁月妩甩开：“猫哭耗子假慈悲！”

就在这个时候，一个穿着西装的男人走了过来，不难看出西装之下是一副健壮的身躯。他看到地上的人，愣了片刻，问道：“梦曦？”

“楚元！”沈梦曦一听到男人的声音，立刻哭了出来，大颗大颗的眼泪不住地滚落，“楚元，他们欺负我！你看，我的衣服都脏了！”

楚元看了宁月妩和席修辰，一人宁静如水，一人脸上余怒未消，嘴里轻叹了一声，把沈梦曦扶了起来：“梦曦，我们那还有事情，得赶快回去。”

第三十七章　轻语

楚元对宁月妩和席修辰和气地一笑："不好意思，梦曦她就是这种性格，你们不要见怪。"说完，帮沈梦曦提起皮包，对沈梦曦沉声说道，"梦曦，我们走吧。"

"凭什么我们要走？我就这样平白受他们欺负了？楚元，你一定要替我出这口恶气！"沈梦曦拔高了声调，愤然道，拉着楚元不让他走。

楚元穿着西装，整个人透出商业精英的利落味道。他拉住沈梦曦，呵斥道："沈梦曦你闹够了没有，这里来来往往那么多人！"

席修辰拉过宁月妩，阴鸷的眼神扫过沈梦曦："媳妇儿，我们走，不要再搭理他们。"宁月妩觉得此刻席修辰已经极力压抑着怒意，手腕被他抓得生疼，只能侧身跟着他迅疾如风的脚步。

等到走了好一段的距离，席修辰才松开宁月妩的手腕，手臂抵在墙壁上，深深吐出一口气，将头埋在手臂间。

沈梦曦……想想当初那样子对沈梦曦就觉得无比可笑。当初自己手机被没收之后，沈梦曦就杳无音信，在所有的社交网站和通讯软件上把自己拉黑，今天她又演的哪一出？偏偏还是在宁月妩的面前！

他只当以前是因为得不到爱情而做出的荒唐儿戏。难道她沈梦曦不是吗？否则怎么会那样子对他？即使在部队，他也知道有一个词汇叫作"备胎"。

宁月妩伸出手揉着被捏青的皓腕，不放心地看着席修辰，欲言又止："席修辰……你没事吧？"

"没什么。"席修辰从口袋里摸出一盒烟，食指一挑，抽出一支，然后又从口袋里摸出打火机，把烟卷点燃，脸色沉郁。

为什么偏偏是当着宁月妩的面？原本，他打算之后再跟宁月妩坦白，没想到从天而降的沈梦曦对着两人发怒撒泼，等于直接将那段不堪的恋情揭开在光天化日之下，让自己怎么和宁月妩解释？

告诉宁月妩，在她苦苦思念自己的时候，自己已经别寻所爱来排解心中的苦闷寂寞？

他转过头，发现宁月妩正揉着自己的手腕，定睛细看才发现，如玉的皓腕已经有了一丝红肿。刚刚心底压抑着怒火，直接就把她拖了过来，根本不想再和沈梦曦多说半句话，自己平常就没有轻重的，一定是弄疼她了。

席修辰的心里一阵揪痛，自己就算再生气，也不能不顾着自己的媳妇儿啊，更何况，这件事情是自己有错在先。

"媳妇儿，是不是把你弄疼了？有没有事？给老公看看。"席修辰敛了怒色，眉宇微皱，拉过宁月妩的手臂。

宁月妩只是一笑，摇头道："没什么事，担心什么？"

看到一圈红肿，席修辰更是心疼："都肿起来了你还说没事。刚刚是我太生气了，不好意思。"席修辰双眸凝望宁月妩，眼睑慢慢垂落，"月妩，其实沈梦曦……她，当初她和我是在微信上认识的，然后就……"

其实所有真相早就呼之欲出，只不过事情的来龙去脉还不清楚而已，而席修辰现在根本就无心组织语言。宁月妩伸出手指，止住他启合的薄唇。

"事情都过去了，何必要悬在心上呢？以后我们的时间还那么长，想要说的话还怕没时间啊？快点带我去玩了啦。"她拉起席修辰的手，一双梨涡笑意吟吟。

“嗯，好。”席修辰沉声应道。

“以后我们的时间还那么长。”是啊，他们的时间还有很多，要走的路也还很长，怎么会没有时间说呢。

还有，是月妩主动拉起自己的手……他还记得，当初沈梦曦的表情，无奈而鄙夷，勉强之意就赤裸裸地挂在脸上。

他和宁月妩之间，仿佛有一种无形的默契牵连着，就像是……亲人。

“媳妇儿，以后我当你哥吧。”

“本来就是啊。”宁月妩回答。

“不是糖糖哥，”席修辰脸色转霁，笑着勾唇，“我以后就是你的哥哥。我是你老公，也是你哥哥，是爱人，也是亲人，没有什么可以分开我们！”

如果这算表白，大概也是宁月妩听过的最奇特的表白了。是爱人，也是亲人，两人之间不是更亲密了吗？

宁月妩浅笑：“好，哥哥！修辰哥哥！”她笑着的时候，拉着席修辰的手臂也一并在摇晃，手里明晃晃的东西立刻吸引了席修辰的目光，是一枚领花。

“媳妇儿，这个领花是我之前给你的吗？还有一个呢？”

“等进去玩了再和你说。”宁月妩调皮地眨眨眼，“快带我进去，你也难得请假出来！”

两人手拉着手，检票后就冲进去了。一进去没走多远，宁月妩就盯着一个放着大大小小的娃娃的地方发愣。

那么多娃娃，女孩子看到了都喜欢，宁月妩也不例外。特别是那只特别大只的哆啦A梦，毛茸茸的，宁月妩一看就知道是限量版的。或许是老板为了吸引眼球，才花了大手笔买了那只正版。

“看上了哪只？我帮你。”席修辰挑眉，“你老公的枪法可是很准的！”

“可是好像很难欸……而且，消防部队有打靶？”宁月妩问道。

“当然有，我们打水靶！”说完，就拉着宁月妩走向那个摊位。

“老板，请问那只哆啦A梦要怎么样才能拿到？”席修辰拉着宁月妩走到摊位前。

摊主是个中年的男子，不耐烦地瞥了一眼席修辰：“三十块五十枪，六十个气球五十五个中就可以拿走。”老板一边回答，一边站在旁边吹气球，把吹好的气球扔进箱子里，丝毫没有把席修辰放在眼中。

因为有奖品可以拿，所以这个游戏并不是买了游乐场的票就可以玩，还需要额外付现。

老板刚说完，席修辰就掏出了三十块钱放在桌上。老板将皱巴巴的三张十块钱收走，然后拿了一把气枪给席修辰。在他眼里，这不过是又一个为了讨好女朋友而主动上门送钱的年轻人而已。

席修辰毫不理会老板的眼神，端起气枪，闭上左眼看着准星，叩了叩扳机，然后把枪端在手臂上：“媳妇儿，哥给你看看枪法，想当年哥哥没当兵的时候，打气枪在村子里那叫一个牛，不是我自卖自夸，我说第二，没有人敢说第一！”

席修辰说话的时候，眉眼还闪烁着自豪的颜色，足见当年他在老家那个小圈子里有多意气风发。宁月妩笑道：“那我等你给我赢回来哆啦A梦！”

席修辰趴在桌子上，扬起下巴，把手枪举起，右手扣住扳机，左手握住护心，将枪托靠在颈窝，右眼瞄准准星，三点连成一线，而后移开目标。他并没有瞄准气球，而是往旁边虚发了一枪，才继续瞄准气球。

就这样浪费了一枪……宁月妩觉得有点可惜，但她不敢出声，怕让席修辰分心，只是安静地站在边上，将席修辰的每一个动作详尽地收入眼底。

他就像是一只盘踞在桌上的豹子，蓄势待发。他穿着白色的衬衫，手臂上的肌理都清晰可见。他肌肉紧张，上臂隆起肌肉，食指扣在扳机上，左眼眯起，随时准备开枪。

砰！第二枪，一击即中！宁月妩忍着心中的激动没有呐喊出声，他扛枪的姿势，当属天下第一帅！

席修辰吸了一口气，旋即快速地扣下扳机，帅气完美地又发射出一枪，打破第二个气球。席修辰乘胜追击，势如破竹地连续打破十几个气球，没有浪费一枪。

十九……席修辰心里默数数字，暗中歇了一口气，看了看宁月妩，瞧见小人儿那紧张的样子，不由勾唇微笑。她就是那么傻，连这种游戏也会紧张。

席修辰正准备继续开枪，正好旁边有一个小学模样的小男孩拉着自己的奶奶过来玩："奶奶奶奶，我也要打手枪！"

老人家最是疼宝贝孙子了，于是就掏出了十块钱给老板。小男孩没有什么经验，也就随便玩了几下，不一会儿就把子弹全部发完了，嚷嚷着："奶奶我还要继续玩！"

"可是奶奶钱没有带够啊，刚刚还给你买糖吃了，你忘了吗？奶奶真的没有钱了，下次再来玩好不好？"

小男孩在原地赖着不走了："不嘛不嘛，我就要玩，再玩一会儿就好了，好不好，奶奶？"

老板在摊子里面置若罔闻，席修辰侧耳默默地将他们的话都听了进去，把自己的枪给小男孩："小朋友，给你再玩三枪好不好？叔叔要给自己的媳妇儿赢回来那只机器猫。"

小男孩听到还能打三枪，高兴地直拍手："好啊好啊！谢谢叔叔！"

小男孩的奶奶也感谢道："谢谢你啊，年轻人！"

"没事。"席修辰淡淡笑道，把枪交给小男孩。再减三发，那么席修辰只能有一次犯错误的机会。原本机会就不大，更何况少了三发子弹。

没事的，能让别人开心就好。奖品并不重要，他们来游乐场，不就是为了玩得开心？宁月妩轻笑，对席修辰微微点头。

旁边的围观的人慢慢聚拢了过来，交头接耳，有的看好席修辰，有的则摇头叹息："好好的自己不玩，多管闲事做什么？我看多半是不顶用了。"

席修辰平心静气，不为闲言碎语所动，伏在桌子上，平稳地再次打中一个气球！

二十一……二十三……四十九……

原本漠不关心的老板也被吸引过来，屏着呼吸。那只哆啦A梦是他的镇店之宝，没想到竟然会被一个毛头小子所觊觎，而且有可能拿走！

五十四！最后两枪！席修辰不知道为何，手一松，一发打偏！其余的人发出叹声，盯着席修辰的手掌。

席修辰刚刚不知为何手一麻，就把子弹打偏了。他告诉自己不能紧张，定下心神，一定要为宁月妩拿下哆啦A梦！他闭上了双眼，只用感觉来打最后一枪。

众人心弦紧绷，而老板则心里暗笑，睁着眼都不一定能打中，更何况是闭着眼！然而，事实出乎他所料，最后一枪，席修辰打中了！

所有人都为席修辰鼓掌，连小男孩都在旁边蹦蹦跳跳："叔叔赢了！"宁月妩也不由将浅笑的弧度扩大。

气球砰的一声破裂，席修辰绽出阳光一般的笑容，一排牙齿格外洁白。他放下气枪："老板，哆啦A梦！"

老板瞪了席修辰一眼，不情不愿地拿过那只大大的哆啦A梦。席修辰抱了过来，递给宁月妩："媳妇儿，你想要的我给你赢回来了！"

宁月妩抱着哆啦A梦，跳起身子在他额头啄了一口："我家老公最棒了！"

这是她第一次主动叫他老公，那两个字冲出嘴唇的时候，他心跳都漏了一拍。

第三十八章　回梦

“媳妇儿高兴就好，笑起来傻傻的。”看到宁月妩高兴，席修辰自己也跟着高兴起来。

两人又坐了过山车，过山车一路飞驰，飞过高低不平的路线，让宁月妩一路不停地惊呼。

“席修辰！”

“到！”

“席修辰！”

“我在！”

即使席修辰就坐在宁月妩的旁边，宁月妩紧张起来还是会高喊出他的名字，紧紧握住他的左手。席修辰转首凝睇，见她长发在空中飘飞，一双流波清眸紧紧闭着，小脸儿都快变形了。

他突然想起了宋子卿和自己说的话。当时宁月妩在击败歹徒后，叫的不是其他，而是自己的名字。

就如同现在，别人叫着“啊！”独独宁月妩，高喊自己的名字。

这个傻妞。席修辰心疼地看着宁月妩清瘦的侧脸，很想捏捏她的下巴，让她转过头与自己对视，然后再问问：你怎么那么傻?

后来某一日，两人聊天的时候偶然说到这件趣事，宁月妩低头弄了一下衣摆，笑意盎然：“你难道不知道，有一种信念，可以让人无所畏惧？”

“所以我很荣幸地成为你的信念喽？”席修辰好整以暇地看着宁月妩，把宁月妩的书本抢了过来，拿在手上转悠。

宁月妩淡然看着书在他指尖转着，神思也跟着轮转回到以前，那个时候。她垂眸：“当时想着你，也不知道你的意思，把你的名字在心里默念久了，久而久之就成了习惯，到后来发现怎么也改不掉了。怪丢人的，你是不知道，我和瑾心在面试，到了最后一个环节我突然冒出了一句‘席修辰助我！’把瑾心吓得不轻。”

席修辰立刻笑了出来：“当时我们还没有在一起吧？”

“是啊，还没呢。你书还给我，要不就被你转坏了。”宁月妩伸出食指和中指，撷住转着的书本，将书本拿回自己的手中，“当初瑾心没听清，很是虔诚地问我这是哪一路神仙……”

不过那都是后话了，谁又能料到，在一起之后还会生出多少是非风波。

彼时，席修辰的眼中，唯有宁月妩一人。风景从眼前飞速掠过，快得根本看不清，倒不如看着眼前佳人。

其余所有的，都成了宁月妩的陪衬。

蹦极台上，两人绑好安全带。宁月妩小手抓着席修辰背部，胆怯地向下一望，随即往后退却了两步：“席修辰，这个太危险了，我怕。”

席修辰握住她的小手，一双柔若无骨的小手凉凉的，掌心沁出丝丝冷汗。他将温暖传递给宁月妩：“乖，媳妇儿，真的没事的，我前几天训练的时候还爬过铁塔，比这个高着呢。老公保护你，好不好？”

宁月妩被他清越好听的声音骗了去，傻傻点着头，任凭席修辰拉着自己的手，一步一步走向跳台的边缘。

高台之上，俯瞰大地，游乐园的一景一物尽收眼底，渺小得就像是堆在地上的玩具，但错落有致。

台上清风徐徐，撩起她裙角，带走她身上的热意。宁月妩望着远方，尽量不看自己的脚下，深吸了一口气。

“抱紧我。”他命令的声音如此有蛊惑力，宁月妩双臂不由自主地环住他精瘦的腰身。双眸合上，伏在他胸口：“怕。”

“咱们就玩一次。”

而后，便是脚下的虚无感，两人跳下高台。宁月妩左耳是他有力的心跳声，右耳是风刮过的声音。

这样的感觉，让她想起一个故事。三生崖上，一对恋人被逼得走投无路，只能跪倒在崖上祈求神明，却绝望地得知此乃三世的最后一世。

一对眷侣彼此泣涕涟涟，山崖下是无数追兵，进退维谷，于是纵身一跃……

故事戛然而止，没有再说来世。

此时，宁月妩生出一种感觉，如果此时天崩地裂，是不是他们也会永恒地停在这个瞬间，不再往前走？

那也很好，起码此时，是她走过的年华里最为惊艳、幸福的时光，即使如此简单。

“宝宝，睁开眼看一看，好不好？”席修辰小声哄着宁月妩，“没有什么，不用怕的，我一直在你身边。”

宁月妩张开眼帘，此时，两人在飞速地上升、坠落，眼前的风景只有在减速的时候才可以看清。

席修辰把怀里的小人儿转向自己，双目注视着她：“月妩，你要相信我，我一直是爱着你的！沈梦曦……当时我是因为心里难受，凌浩成那天跟我说了那些……我以为他是你男朋友！”

原来是凌浩成……宁月妩无奈地牵出一抹苦笑。

“月妩，我只是想找一个人，好忘记你，可我做不到。媳妇儿，我们好好在一起，好不好？原谅我！”

他很怕，很怕宁月妩一气之下一走了之。

“席修辰，我听不清楚，你弯腰下来说！”宁月妩对席修辰喊道。席修辰依言弯腰，宁月妩松开环住他腰身的手臂，把席修辰的脖颈拥过，在他薄唇上深深一吻。

她深情道："席修辰，我来了就不走了，我是你的！"

在空中，没了地上的束缚，身姿如此轻盈，所有的动作轻易就能完成。他一笑，回吻她："那我也是你的了。"

两人的身影在空中交缠，宛如鸳鸯交颈，鹣鲽情深。两颗心，从未如此紧密地贴合过。

时间很快就到了中午，依旧是那个中心广场，依旧是那个喷水池。席修辰带她到水池旁边，看水中倒映出她清丽的身姿，突然想起以前课本中"娇花照水"这个词。

之后两人走到西餐厅中，席修辰问："媳妇儿，你想吃什么？随便点，老公请你吃一顿好的，不能让你来这儿那么累，都没吃顿好的。"

月妧取过菜单，信手翻了翻，然后点了一份嫩煎猪排，把菜单拿给席修辰："该你点了，我就随便吃点就行了。"

是在网上订的这家餐厅，席修辰看了一下，价格都挺高的，看来这儿没打折的东西就是贵。不愧是西餐。

目光下移，席修辰发现月妧点的正是价格最低的套餐，他转了目光，看月妧正撑着下巴望着自己，于是问道："媳妇儿，老公给你点一个好吃点的好不好？"

宁月妧不由分说地就把菜单拿过来，对站立在旁边的侍者道："就要两份嫩煎猪排，没别的，都要番茄酱的。"

"欸欸欸你怎么替我决定了啊？"席修辰嚷道，自己难得请宁月妧吃一次饭，怎么能给她吃最便宜的呢！

宁月妧轻笑："席修辰，你们义务兵现在一个月也就六百，还要攒钱呢，用不着这样大张旗鼓，你自己算算刚刚我们都花了多少钱了，再这样的话这个月的津贴全都打水漂了。随便吃点就好了，而且那里不是还有自助的吗？"

席修辰道："给自己的媳妇儿花我乐意，你要不花还没处花呢。"

“真傻。”宁月妩摇头。

“你才傻！傻媳妇！”席修辰笑着回嘴，然后便被宁月妩拉起身：“跟我去看看有什么自助的可以拿，让我看看忻城的西餐与我们那儿有什么区别。”

两人在自助区挑选了水果饮料，还拿了一些餐点就回到了座位上。服务员把餐盘呈上来的时候，宁月妩看见席修辰傻愣愣地坐在那儿，示意他把餐布拿起来：“记得把餐布拿起来遮住，不然等会开锅的时候油会溅起来。”

席修辰傻笑着拿起来：“是是是，知道啦。”

等到开饭的时候，宁月妩又从旁提醒道：“刀叉左右手拿反了。”

“没注意……我没注意。”席修辰连忙换了一下方向。

宁月妩笑道：“没事啊，我们自己吃饭不拘那么多礼节，以后和别人一起吃饭时注意下就好了。”

席修辰点点头，切下一块猪排给宁月妩：“多吃点儿，看你瘦的，以后都要多吃点儿，不多吃的话就会被风刮跑了，我就没有媳妇了。”

宁月妩被席修辰的一席话说得轻笑出声，席修辰还是和以前一样逗，就是一个爱逗乐的可爱兵哥哥！

宁月妩把他那一块小口吃下去，自己割了一块，蘸了番茄酱给席修辰：“给你也多吃点，平常训练都那么累。”

“不要，我都给你吃你还给我!”席修辰拒绝，将那块猪排推回去，“就给你吃嘛，没事的！”

两人推辞之间，猪排掉在了席修辰的白色衬衫上面。宁月妩见状，赶紧把纸巾抽出来：“怎么办啊？衣服脏了。”

“没事没事，回去洗洗就好了。”席修辰自己也拿着纸巾擦掉番茄酱，“叫你不要这样还这样，看看吧！”

正说着，宁月妩突然接到元瑾心打过来的电话：“宁月妩，你现在尽快赶回来！你家里都在找你！”

“怎么回事？”宁月妩赶紧问道，家里怎么会要突然找自己，难道说发生了什么事情？想到此，宁月妩的一颗心不由下沉。

“没有，你家里人都还好好的，只不过你这次瞒着家里跑出来，万一被发现就不好了！我跟叔叔阿姨说你是去封闭培训，你赶紧的！”

“嗯，知道了，我这就坐飞机回去！”

来的时候为了看看路上的风景，宁月妩特地买了高铁的车票，结果一路昏昏沉沉的，什么也没有看到。今天看来又要提早赶回去了。

“出了什么事？”席修辰看月妩脸上阴云不开，关切道。

月妩拉拢着脑袋，丧气道：“我家里要我赶紧回去，我等会儿就买飞机票，下午赶回厦城……对不起啊。”

听了宁月妩的话，席修辰有些失望。原本还以为能下午一起去看电影，没想到她却突然有事情了……席修辰看着她：“没事，有事你就去忙吧，不是你说的吗，我们的以后还有很多的时间，不差这一会儿。”

宁月妩点头：“嗯，慢慢吃吧，现在还不急，反正也没有东西要收拾。”

回到集训队的时候，已经是下午两点多了，宁月妩用手机买好了机票，回到家属楼收拾好了行李，集训队的一行人出来送宁月妩。

有的小兵嘴里还叼着宁月妩从厦城带过来的馅饼，喊道：“嫂子，你下次什么时候来啊？记得带好吃的给我们啊！”

排长赵擎也跟着出来送，拍了那个小兵肩膀一下：“人家好心给你吃你还得寸进尺了啊？别忘了人家是带给席修辰的，你只是沾光了！”

“没事没事，下次我一定多带点。”宁月妩含笑道，水蓝色的衣裙在空中徐徐飘动。

有一个小兵突然看到席修辰胸口的一抹红色，很像很像唇瓣啊……小兵心里一笑：“席班，出去的时候没少和嫂子亲亲吧？”

第三十九章　偏见

小兵此言一出，宁月妩与席修辰两人皆是一怔，杵在原地不知道要说什么，脸上散开红晕。众人立刻明白了其中的含义。

那个小兵还指着席修辰的衬衫，雪白的衬衫上面赫然有刺眼的红色："席班下次也要注意点，你看，口红都跑到衣服上了！"

众人循着小兵指着的方向定睛一看，哄然大笑，连赵擎都不由笑出来。宁月妩看大家都笑着看自己，一张脸滚烫滚烫的。

原本是以为被看到了，没想到只是因为番茄酱而引发的乌龙！她还以为是跟席修辰在一起的时候被看到了。不过这下子有口难辩矣。

"席修辰，你快说嘛，那个明明就是番茄酱……"宁月妩拉了一下席修辰的手臂。

席修辰转头挑眉看了下月妩，对那个小兵道："杨帅，你有本事也给自己整一个来啊，我媳妇把整件衣服亲花了我都乐意！"

哪有这么说话的！席修辰分明就是故意要让自己难堪！

杨帅被席修辰这么一呛，止住了笑声："席班，你这话可就不对了，难不成我们要拿番茄酱往自己身上涂啊？看来席班你不仅喜欢抓蛇，还喜欢番茄酱……"

之前抓蛇的典故，宁月妩已经无语了，现在又多了一个番茄酱……明明只是一些寻常的事情，怎么……

"就是番茄酱好不好！"宁月妩说道，鼓着腮帮子看着杨帅，"那是刚刚吃饭的时候东西掉到衣服上染的，谁没事会涂番茄酱啊！”

“没事就亲亲啊，不涂番茄酱！”杨帅学者宁月妩的口气说道。底下又是小兵们的笑声。

宁月妩昂头挺胸，双眸盯着杨帅：“闭嘴，去，给我抄《士兵守则》三遍！”

宁月妩走过来的时候，浑身上下仿佛还带着冷气，让杨帅抖了抖……这个语气，怎么那么像他以前那个严苛的班主任！

“不……不要。”

宁月妩双眸瞳孔聚焦，落在杨帅身上：“有这个时间闲言碎语，倒不如去抄抄《士兵守则》，去吧。”

“是……”杨帅在众人讶异的目光中缴械投降。欲哭无泪啊，谁让他平时最怕的就是老师这种生物，特别是爱罚抄的老师，呜呜呜……

宁月妩踱步走到席修辰的身边：“席修辰同学，晚上记得做好检查向我汇报，说谎话的后果是很严重的！”

“是！”相比杨帅，席修辰兴致高昂地举起手敬礼，“保证完成任务！事实就是没有据实相告，衣服上就是番茄酱，不是其他的！”

这样的席修辰让人无论如何也生不起气来，宁月妩双眸弯弯，朝席修辰吐了下舌头。众人见到宁月妩的气场，也很惊异，平素温婉的宁月妩，也有这样的气场，清冷的气息在周身环绕。

“你是……老师吗？”杨帅小声问。

席修辰给了杨帅一个暴栗：“快叫宁老师好！下次看你敢不敢那么没礼貌！”

当天下午，席修辰送宁月妩到机场，上出租车之前还特地买了一串棉花糖给宁月妩：“给，早上的那串掉了，这串补给你！你的糖糖以后都归哥哥买了！”

宁月妩伸手结果棉花糖，轻轻咬了一口，甜丝丝的感觉在舌尖蔓延开来，道：“好，以后就由你负责了！”

两人在彼此相望中渐行渐远，月妩手机里存了集训队办公室的号码，席修辰对宁月妩喊道："媳妇儿，到了记得打电话告诉我！"

"知道啦！"宁月妩唇齿间还有棉花糖的甜蜜，在席修辰的目光中，盈盈走下候机楼。

宁月妩登上飞机，坐到靠窗的座位上，把自己的行李放好后，发现沈梦曦也在飞机上。她携着香风款款走到宁月妩旁边，高跟鞋踩在地上发出清脆的声音。

沈梦曦看到宁月妩先是一愣，然后轻嗤："真没想到能在这里碰到你。"

宁月妩娴静地看着前方，淡然道："我也没想到会在这里遇见你，沈小姐。请问你也要去厦城？"

"没有，厦城只是中转而已，到了厦城直接转飞机去泰国。有意同行。你都知道我是沈小姐了，那么，他都跟你说了？"

宁月妩不置可否，将身子靠在靠背上："沈小姐有必要这么纠结这件事吗？都是过去的事情了，有时候太在乎就是庸人自扰。"

沈梦曦又是一声嗤笑："看得出来你谈吐不俗，怎么会喜欢那个穷小子？其实他也就是一个穷当兵的，别的什么都没有。"

楚元在旁边咳了咳，声音轻快："梦曦，别人的事情我们操心什么？更何况那个当兵的和你有什么关系？"楚元说话的时候很是小心翼翼，不时打量着沈梦曦的神色，看得出来是一个谨慎的人。

沈梦曦眸光一转："是没什么，当初好歹他也追过我，我总要告诉其他女孩子，别被骗了，把自己下半辈子的幸福搭进去才好。"

楚元也不好说什么，只能任由她去。沈梦曦撒娇地拉了拉楚元："亲爱的，真的没事，当初我也就和他去吃过一顿饭而已。那个人连西餐礼仪都不会，弄得我看见他就烦，哪里像你，做事都那么妥帖。"

沈梦曦一席话暗中讥讽席修辰，宁月妩见她趾高气扬，也不欲多说，直接转过身子，音容若风清淡："物质可以赚取，礼仪可以学习，但是遇见对的人不容易。和席修辰在一起，我不会怕流言蜚语。谢谢沈小姐的提醒，我认为，真心高过一切。”

宁月妩加重了“真心”二字。沈梦曦心里嗤笑，置若罔闻，而边上的楚元则变了脸色，旋即恢复了平日从容的姿态：“梦曦，休息会儿，到了我叫你。”

宁月妩对楚元有着一丝好奇，能陪在沈梦曦大小姐身边的人会是谁，什么身份？乍然一望，楚元有一种北方汉子的气质，眉目端正，神情英气，浑身上下有一股劲儿。特别是他将打火机收起来的时候，动作行云流水，带着一种掌控乾坤的霸道。这种人，应该不是池中之物，怎会甘心待在沈梦曦的身边？

楚元见宁月妩的目光巡在自己脸上，双唇一抿：“这位女士，您好，我是楚元，是梦曦的男朋友。”

别人笑脸相迎，宁月妩无法冷面相对，她声音清雅地道：“您好，我姓宁。”说完便靠在椅子上转头看窗外的风景。

“幸会。”

“嗯。”宁月妩只是简短地回答一句，不想和他们有过多的接触。飞机上开着空调，不一会儿宁月妩就觉得寒意袭人。她扯了毛毯裹在身上，歪头闭眼休息。

飞机起飞的时候除了震动大了一点，其他都还好，起飞一段时间后，宁月妩睁开眼，透过玻璃窗，看窗外浮云万千，地面建筑如林。

宁月妩望着窗外的风景，心生感慨。彼时自己离开忻城，心有千千结难排解，而如今，两心情定，她的思念终究未被辜负。

坐在边上的沈梦曦呀的一声，手中的水杯就掉在了宁月妩的裙上，红色的果汁在蓝色的衣裙上晕开。宁月妩赶紧把水杯拿起来，抽出纸巾擦去。

“不好意思啊。”沈梦曦笑着说道，语气中没有丝毫歉意，眼中暗含轻蔑，起身时用高跟鞋后跟踩了宁月妩一下，月妩吃痛皱眉，怒目而视。

楚元低吼道：“沈梦曦，你闹够了没有？这是在飞机上，不是在你家！”脸上怒色暗涌，一把将沈梦曦拽回座位，“你没事惹人家做什么？”

“你……我……”沈梦曦气结，没想到楚元竟然会因为一个外人吼自己！

“什么你你我我，给我坐好了！”楚元提高了声调，居高临下，以目光压着沈梦曦，而后楚元对宁月妩抱歉道，“她就是爱耍小脾气，宁小姐别介意。”

“没事。”宁月妩把果汁擦干，摆了摆手。

下飞机后，宁月妩打了个电话回去。当时已经是晚饭时分，宁月妩打过去才响了一声，电话就被接起，传来一声：“席班，肯定不是你媳妇儿，哪有这么快啊，猴急！”

“说不定呢，万一是我不就错过了！”

那人笑道：“你都接了那么多个，都不是！”

席修辰不再搭理，在电话里面问道：“喂，您好，请问您要找谁？”

那边宁月妩拿着手机在耳边，声音轻柔如水：“您好，我找消防员席修辰同志，请帮我喊一下他。”

席修辰听到是宁月妩的声音，兴奋地抓着电话：“月妩，你下飞机了吗？有没有好好的？累不累？”

“又不是走路，坐飞机而已，而且把行李箱大部分东西都分给你们了，怎么会累？——你吃过了没？”宁月妩隐去沈梦曦一事，不欲令席修辰忧虑。

席修辰道：“吃了吃了，刚刚吃完。”

“怎么那么巧接到我的电话？”宁月妩故意装作不知道，一边走路一边笑问。

席修辰答道："正好呗，我正好走到办公室的时候，掐指一算，想想你也快到了，正好你就打了过来。"

宁月妩摇头："还骗我，我都听到了别人说你等了好久，傻。"

席修辰见事情败露，吐了吐舌头："也就这么一会儿，没事的。月妩，我跟你说件事情。"

"嗯，你说。"

"就是今天是例外，之后再集训的时候你就联系不到我了，没手机，而且这个电话是办公室的……所以说我也无法知道你怎么样了……"

宁月妩听他这么说，心下一松，还以为是什么重要的事情："没事啊，之前不是答应过要给你写信的？我给你写信就可以了，傻。"

席修辰委屈道："可是我的字丑……还有，我怕你等不了。媳妇儿，我不在的时候，乖乖等我好不好？"

沈梦曦不告而别一事给他留下了阴影，相隔甚远，音讯全无，有谁能坚持断守？

"好好好，乖乖等你。我还是那句话，我写给你就好了。"想起在贴吧的时候，也是这样的，宁月妩脸上不经意间挂起了微笑，"当初想你的时候，都不知道你的意思，也都没有联系，我都坚持下来了，更何况是现在。"

"是……"想起那时，席修辰就想，是什么支撑着宁月妩一路坚持下来，"媳妇儿，我们这儿快要点名了，你要乖乖的，知道没有？"

"知道了，快去吧，别给耽搁了。"

"亲一个！"席修辰在电话里要求道。

宁月妩转头看着周围人蛮多的，小声对电话里嘀咕："别啊，周围到处都是人呢。"

脸皮薄……席修辰暗自偷笑："那就叫一声老公。"

"老公……"宁月妩只觉得双颊发烫，叫完了深深呼了一口气。那边席修辰笑到不行，就知道她会紧张！

“老公要走了，么么哒，乖乖等我哦……”

“嗯。”

挂了电话，宁月妧迅速赶往家中。到家时，萧芝兰听到开门的声音，立刻从楼上走下来：“月儿，你怎么忙到现在才回来？”

看着女儿风尘仆仆的，萧芝兰赶紧帮宁月妧把东西拿过来，又从厨房里拿出水杯和水果：“浩成那里等你好几天了，他那儿活动缺人主持，一直等着你。”

第四十章　割裂

一听说凌浩成，宁月妩秀气的双眉不由皱起，看向母亲萧芝兰：“妈，叫我回来就因为凌浩成？他的事情和我有什么关系？”

萧芝兰看了下宁月妩，坐在宁月妩的旁边：“月儿，凌浩成以后对我们都有助益，我们两家当然要走得近一点，你看……”

宁月妩扶额，每次这阵势就是要讲凌家和凌浩成有多重要，自己也不知道听了多少遍。

“妈，元阿姨呢？”宁月妩捏了一颗樱桃送入口中。

萧芝兰道：“元阿姨有事请假先回去了，这不现在事情都是我来做的吗，也没什么大事的。”

宁月妩点点头，若有所思：“哦，这样啊。那凌浩成的事情是什么？什么时间，为什么我非去不可？凌家在厦城的财力数一数二，甚至在闽省也绝对财力雄厚，犯不着非我不可。”

萧芝兰听到这个，眼神闪烁：“没什么，你也不是不知道，你们打小就在一起，感情深厚一点也是正常的。”

“可是妈，再深厚也不能这样常常干涉我的事情，我做什么，不做什么，什么时候轮到凌浩成这样子操心了？就连我去忻城那次，是不是也是他叫你们让我回来的？”

平素的宁月妩乖巧温婉，最让人省心不过，家里交代的事情都一定完成。偏偏凌浩成的事情让母女之间渐生龃龉。父亲向来顺着母亲，也只能摇头，无可奈何。

萧芝兰沉默不言，等同是默认了此事。宁月妩正捏起第二颗樱桃，手指骤然用力，指甲将樱桃刺破，红色的果汁从指尖滑落。

宁月妩看着指尖的鲜红流向手心：“所以，妈，你的意思是让我和凌浩成在一起，是不是？”这个问题始终盘旋在她心口，今天索性问个清楚。

对凌浩成，宁月妩就是一个态度，做朋友可以，但是绝对不可能再向前一步、一分、一毫。

萧芝兰望了宁月妩一眼，端坐在沙发上，俨然垂帘听政的圣母皇太后：“没错，我就是要促成你和凌浩成！你们是互相知根知底的人，而且，宁家和凌家从来就交好！”

宁月妩从没想到过自己有朝一日也会成为联姻的对象。凌浩成？看起来是温文尔雅的谦谦君子，但绝非看上去那般简单。知根知底？她只知道，知人知面不知心。

第一次，母女二人面色阴沉地两相对坐。

宁月妩父亲宁正刚正好开门，见女儿和老婆各据一方，都脸色不善，不由纳罕，即使萧芝兰平时要强了点，但是宁月妩是从不轻易将怒色摆在脸上的。

“怎么了，两个人吹胡子瞪眼做什么？”宁正刚自己倒了一杯水，坐在萧芝兰的旁边，“怎么月儿一回来就这样？”

“除了等你回来，还有做什么？”萧芝兰靠在沙发上，闭上双眼。

宁月妩知道父亲从不插手自己的事情，任由自己决定自己的生活，而母亲萧芝兰处处要强，控制欲也强。当初自己选中文专业时，就遭到母亲的强烈反对，还是在父亲的支持下才得以坚持。

“人家凌浩成要去学金融，你怎么不去？”当初萧芝兰就是这样反对，“好好地跑去学什么中文，去当老师，当老师多辛苦，不许去！”

宁月妩将书本合上，垂眸不语，许久才吐出几个字：“为什么又是凌浩成？高考后天天念叨着凌浩成，人家从商，与我何干？我不想从商！”

“以后你也会从商。”萧芝兰苦口婆心地劝道。

宁月妩摇头不语，继续翻开书本。

谁也没想到，凌浩成会选择跟自己报考同一所学校，同一个专业，甚至跟自己在同一个班级。毫无疑问地，凌浩成在大一就崭露头角，之后更是一路高升，在学院中混得顺风顺水；而自己只是待在文学社中，守着自己的方寸之地。

宁月妩不再去想之前，开口对宁正刚道：“爸，我不想和凌浩成在一起，你们别再逼我了行吗？我现在也不是学生了，也有自己的事情要忙，把我叫回来就因为凌浩成，太离谱了。”

“我没有，我没有。”宁正刚看向萧芝兰，就知道是她的意思，暗自叹了一口气，两边都不好说话，“月儿，我不会逼你，凌浩成的事情，你不愿意，就不愿意。”

“你说什么？”萧芝兰阴阴反问。

宁正刚道：“孩子大了都有自己的主见，你当还是以前的包办婚姻？你要毁了孩子一辈子的幸福？”

饭桌上刚煮好的饭菜慢慢变凉，三人对峙在饭桌前……

从未有过的僵滞，空气亦为之凝结。

人生就是在轨道上走路，越到后面越会遇到岔口，回避不得，却又难以抉择。

“先吃饭吧。”宁正刚打破僵局，率先起身。

宁月妩也说道：“妈，先起来吃饭吧，不然辛辛苦苦做的饭要凉了。”

“辛辛苦苦还不是为了你？”

“终身大事，慢慢思量。”

“认识那么久了，思量得还不够？”萧芝兰伸手拉出椅子，看着宁月妩。

宁月妩只能服软："好，我陪凌浩成去，但是我有我的工作，下次别再这样了。"

一顿盛宴，宁月妩食不知味，全场都是宁正刚在活跃气氛。晚上睡觉的时候，宁月妩把抽屉里的领花手链重新拿出，戴在手上。

换下了冬春装，就没有再戴过了，她怕万一母亲知道自己和席修辰的事情，会将所有的平静打破。

宁月妩惆怅地闭上双眸，拉了一件小毛毯抱着，席修辰，现在也应该睡觉了吧？

第二天，宁月妩打电话给凌浩成。电话很快接通，传来凌浩成那依旧的温润声音："月妩，你已经回来了吗？如果回来了，明天有没有空？"

"凌少不是向来对我的行踪了如指掌吗，何必多费口舌再问一句？"宁月妩向来对凌浩成端着三分礼让，毕竟昔日的情谊摆在那，然而凌浩成越来越咄咄逼人，大有让宁月妩四面楚歌之势。

电话里沉默了几秒："是，我是在乎你，我是太在乎你了。这几天你去了哪里，我怎么都没有消息？"

宁月妩之前就料到凌浩成极有可能会跟着自己，所以之前就跟运输部门交代好，自己的资料一定要严格保密，若非自己出事，即使是公安部门也不能过问，就连手机也是设置了呼叫转移。

所以，即使凌浩成有能力监视到手机的信号，能看到的活动踪迹依旧是在厦城，并没有离开过。

"我去封闭式培训了，家里有事，我就请假回来了。凌浩成，以后事情一码归一码，你的事情你自己负责，我的事务我自己担当，我们只是朋友。"宁月妩的声音清冷疏离。

宁月妩说得很清楚，"我们只是朋友"，让凌浩成一时无言。这么多年，他一直跟随着宁月妩，风光霁月，只为得到她的注目，却不想，一切都是白费。

为什么？为什么会这样？是自己不够优秀，还是……她已经心有所属？想到宁月妩心有所属，凌浩成不由握紧了双拳，不，不可能，跟宁月妩接触的男人，根本就没几个。

或许只是她还不想谈恋爱罢了。凌浩成如是安慰自己。

“明天据说是慈善晚会，主题是什么？我要去充当什么角色？”宁月妩听凌浩成久久未有反应，于是问道。

凌浩成咳了咳，寻回自己的声音：“是对疆藏两省的学校的资助活动，同时也会征集支教的老师，你和我去主持。”

“我要穿什么？”宁月妩问道，声音清冷。

“我穿西装，你选你喜欢的。”

宁月妩回答：“嗯，我知道了。没什么事情我先忙了，拜拜。”说完，就挂掉了电话。

凌父凌瀚从房间里走出来，穿着睡衣，看到凌浩成正拿着手机打电话，让保姆倒了一杯牛奶，边喝边问：“那么早，给谁打电话呢？”

凌浩成沉声道：“除了月妩还有谁，一大早气冲冲地问我怎么在监视她，叫我以后不要再管她了。”

凌瀚听了，哈哈大笑：“怎么还没有把宁家的那个丫头拿下，大学四年你都在忙什么？都这么久了，人家也该忙自己的事情了。”

“人家就是不乐意，我有什么办法？”凌浩成很是丧气，优雅的双眉无力地下垂。

凌瀚眼中精光一轮：“放心吧，宁月妩那个丫头再怎么样也逃不出我们的手掌心的，我有把握让她乖乖嫁进我们凌家。宁家对我们凌家有很大的用处。——近来公司还好吧？”

“还好。”提起公司的事情，凌浩成恢复了精神，“就是那些董事对我采取的举措频频阻挠，重组改革触动了他们的利益，各个都不愿意撒手。”

凌瀚冷笑，把牛奶杯放在桌上：“正常。那些老顽固，我是顾着情面才不动手。该拿的他们也拿了，以后你做事不必顾着我，该做什么就做什么。”

“是。”

凌瀚欲走开，突然又想起了什么事情，转头过来问：“我听说莫紫庭又回来了？她不是一直在美国住着？”

提起莫紫庭，凌浩成才想起这号人：“是，听说她父母之前的贪污案已经翻案了，她父母被证实是清白无辜，即将官复原职。”

“哦，这样。”凌瀚若有所思，“莫紫庭也是自小跟你一起长大的，但是论势力肯定不如宁家，毕竟宁家才是盘踞厦城多年的，莫紫庭，你和她把握好度。”

“知道了。”想起莫紫庭，凌浩成就想起那日拍毕业照的时候，莫紫庭就像是一簇突然升起的火焰，出现在自己面前，妖娆多姿，火红的衣裙如烈日。

他又怎会看不懂莫紫庭的眼神，分明写着爱慕与倾心，牢牢胶着在自己的身上。她笑着跑到自己的身边，看到自己的时候，笑意就深了几分。

可自己喜欢的是宁月妩。

如果莫紫庭出现在自己的身边，宁月妩会不会吃醋？

“爸，那到时候，月妩嫁进我们家……”

凌瀚步入房间：“看你自己，如果真心喜欢，就留着她。”

月妩一整天在家中闭门不出，除了吃饭都躲在房中写东西。

宁月妩将信纸摊开，笔尖在纸上留下清秀的字迹：

亲爱的修辰哥哥：

不知道你收到这封信的时候会在做什么，也许刚训练过，也许是在饭后，也许是在快要休息的时候……

我在厦城一切顺利，不用担心。不知道你训练是否如意？听瑾心说，你们月底就要比武了，遗憾的是，我并不能目睹你比武时的风姿。相信你在比武场上定能一展雄风，就像那个晚上，你穿过火圈那样，一展雄风。你就是我的英雄！

……

念念勿忘，念君无极。

宁月妩。

宁月妩写了一整天，写了厚厚的一叠，下午出门，去邮局准备把信寄出去。担心信件半路丢失，宁月妩特意选择了挂号信，结果纸张超重太多，还多贴了几张邮票。

走出邮局，碰巧遇到元瑾心。元瑾心看到宁月妩就两眼放光："宁月妩，你回来啦！快跟我讲讲你和他！"

第四十一章　遗忘

元瑾心把宁月妩拉倒奶茶店里，让宁月妩把事情说了，笑着叹息道："没想到你们两个……暗恋能那么久，还好还好，走到了一起，不过异地恋加上军恋，很辛苦。"

"辛苦什么啊。"宁月妩吸了一口奶茶，口里嚼着珍珠，"你不也是一样？你都可以，我当然也可以。"

"真的很辛苦，不骗你。"向来笑嘻嘻的元瑾心鲜有地安静，"有时候就会突然感觉很无助，然而他却不在身边。明明有一个深爱的男人，却跟没有一样。"

宁月妩点头："他们有责任，我们既然选择了，就坚持。还有，瑾心，凌浩成要我明天去主持慈善晚会，明天你陪我吧。"

"怎么凌浩成还是跟你扯不清？我记得宋子卿说过，那天就是凌浩成和你家那位说了什么，才让他误会凌浩成是你的男朋友。"

的确，当初凌浩成天天出现在自己的身边，所作所言俨然男朋友的样子，还有当日对席修辰说话，也俨然是男朋友的口气，无怪乎席修辰会误会。

宁月妩低头："没办法，我妈也要叫我去，你又不是不知道我妈的性子，根本就容不得人唱反调。"

元瑾心赞同道："我跟你去也好，有一个伴陪着。到时候我在你家门口等你？"

宁月妩心想，凌浩成多半也会在明日傍晚接自己去晚会，也就点头同意："嗯，就这样说定了。还有叫你家那位多打听席修辰，他在集训队，联系不方便。"

"知道啦。"元瑾心笑着打趣，"这么快就知道关心夫君了，我可是听说你叫席修辰老公了哦。"

"叫你嘴痒，看我不惩罚你这个小蹄子！"宁月妩捏了元瑾心一把，而后小声说道，"这件事千万不能让别人知道，听到了吗？"

第二天晚饭的时候，萧芝兰格外热情，坐在饭桌前布好饭菜，关切道："月儿，我帮你把礼服挑好了，就放在床上，等会儿你就穿那一件去，听到没？"

宁月妩吃了一口饭，抬眸看了眼萧芝兰，闷闷地回答："妈，知道了，先吃饭吧。"一桌子菜都是清淡的，夏季本就炎热，多吃点清淡的消火，加之晚上还有晚会，不能吃口味太重的东西。

萧芝兰夹了一只龙井虾仁到宁月妩碗中："多吃一点，等会儿免不了要和别人说话，吃饱点才有力气。"

"如果不去不就不用那么麻烦了吗。"宁月妩随意地说出一句，接着夹起虾仁送入口中。

宁正刚看这对母女少见地意见分歧，又事涉女儿人生大事，也不知道怎么劝，只能说道："月儿，你这次去也是好的，不为其他，就因为是慈善晚会，还和教育有关。这次晚会是直播的，到时候注意一点形象。"

宁月妩瞪大了双眼："什么？是直播？！妈，你和凌浩成怎么都没和我讲？这种事情怎么能瞒着我？"

晚会是直播的，这么大的事情怎么可以瞒着自己？

宁正刚疑惑道："怎么，老婆你怎么没有和月儿讲？"

萧芝兰责怪地瞪了宁正刚一眼，摇头示意他不要多嘴，而后才对宁月妩柔声道："妈不是怕你在晚会上紧张嘛，不就一个直播而已，算不上什么的。”

大户家庭家庭关系往往错综复杂，宁月妩很庆幸自己家中能够如此和谐，父母琴瑟和鸣，两相恩爱，自己与姐姐、父母四口之家的日子过得安宁幸福。

但姐姐……宁月妩暗自叹息，姐姐已经一年多没有回来了。

“行了，没什么事，直播就直播，反正是躲不过了。我吃不下了，先去梳洗换衣服了。”宁月妩搁下碗筷，径直走入房间。

宁正刚看着老婆摇头：“你啊你，月儿越不愿意你越是把人家往凌浩成那里推，这又是何必呢？闹得不愉快。”

“你懂什么？也就一个傻当兵的！”宁正刚军人出身，目前职务是政委。

对于自己老婆，他一向迁就：“行吧行吧，记住，强扭的瓜不甜，起码这个道理我懂，好人家不只凌浩成一家！”宁正刚最后带着警告的意味。

萧芝兰不由撇了撇嘴：“我不也是为了咱们女儿好嘛。”

宁月妩把礼服换上，低胸翡翠碧的长裙穿在身上，宛若一池幽深的碧水倾流而下，裙褶处若被吹风吹皱的湖面，婉转动人，将宁月妩身体的曲线勾勒得淋漓尽致。长长的裙摆拖在地上，仿佛一团绿幽的影子，尾随其后，灵动动人。

宁月妩照了一下镜子，发现肩膀以下几乎没有衣料，冰雪一般的肌肤暴露在外面，前身更是春光外露，于是挑了一件雪纺披在肩上。

坐在妆镜前，宁月妩拿出一瓶CC霜，取出一些，抹匀了涂在脸上，而后取了嫣红的粉底在脸颊打上红晕，淡淡涂了一层粉色的唇彩，樱唇光润。

宁月妩站起身子，镜中的人窈窕而立，身姿轻盈，端然温文。原以为深碧色的衣裙穿在身上会显老，现在看起来并不会，配上绾起的发髻，反而有一种幽远宁静的气质。

既然是直播，就不能丢脸，一出门，她就代表宁家，还代表着……席修辰。宁月妩提上天青色的手提包，正好与这条长裙相配，准备好之后就出了门。

“记得，不该说话的时候就尽量不要说。”临行之前，萧芝兰特意交代了宁月妩一句，惊艳地看着宁月妩，没想到月妩精心细妆之下如此明艳动人。

今天的礼服是她特意挑的，作为陪在凌浩成身侧的人，必须要镇得住全场。

宁月妩颔首，推开门就看见元瑾心已经候在了门外。元瑾心一看到宁月妩，也惊讶道：“月妩你今天穿这样，好美！”

“少贫嘴，赶紧走吧，要不来不及了。”宁月妩推了元瑾心一下。

元瑾心抬头，伸手一指：“你看，大少爷已经在那里等着你了。”

宁月妩一望，果然看到一辆黑色的玛莎拉蒂停在家门口，凌浩成穿着咖啡色的西装，整个人靠在车窗上，温文尔雅地等着宁月妩。

“那走吧，既然人家都来了，有顺风车自然是要坐。还好把你拉过来了。”宁月妩侧首对元瑾心小声说道，盈然走向凌浩成，脸上的笑意清雅如风，“凌浩成，你怎么还亲自过来了？多不好意思。”

凌浩成笑，替两人打开车门：“愿意为您效劳。都劳动您大驾去晚会了，当然要亲自来接你了。”

“多谢了，”宁月妩笑意清淡，“我带着元瑾心去，她也是老师，应该没什么事情吧，凌少是否会介意？”

本专业大部分同学都选择通过教师招考当老师，凌浩成选择接手家族企业，当时辅导员知道后咋舌不已：“当初你怎么会选择来这个专业的？去金融的话正好。”

那时宁月妩恰好在一边整理毕业论文，她看到凌浩成付之一笑，道：“人生总要追求一次自己喜欢的，不能说什么适合自己就去做什么，那样的人生就是一张已经预定好的行程图，哪有追随喜好来得潇洒？”

凌浩成摇头，透过后视镜看着宁月妩装扮后的娇容：“都是自己班级的同学，没什么事情。”

凌浩成开车很稳，也很快，一路红灯停绿灯行，就来到厦城本地最大的帝宾大酒店。凌浩成在停车场停好车之后，领着两人从正门入内。

夜幕降临，厦城处处是繁华的灯火，尤其是在市中心的白鹭洲，灯会辉映，波光浮动，浮光跃金的水面倒映着这座城市的万千繁华，偶尔有游船经过，惊起栖息在滩上的白鹭。

而帝宾大酒店，以俯瞰全白鹭洲而著称，乃厦城数一数二的酒店，无论在哪一楼层都能看到白鹭洲，收入眼底的风景，远近高低各不同。

迎宾小姐见迎面走来的是凌浩成，连忙弯腰问好：“凌总好，晚会已经快开始了，就等您了。”说完，迎宾小姐习惯性看向凌浩成身后，疑惑道，“这两位是？”

“这两位是我带来的，一位是宁小姐，一位是老师。”按照惯例，参加晚会的都是商界有头有脸的人物，必须要有请柬方能进入。

迎宾小姐点头，对宁月妩和元瑾心摆出职业性的笑容：“不好意思，唐突二位了。”

凌浩成没有时间浪费在这里，领着宁月妩直接进入晚会，从VIP通道把月妩和瑾心带到化妆间：“把那件雪纺脱掉。”

宁月妩一愣，问：“为什么？这件礼服衣料太少了。”

凌浩成没有多说，从口袋里摸出一条同心锁项链，想要帮她戴上：“这是慈善晚会，不是走秀，不用担心。而且如果披着那件会很麻烦，万一不甚掉了更尴尬。”

宁月妩听了有道理，也就把雪纺脱了放在椅子上。凌浩成顺手替宁月妩把项链戴上，笑意漫上他的双唇：“不能太素净了，总觉得少了什么装饰。”

银白的同心锁项链垂在宁月妩的锁骨，银白的金属光泽映照着冰肌玉骨，清光流转，夺人眼目，元瑾心看到了也不由叹道：“真是配。”

“是吗？”爱美之心人皆有之，等晚会之后再把项链还给凌浩成就行了，宁月妩顺手从手提包中拿出小镜子，照了照，“我们可不可以出去了？”

凌浩成点头：“嗯，可以，跟我过来，先把鞋子换一下。”

立即有服务员从盒子中取出一双蓝色的水皮高跟鞋：“三十七号，刚刚好的。”

准备得如此周到，宁月妩和元瑾心都不由暗自惊讶。宁月妩心想，既然东道主是凌浩成，若是推脱还要浪费时间，不如早点开始早点结束，也就换上了高跟鞋。

凌浩成带着宁月妩从后台走入正厅中，一步一步，鞋跟踩在大理石砖上，清脆有声，但音高却好像不及越跳越快的心跳。大门即将打开的时候，主持人热情有力的声音传来：“让我们隆重欢迎本次慈善晚会的主持人——凌浩成先生和宁月妩小姐登场！”

随着大门缓缓打开，凌浩成和宁月妩双双出现在灯光下，所有的灯光都聚焦在两人的身上，一时间，晚会上鸦雀无声。

所有人都在猜测：宁月妩是谁，为何会出现在凌浩成的身侧？她是什么样的出身，能让赫赫有名的凌少一再推迟晚会的日期？

大厅内，灯火通明，金碧辉煌。凌家主持晚会，厦城有头有脸的家族几乎都前来出席，希望借此发展关系。大厅内，到处是衣香鬓影、西装革履。

宁月妩被刺目的灯光晃得有些睁不开眼，凌浩成上前，用高大的身影帮月妩挡住灯光，旋即，就是台下无数的镁光灯。

“今天是我和宁小姐主持这次慈善晚会，众所周知，目前我国的教育事业的发展水平仍参差不齐，宁小姐曾经北上考查过，下面有请宁小姐发言。”

第四十二章　星坠

宁月妩握的双手，因紧张微微发抖，她压下心中的烦乱和紧张，深吸了一口气，看着台下的观众和镜头，告诉自己，千万不能因为紧张导致失误。

她心里默念了一遍席修辰的名字，继而缓缓启唇，声音若春水一般流淌而出：“大家都知道，我们教育事业在疆藏地区仍有待发展，在我大二、大三的时候，学校曾经组织学生前往那里支教。支教学校的条件无法说好，只能说，学校能让孩子坐在一间屋子里学习。至于那些没有排上支教的学校，教学环境可想而知。”宁月妩顿了顿，伸手示意凌浩成，“下面有请凌总向我们大致介绍一下疆藏地区的教学环境，让各位有一个初步的认识。本次晚会，本着助益于教育的出发点，希望各位能为我国的教育事业做出自己的贡献，效法先贤。”

凌浩成示意主持人将投影仪打开，旋即将疆藏地区的照片及简介投放了出来。凌浩成走到台前，目光扫过台下宾客：“各位请看大屏幕。这就是近年来疆藏的情况，如果与厦城相比，只能用一个词来形容——云泥之别。我也参与过支教行动，所以对疆藏地区有过深入了解。如今，那里的师资力量有支教老师作为保证，软件并不缺乏，欠缺的主要是硬件资源。我们曾组成研讨小组发表过相关论文，政府也为疆藏地区的学校提供过补助。”

画面切换，财政补助的清单被列出来，宁月妩上前，拿着一根长棍指着上面的数字："财政虽然有补助，然而毕竟有限，各位一看便知。"

活动整个过程进行得很顺利，凌浩成之前只是把稿子和流程发到宁月妩的邮箱中，两人并没有事先彩排过。但毕竟都是师范生，讲起来都十分流利，配合之默契，出乎宁月妩的意料。

"所以，我们知道光靠政府的力量是不够的，所以我们想要借助民间资本，为教育注入新的力量。当然，我们的投入并不是没有回报的。"宁月妩手臂一挥，画面切换，就将设计的图像呈现出来，"首先，我们会在学校名称中冠上援助者的名字，之后，我们的寰宇集团会给予相应的回报，不论是何人参与投入，都会有与寰宇集团合作的机会。"

宁月妩转过身子，双手搭在身前，目光下视众人，笑意轻柔："当然，投资教育事业的回报是绵延无尽的，不只这些，有识之士定能明白。下面有请相关人士来说明一下工程的投资项目以及投资标准。"

说完，就进入下一个环节，慈善拍卖。

凌家将一只明代隆庆年间的黄瓷碗拿出来拍卖，黄瓷碗本就是皇家御用，加之是明隆庆年间制作，更为罕见。而宁月妩则携了一轴唐伯虎的《桃花庵图》前来竞拍，价值亦是不菲。

厦城的刘家拿来翡翠山子，陈氏家族带来一方清代的玉玺……厦城都仰仗凌家的威望，无不尽自己的绵薄之力来支持。

两人简单地介绍完毕，凌浩成与宁月妩双双走下正台，将舞台交给专业人士讲解。

碧色的裙摆滑过台阶，宛若高山上缓缓流下的溪水；裙褶密若流波，映衬得宁月妩整个人娴柔优雅，冰肌玉骨。她缓缓步下台，胸前一串项链璀璨夺目，照得她人花容生色。

宁月妩自然吸引了无数在场男士的目光，他们纷纷在心中猜度宁月妩会是什么身份，如此突然又公然地出现在凌少爷的身侧。

凌浩成作为厦城最负盛名的富二代，向来在圈子里以清高的见闻，而且本人也甚少有绯闻传出，如今这一位，是他的什么人？

即使有消息灵通的人，也只知道宁月妩是与凌浩成是同学，具体的不得而知。

“月妩，刚刚你发言的时候整个人真好看！”元瑾心凑过来，从头到脚仔仔细细打量了一遍，“人靠衣装这句话果然不假，平常温婉的一个人，今天看起来内敛沉静。”

“还不都那样。”宁月妩笑着说，“刚才还好吧，我把你们都当成我的学生了，要不那么多人的阵仗我还不紧张死。”

“很棒。”莫紫庭款款行至宁月妩的身前，她身上穿着淡紫色的长裙，脸上也是淡妆，“没想到曾经的同学在台上能有如此风度。”

这样的话听起来多多少少有一点醋味，宁月妩置之一笑：“紫庭今天有空来？是准备参与投资？”

莫紫庭一笑：“没有，只不过等会儿要表演竖琴而已。估计在那么多人面前也会紧张，没见过什么大场面。”

正说着，凌浩成走了过来：“月妩，怎么样，感觉还行吧？”

“还可以。”宁月妩点头，正要趁机借故离开，莫紫庭突然开口：“浩成，竖琴准备好了没有？趁着大家兴致正好，我想早点开始，等会儿就上场，你看行不行？”

凌浩成点头：“看你了，就是那首《凤求凰》。”

一个穿着西装的男子走了过来，咖啡色的西装衬得那个人高大挺拔。他伸出手来，宁月妩出于礼貌也伸出手：“请问这位先生有什么事情吗？”

刘衡礼节性地一笑：“宁小姐您好，我想对这个项目多了解一点。我知道对于具体的项目内容，您可能不是很在行，可以和我说说疆藏那里的具体情况吗？”

“可以……”宁月妩点头。

刘衡目光锁在她的锁骨上："宁小姐的同心锁项链很别致，请问是招缘还是守缘？"

"没没没，这没有什么关系。"宁月妩慌忙摆手解释，"这只是我随便拿来的一条项链而已，没有什么具体的意思，刘先生不要误会。"

"哦，这样啊——"刘衡回答得颇为意味深长。

凌浩成就在宁月妩身边，此时才缓缓开口，声音从容："月妩，害羞什么呢？专门求的同心锁，今天戴上有什么关系？"

凌浩成原本正在和一位女士商谈学校的事情，突然插嘴，让那名女士和宁月妩有些猝不及防。宁月妩低头一扫胸口的同心锁，猛然想起，那是云灵山的那个同心锁。

凌浩成不顾那名女士吃惊的目光，中段了谈话，走到宁月妩的身边："我们当然是为了守缘，彼此约定好长相厮守的，怎么了？"

凌浩成的一席话令周围听到的人吃惊不已，凌浩成何时与宁月妩定情了？瞒得滴水不漏，难怪宁月妩会出现在凌浩成的身边。

周围的人暗地里交头接耳，而莫紫庭丝毫没有发现台下已经起了波澜。她身穿一件月牙黄的银纹暗绣蔷薇裙襦，手臂上挂着软烟白的穿花蝴蝶臂帛，头发绾成双环望仙髻，简单地簪着一朵淡粉色的芙蓉，莲步纤纤，款款走上舞台。浅黄色的裙摆上绣着晶石，拖在地上摇曳生辉。

不得不说，莫紫庭古典美人的装扮吸引了在场无数人的目光。但见莫紫庭双唇樱红，双眉间点的一朵梅花娇艳可人。莫紫庭走到台前，欠身行礼，而后便坐在摆放好的箜篌旁边，伸出皓白如玉的手指，轻轻叩弦，清脆悦耳的声音传来。

莫紫庭含笑启唇，音色婉转："今天为给晚会助兴，小女莫紫庭在此献丑，一曲《凤求凰》献给各位。"

说完，莫紫庭侧身，伸出食指，在琴弦上拨弄出声，流水一般清扬的声音流出来。此时，晚会的灯光都聚集在莫紫庭身上，其余人等根本没有发现凌浩成此处的异动。

刘衡此时仍然在宁月妩的身旁，望着凌浩成，笑道："难道说宁小姐与凌少已经约定结为秦晋之好了？"

刘衡一眼就看出宁月妩眼中的愕然，很明显，宁月妩并没有料想到凌浩成会出此言，也就是说，宁月妩和凌浩成就没有关系！

"宁月妩"，似清月而娇妩，好一个清丽文雅的名字，恰如其人。这样气质的女孩子，正是自己所喜欢的，岂能拱手相让，白白便宜了凌浩成？

宁月妩慌忙解释，不停地摇头："没有没有，刘先生不要误会，我和凌先生没有什么密切的关系，我们只是朋友。这枚同心锁是之前我去云灵山游玩时替凌先生求来的，是我疏忽了。"

她的原意是解释清楚自己和凌浩成的关系，然而落到凌浩成的耳中，却又是另外一种意味：宁月妩极力撇清和自己的关系，想要对刘衡投怀送抱！

刘衡家族专注于房地产开发，不似寰宇涉及很多领域，但在厦城也是名列前茅的家族，凌家不能与之决裂。凌浩成眼眸一黯，沉声道："月妩，别闹。"

"凌浩成你什么意思？"宁月妩被凌浩成彻底激怒，她抬起了下巴，双目带着电光火花，直刺凌浩成，"这里在直播，不是你耍小性子的地方，还有，我什么时候是你的女朋友了？"

的确，你不是我的女朋友，但是今天，我会把你变成我的女朋友的。

凌浩成成竹在胸，打了一个响指，会场的灯光突然熄灭，人群传来此起彼伏的惊呼声，不一会儿便平静了下来。

所有的人都注意到，晚会的中央有一抹若有若无的幽光，在黑暗中无比夺目，仿佛一颗天际的流星坠入一片黑森林中。

台上的莫紫庭愣了片刻，不知道出了什么情况，不过数秒就依旧弄弦起声，丝毫不为下面的事情乱心。

凌浩成手心里捧着的，是一枚心形的钻石。这枚钻石的独一无二之处，在于它是世上唯一的荧光钻石！

传说中的夜荧钻石数年前在南非被发现，后来被一名神秘买家购买，再无消息，见多识广的最多也就耳闻过，没想到会在今日见到。

“这颗钻石的名字，叫作‘星月之心’。它有月亮一般的光芒，又和你的心一样，玲珑剔透，又代表着，我们的爱情如这颗钻石，冰清玉洁，丝毫无暇。”

一抹灯光悄然打在凌浩成身上。灯光并不明亮，浅浅淡淡，只是正好能够看清人影而已。

众人只见，儒雅公子长身玉立，手捧钻石，目光灼灼凝睇着宁月妩，无不屏住了呼吸。

厦城的凌少，竟然会在今日向女孩子表白！

台上的莫紫庭将凌浩成的话语悉数听入耳中，整个人一震，叩弦的十指也停了下来，望着台下的凌浩成。

她的手指紧紧抓着琴弦，尽量让颤抖更小一点。凌浩成表白了，可对象不是她，是宁月妩！为什么，自己千里迢迢回国，难道只是为了见证他与别人欢好吗？

不，绝对不是的！凌浩成是自己的！

她宁愿刚刚是自己精神恍惚，出现了幻听。但，若是幻听，凌浩成为何手里握着钻石，高举过头，单膝跪地！

宁月妩此时震惊地看着凌浩成单膝跪地，不知道他想要做什么。凌浩成的意思，她也能隐隐约约地猜出来，可她事先完全没想到，他会在这里表白。

一旦接受，直播将把她的接受传遍收看直播的每一个角落，势难挽回；然而拒绝的话，将会使凌浩成颜面扫地，凌浩成代表的寰宇集团绝对不会善罢甘休。

“月妩，请你接受我，做我的女朋友吧！我们一路走来已经十九年了，我的心里，已经种下了你，无法拔除！”

凌浩成依旧是那样风度翩翩，连表白都说得优雅得体，清醇磁性，只不过，不知道厦城第一公子哥今日表白，会令多少闺阁女子碎了芳心。

第四十三章　山醒

当凌浩成说出那句表白的时候，莫紫庭只觉得好像有什么东西突然随着一声响爆裂碎了，把自己扎得千疮百孔，血污横流。

她历尽千辛万苦，却没想到，看到的是他对别人甜言蜜语！一别经年，满眼春风百事非！

莫紫庭垂首无声，美眸无神，一身华服悄然垂落在地上，仿若一只斑斓华彩的蝴蝶折了双翼，再也难以翩然而舞。

台下，温润如玉的儒雅公子薄唇轻勾，双手献上夜荧钻石，笃定了宁月妧必然会答应自己，而答应自己后，在直播的见证下，宁月妧就再也难逃。

月妧，不是我要逼你，而是我太想得到你。

宁月妧注视那颗钻石良久，有那么一瞬，她觉得清光流转的钻石是何等刺目，几乎让自己眩晕。

若是在之前，没有和席修辰在一起时，她就不会答应凌浩成，而现在，她与席修辰已然定下白首之盟，就更不会答应他！

但是，要如何是好？

是束手就擒，还是绝地反击？

“月妧，接受我吧。”凌浩成再次诚恳地说道，双目仰视着宁月妧，声音淡然优雅，“古有相如《凤求凰》得文君倾心，今天，我特意令人再奏古曲，希望你能倾心于我，月妧。”

若是其他的女子有这样的待遇，怕是早已痛哭流涕地一把蹲下，拉住凌浩成，拼命点头答应了。

可惜自己就是自己。想来凌浩成早已设计好了这出戏，自己的母亲也乐于将自己和凌浩成配成一对，才有了现在的场景。

将自己逼得无路可走，当真是要为他们的精心安排拊掌称快。宁月妩深呼吸了一口气，弯下腰身，以极小的声音询问凌浩成："凌浩成，我今天答应你也得答应你，不答应你也得答应你，是不是？"

凌浩成并不言语，只是儒雅地点点头，温柔的面容下是他浓浓的占有的欲望。有一种疯狂，叫作越得不到，越想得到。

"好，我知道了。"宁月妩往后稍稍退了一步，声若玄冰。她清水一般的眸子中渐渐凝霜成雪，目光渐渐疏远，恍若漂洋而离的风帆，"凌浩成，我答应你。"

凌浩成一笑，脸上温润的笑意让在场所有女士倾倒。原来凌少笑起来会那么好看！

凌浩成起身，嘴角噙着笑意，伸手一晃，变魔术一般，便将那枚夜荧钻石串在一条铂金的心形环环相扣链上，伸手想要替宁月妩戴上。

宁月妩开口欲言，冷不防地被一声突如其来的尖锐声吓住了。那一声，是那张描金凤首箜篌所发出的，仿若凤凰在临死之前发出的最后的悲鸣，惨绝凄厉，泣泪泣血。

众人立刻转头向莫紫庭望去，但见微弱的灯光下，莫紫庭姣好的容颜带着一丝苦笑与决绝，两行清泪隐隐约约泛着水光，搭在箜篌上的手指不断流血。

华贵精美的凤首箜篌血痕交错，让人只想到一个词语——凤凰泣血。

手疼吗？莫紫庭在心里苦笑着。为什么明明流了那么多的血，已经把一双手都染成了红色，她还感觉不到一点疼痛？

是了，哪里比得上心里的疼痛呢。她只觉得心里仿佛有什么轰然倒塌，支撑她做这一切的东西就那样在片刻之间崩塌了，让她手足无措。

回国……她在美国好好的，全因为他凌浩成，她才回国，没有了他，她的人生还有意义可言吗？

当年她在美国，无数次告诉自己，一定要出人头地，才配得上凌浩成。她成功了，成为美国享有盛名的箜篌演奏家，因此，她才能在今天一曲绕梁。

原来他指定的《凤求凰》，是为了宁月妩而演奏的，自己夜以继日地练习此曲，竟平白无故地做了别人的嫁衣！

“莫紫庭，你怎么回事？你流血了！”台下凌浩成瞳孔一缩，万分紧张道。莫家在美国与国内都有势力，掌控着一家跨国公司的大部分股权，绝不能让她在这里出事。

莫紫庭不言不语，双手搭在箜篌的琴弦上，一任血满箜篌，双眸无神看着台下，幽深空洞。

人们不由猜测，莫紫庭为何如此激动，莫非是因为凌浩成的告白？仰慕凌浩成的人不在少数，莫紫庭爱慕他也是正常的。

小声的言语开始在晚会中传播开来。

晚会的灯光全部亮起，凌浩成连忙联系了医护人员赶来帝宾大酒店，同时让工作人员取出消毒水和绷带，要替莫紫庭包扎。

谁知莫紫庭竟然不顾流血的手指，死死拽着琴弦：“你们要做什么？嫌我还不够丢脸是不是？”

工作人员被说得一头雾水，不敢轻举妄动，生怕再引起莫紫庭的激动，造成更大的伤害，只能退后看了看凌浩成，向他请示。

凌浩成看了眼宁月妩，小声哄了一句：“乖乖在这里等我，我去看看莫紫庭怎么了。”说完，下令直播暂停。

然而宁月妩等凌浩成走了之后，示意直播继续开始。她面带清浅的笑容，丹唇轻勾，一双清眸凝视着眼前的镜头，掷地有声。

“我宣布，我接受凌浩成。”

所有人的目光都被宁月妩吸引，原来再怎么样的女孩，都会拜倒在凌浩成的风度之下，饶是犹豫不决的宁月妩，也是如此。

宁月妩无视众人探寻的目光，右手托着钻石："我决定，答应凌浩成，接受这枚钻石……"

话音落罢，那架凤首箜篌以摧枯拉朽之势头轰然倒下，令冲上台的凌浩成措手不及。他一把抓过莫紫庭，失态地低吼出声："你这是做什么？你流血了，你知不知道？！"

他不是向来风度翩翩，怎么也会有失态的时候？莫紫庭嘴角衔着一丝嘲讽与好奇："凌浩成，你这是在紧张我吗？"

"废话！"凌浩成吼道，"还不快去包扎，愣在这里做什么？你想等你的血流干了是不是？"

两人之间的对话已然吸引了全场的目光，好在，直播的镜头仍然在宁月妩的身上，并没有转移方向，通过直播收看晚会的观众无福看到闹剧上演。

莫紫庭一声冷哼，无视倒在地上的凤首箜篌，哪怕，她曾经珍之若宝："凌浩成，你现在紧张我，是因为宁月妩已经答应了你，你已经无须再顾及她。其次，你是怕我在晚会出事，你不好收拾。你说是不是呢，凌少爷？"

被说中心底所想，凌浩成眼底有一丝讪然流过："不是的，紫庭，你别瞎想好不好？一码归一码，我这是在关心你。"

"假惺惺。"莫紫庭抛出的话语，无情得连自己都惊讶，冰冷得连自己都觉得陌生。

凌浩成一愣："紫庭，你认为我都是假惺惺的？我哪里假，哪里骗过你，你跟我说，行吗？咱们有事说清楚。"

莫紫庭心中钝痛，她要怎么说？说自己喜欢他，而他却向宁月妩表白？让所有人都来看自己的笑话？

的确，凌浩成也没有哪里骗自己，一切不过都是自己可笑的一厢情愿而已！

莫紫庭泣涕涟涟，心神俱碎，已经口不择言："凌浩成你这个负心汉！"

"你胡说，我从没有和你有过任何瓜葛，我喜欢的从始至终都只有宁月妩！你最近才回国，我们之前只有电话联系，我没有许诺过什么！"凌浩成立刻反击怒斥，"来人啊，把莫紫庭给我拖下去，她已经神志不清了，带她去仙岳医院！"

圈子内向来都听闻凌浩成做事极有铁腕，与外表那种儒雅之风截然相反，今日一看果然如此，只是，没人想到，目标竟会是莫紫庭。

凌浩成压着怒意，左右莫家主力现在仍在大洋彼岸，更何况今日是莫紫庭自己不识抬举。等过了这阵，再去好生安慰安慰。

果然莫紫庭也爱着自己，那么一切就都好办了。只不过今日的事情，定然会在厦城掀起不小的波澜。

凌浩成心思翻转着，踏着优雅的脚步走下台，来到宁月妩的身边，温柔问道："月妩，你要答应我了，对不对？"

"对。"宁月妩沉声道，面对着电视镜头，声音清凉犹如月光，"今天，我答应凌先生，接受这枚星月之心。"

凌浩成脸上已经浮出喜悦之色，伸手想要牵过宁月妩的皓腕，却被宁月妩不留痕迹地挣脱开来。宁月妩说："这枚钻石，我将作为捐赠品拍卖，它的拍卖所得将全数捐给疆藏地区，也算不负此次晚会的意义。"

而后，宁月妩一个转身，身下的裙摆如水漾开："但是，我拒绝凌先生的表白。今天，是慈善晚会，而不是表白节、求爱节，如果凌先生不明白此次晚会的意义，本末倒置，横生枝节，那么此次晚会的意义何在？凌先生有想过吗？"

宁月妩停了停，咽了口口水，不顾凌浩成脸色骤变，不疾不徐继续道："爱，是一个神圣的词语，它代表着一生一世，一往而一生。爱不是因为喜欢而孤注一掷，更不是借此而造势生非，这个道理我相信凌先生应该比我还要清楚，我无须多言。更何况，现今的爱情虽然已不讲究门当户对，但还是提倡自由的，相信凌先生也希望得到一份认真的爱情，而不是因为一时冲动而许诺的一生一世。”

说完，台下响起了雷鸣般的掌声，众人无不赞叹宁月妩的言语。宁月妩环视了一遍四周，继续道：“还有，我与凌先生只是普通朋友关系，并没有什么其他，也没有什么误会，我希望今天就到此为止。”

她多么希望能说出自己已经与席修辰在一起，但她知道，母亲此刻一定也坐在电视之前。自己不能让她如愿以偿，她定然已是凤颜大怒，倘若再知道了此事，后果更难以想象。

以母亲的性格，多半会将席修辰逼得走投无路……是以，她宁愿暂且不说，免生风波，等待时机成熟再向母亲坦诚以告。

但是经过姐姐那件事情，母亲还会答应吗?

宁月妩转身的时候，被凌浩成一把拽住：“月妩，你怎么可以这样子？我喜欢你，难道你就不能答应我，一定要让我在今天颜面扫地？”

“我接受了你，将你的心意献与疆藏，也为你赢了名声。左不过都是要送出的，不都是一样？”宁月妩眼中冷辉一现，“还有，凌浩成，你布下了今日的局，就为了我能如你彀中，当真是煞费苦心。你怎么没想想我被你逼入绝境是什么心情？为你着想？笑话。”

宁月妩一口气把所有的话都说完。心中所积已令她抑郁良久，平日与凌浩成往来，因为母亲的原因她才三番两次地容忍，却没想到他会得寸进尺。

“凌浩成，你有你追求幸福的权利，我也有。”宁月妩说完，想要离开，莫紫庭却不知从何处冲了出来，扑向宁月妩：“你这个贱人！”

第四十四章　假若

宁月妩没料到莫紫庭突然出现，被莫紫庭抓住衣衫，一时间惊恐万分。莫紫庭双目通红，尽是血丝。

宁月妩深知此刻决计不能妄动，只是与莫紫庭对视：“紫庭，有什么事情好好说，何必拉着我？”

“如果不是因为你，凌浩成怎么会不喜欢我！”莫紫庭对宁月妩歇斯底里。

凌浩成见状，立即让主持人进入镜头，将直播的场地转移，而后冲到莫紫庭的身边：“你从哪里跑出来的！滚回去！”

“滚？你竟然叫我滚？就因为这个贱人？”莫紫庭已然为爱成魔，凌浩成的言语更让她怒意如火，她伸出手指，尖锐的指甲在灯光下赫然闪过精光。

涂过指甲油的手，在此刻成了嗜血魔爪，异常阴寒。

“莫紫庭，那是你们的事情，我说过，这件事与我没有任何关系，我参加这次晚会是因凌浩成再三要求。恕不奉陪。”

宁月妩转身欲走，此次晚会变成了告白晚会，她已经没有继续待下去的理由。可是莫紫庭伸出手掌，抓住宁月妩的肩上的吊带。

宁月妩冷不防地被抓住，立刻有一道火辣的生疼从背部传来，然后就感觉衣服被莫紫庭扯落。宁月妩连忙转身，将衣服拉起，连连后退：“莫紫庭，你做什么！”

“我要毁了你！”

“莫紫庭，你愚蠢！”宁月妩眼中冷光直逼莫紫庭，“我把你当作曾经要好的同学，我告诉你，莫紫庭你今天是疯魔了！为了个男人，你牵连无辜的人做什么？”

莫紫庭低笑如魔女：“但是他喜欢的是你……是你！”说完，整个人扑向宁月妩，全无平日的淑女之态。

凌浩成望见宁月妩雪白的香肩上赫然出现一道血色的伤痕，已有滴滴血珠沁出：“月妩，你后背流血了！”

原来，被莫紫庭尖锐的指甲一抓，传来的痛意是出血的疼痛。宁月妩忍着痛意：“凌浩成，这些残局你要自己收拾。”

“来人啊，把莫紫庭给我带下去，如果不配合，就报警！”凌浩成搁下狠话，跑到月妩身边，“月妩，你没事吧？”

“没事，你自己珍重。”明天过后，不知会生出多少风言风语，他自己都会焦头烂额。

不料，莫紫庭利用工作人员不敢伤害她，趁机冲了出来，将宁月妩身上的衣裙一把撕碎：“宁月妩，我今天就让你身败名裂！”

嘶啦一声，翠色的衣衫被撕成两半，雪色的春光乍然出现在人们的眼前。无数镁光灯在此时此刻亮起，犹如霹雳闪电，几乎让人眼花。

宁月妩将胸口的衣料极力拉住，不让其滑落，背后的一片冰雪以及诱人的蝴蝶骨令人浮想联翩。宁月妩双颊通红，在这样闪光灯下，就这样被莫紫庭羞辱。

莫紫庭继续冲上来，疯狂地撕扯衣衫，将大片大片的衣衫撕开扯落扔掉。宁月妩看着气急败坏的莫紫庭，知道她已经失去了理智，此时更不能激怒她。

凌浩成脸色黑沉，上前一脚把莫紫庭踹飞：“莫紫庭你要什么疯？你也不看看这是哪里！你当这里是美国？这里是大陆，是厦城！”

莫紫庭被踹飞，重重摔在地上，全身上下传来痛意。她对凌浩成吼道："所以你就这样欺负我？"

"你对宁月妩做的什么？！你自己给我看看！——来人，把莫紫庭给我送到精神医院去，她已经疯了！"

"不，我没有！"她才不会去那种暗无天日的地方，她从无数新闻中得知，住在那里形同坐牢，根本别想逃出来！

宁月妩见凌浩成和莫紫庭两人纠缠不清，趁机甩手走人，她实在不愿意再看到这两个人，他们全都是疯子。

元瑾心从晚会另一端跑过来，看到宁月妩浑身上下衣衫破碎，吃惊地问道："我看到情况不对，这到底是怎么了，没出什么事吧？"

"没怎么，一群疯子而已。"宁月妩凝眉，淡淡道，"我们赶紧走吧，我不想再继续在这里待着了。"说完，拉着元瑾心前往后台。

走到出口，两个穿着西装的男人见到宁月妩，目光一亮，在宁月妩的冰雪肌肤上频频流连："宁小姐，凌总说您还不能走，抱歉。"

元瑾心骂道："都这样子你们还不让人走？你看看你们一个个目露凶光，全都是坏东西！什么不让人走，你们就是图谋不轨！"

"不行就是不行。"那名男子收了眼神，声音冰冷，在他看来，命令就必须贯彻执行，不得有误。

宁月妩扫了扫那两人，他们穿着西装，看上去身手不凡，应该是凌浩成的保镖。宁月妩瞟了那人一眼，讽笑道："死忠。"

"随您怎么说，反正，就是不能走。"

宁月妩将脚步跨出去一步，高跟鞋踩在地上发出清脆的声音。她眸中冷若冰霜，一如她的口气："如果我非要走呢？你们就会欺负人？是不是？"

"如果有本事请您报警。"那人笑道，很嚣张，没将宁月妩放在眼中。那一边，凌浩成正与莫紫庭闹得不可开交，根本无暇顾及宁月妩。

宁月妩嘴角的笑意更深了一分："我想我应该不必报警了，这不，你看，特警都已经来了，我何必画蛇添足。"宁月妩不顾那人面容的僵硬，直接走了出去，“人别太势利，因为你看到的东西，不过是冰山一角。”

一名看上去像队长的人走上前，护住宁月妩：“宁小姐，请问没有什么事情吧？”言罢，眼光落在宁月妩的身上，看到宁月妩衣衫不整，让一名特警去拿了一件警服给宁月妩，让宁月妩披上。

宁月妩披上警服，目中冷光凝聚，手指遥遥一指，指向适才狂妄的那人：“刚才他不让我走，限制我人身自由，该怎么办就怎么办。”

队长一扬脸，旋即有两名特警将那名男子架住。那名男子见对方人多势众，也放弃了反抗，对宁月妩道：“你不能这样！”

“你违法了，自然要受到法律的制裁。”宁月妩冷然转身，走出大门。

那人道：“可是我是寰宇集团的人，宁小姐，你确定要这么做？”语气明显带着要挟的意味。

“寰宇集团与我有什么关系？”宁月妩并没有转身，冷笑反诘，“再说了，现在的天下难道是寰宇的天下了？我自信寰宇集团没有这么大权力，人有异心必诛之。”宁月妩转头对队长说道，“该怎么做就怎么做，一切按照程序来。”

打车回家后，宁月妩已是疲惫不堪。电视一直开着，萧芝兰正在沙发上，坐立不安，听闻开门声，连忙起身：“月儿，你回来了。”

宁月妩抬眸：“妈，你是不是和凌浩成都安排好了，就等我去慈善晚会，让我答应凌浩成？我说过多少次了，正常的交往，可以，但是终身的事情，请不要乱点鸳鸯谱。”

“月儿……”

宁月妩摇头：“我今天已经够累了，有什么事情明天再说吧。那里的事情你不可能不知道。爸，我先回房间了。”说完，宁月妩上了台阶，回到自己的房间。

萧芝兰还想说什么，被宁正刚站起来制止：“够了没有？我都不知道你还排了这一出戏文。女儿的事情你操什么心？现在看看搞成什么样了！我估计明天又有新闻可看了！”说完，宁正刚也自己回了房间，留下萧芝兰独自在客厅中，望着电视出神。

她这样做有错吗？或许是有私心的，但是宁家凌两家联姻，难道就对月妩没好处吗？起码凌浩成喜欢她呀，自己的女儿怎么不明白……萧芝兰默然轻叹。

宁月妩回到自己的屋子里，一把将身上的衣服全部脱下，扔在地上，冲进淋浴室里面冲洗。

淋浴室里水汽氤氲，镜面朦胧，倒映出自己朦胧的影子。温热的水从身上流过，流经伤口的时候，撕扯的疼痛传来，令月妩不由轻嘶出声。

莫紫庭一定是喜欢凌浩成极了，才会对自己那么疯狂，就像……自己喜欢席修辰一样，拼尽一生休。

爱情的漩涡，有谁能够脱身？又有谁能理智？情之魔咒，是不可言说的魔法，叫人生，叫人死。

莫紫庭也是一个可怜人，宁月妩摇头叹息，走出淋浴室，用毛巾擦去发上的水珠，穿好睡衣就一下扑到了床上，拿过手机，猛然发现，有十一个未接电话。

全是忻州的号码。

宁月妩只有一个感觉，一定是席修辰。宁月妩立刻回拨过去，不一会儿电话就被接通，传来清越而熟悉的声音：“月妩，是你吗？”

听到席修辰的声音，宁月妩突然好想哭，像是在万千波浪中突然找到了一叶可以依靠的扁舟：“修辰……你怎么那么晚打电话，还打了那么多？”

席修辰听出了宁月妩的声音带着哭音，连忙问道：“媳妇儿，你是不是哭了？发生什么了？今天周末，我找战友借手机偷偷给你打的电话。想你了，你在哪呢？”

“没哭……”宁月妩抹掉在脸上的泪水，笑着说，“都那么晚了还不睡觉，傻啊你，这都几点了？我在家里呢，还能跑到哪里去啊。”

如果被席修辰知道今天发生的事，估计他也会心里不好受吧，所以，她宁愿把委屈都藏在自己的心里。他在军旅已是不易，不能让他更操心。

“修辰，今天累不累？训练什么了？什么时候比武？”

“嗯，快了，今天训练了拉单杠、三公里、五公里，还有爬铁塔，就没有了，不累。最近你都忙啥了？”

“没有什么，准备正式上课了。还有，信已经寄出去了，到时候记得查收。这个手机号我记得我忘记留给你了，你在哪找到的？”

席修辰在电话那边嘿嘿一笑：“当然是问宋子卿了，他媳妇不就是你同学嘛，这还不容易。我把你手机号记下来了，有机会就给你打电话。”

只要和席修辰说上几句话，所有的阴霾都能全数消散，宁月妩觉得他就是自己的小太阳，有他，就有了温暖。而后宁月妩问了他一些近况，然后就让他早些睡觉。

“修辰，早点睡觉吧，虽然明天是周末，但肯定也有你们忙的。乖，快点去休息。”

席修辰在电话那头撒起娇来：“不嘛，再说一会儿。”想不到平日里霸气威武的兵哥哥撒起娇来这么可爱。

“我们哪里差这么一点时间呢，说好的，乖乖等你，这才多久时间？”宁月妩跟他解释道。

席修辰和宁月妩谈起了条件：“那你叫一声老公，不要再叫我名字了，哪里对对象还叫名字的？怪别扭的。”

“席教官，快睡觉！”宁月妩偏不让他如意。

“换一个！”

“糖糖哥，睡觉！”“不算！”

第四十五章　破网

“那就没啦。”宁月妩小声地对席修辰说道，“我现在在家呢，不方便，亲爱的阿辰哥哥。”

席修辰撇嘴：“好吧，但是我要等你睡了我才睡，你先睡，我听到你睡了之后再把电话挂掉。乖乖的，傻媳妇儿。”

宁月妩不肯：“不行，咱们同时睡。怎么还能让你等我？你再不睡觉的话天都快亮了，等会儿小心训练没精神。”宁月妩缓了缓，对着手机小声道，“老公……听话好不好？早点休息，你的媳妇和你同时入眠。”

这一声“老公”叫得席修辰心动不已，她声音就是那样，一旦温柔起来就清妩柔媚，让人欲罢不能。

“嗯，好，你也乖乖的。”

“傻老公，晚安。”宁月妩嘴角挂着甜蜜的笑意，声音清甜得可以流出蜜汁，让席修辰心迷神往，好想抱着她。

“傻媳妇儿，晚安，么么哒。”席修辰说完，还对着电话亲了一口，发出啵的一声，逗得宁月妩笑个不停。

席修辰假装板脸：“笑什么笑，快来一个晚安吻，钻被窝了。”

“好好好，么么哒，晚安。”终于挂了电话，宁月妩抱着电话，眉眼带着笑意，看着手机良久才翻身入睡。

早上，宁月妩醒来的第一个动作就是打开手机，第一眼，看到的就是席修辰发过来的短信："媳妇儿，我要把手机还给人家了，拿着别人的手机怪不好意思的。乖乖地等我，有事要跟老公说，老公一定帮你，么么哒。你最爱的糖糖哥。"

宁月妧把短信反反复复看了好几遍，才依依不舍地放下手机。现在回复，席修辰肯定是看不到的，最好的答复，就是等他。

军恋这条路，布满荆棘坎坷，充溢艰辛悲酸。漫漫长夜，孤独一人；寂寞悲苦时良人不在身侧……但，她一定会把这条路走下去。

喜欢是乍见的怦然心动，爱是厮守平生的许诺。心动的感觉让自己选择席修辰，她相信，哪怕前路有万山阻隔，携手并肩也一定能跨过。

"若你我都在彼此心上，纵千里之遥又何妨。"

宁月妧起身的时候，信手把这句话写在了桌前的纸张上，之后简单地洗漱完毕，下楼去吃早餐。

宁月妧随手拿起一块草莓蛋糕，送入口中，另一手把晨报拿了过来，才看到封面，整个人就愣住了。

封面上分明是自己。

《寰宇集团凌少表白结果扑朔迷离，慈善晚会究竟意欲何为？》

宁月妧倒是没想到自己这种小人物有朝一日能够上头条，还是在最显眼的位置。凌浩成是厦城顶尖的人物，自己被牵扯进来，也属正常。

看到封面，宁月妧就意兴阑珊，甩手将晨报丢到了沙发上。萧芝兰从厨房内走出，小心翼翼觑着宁月妧的脸色："月儿……？"

"我都看到了。"宁月妧淡淡道，"妈，希望你以后真的别再这样子乱来了，真的。今天的事情就是最好的前车之鉴，我希望后面不再有流言蜚语。"

萧芝兰默然不应，宁月妧把蛋糕吃完，抓起书包对萧芝兰说道："妈，我今天要去学校报道，今天不回来吃了，去吃学校的食堂。"

"今天周末，我和你爸都在家。"萧芝兰想让宁月妧回家，她知道自己的女儿动了脾气。从小到大，女儿都是乖巧温顺，从没有忤逆过自己的意思，除了填志愿和凌浩成的事情。她不想自己的女儿借此避着自己。

宁月妩回道："我会尽早回来的，今天去学校要弄的手续比较多，而且今天学校还要开教职工大会，所以事情比较多。先走了。"

萧芝兰看着关上的门，不知该作何言。出了这样的事情，自己也有责任……可是，她不得不这么做。

宁正刚从房间里走出来，打着哈欠："行了，别想这么多了。把意思放下去，不许再有这些乱七八糟的登出来。月儿不愿意，就算了，咱们家什么时候非凌家不可了？我看凌浩成并非真龙凤，要找也要一个稳重一些的。"

宁月妩乘坐公交，赶到学校，先去校长办公室报道。当她把自己的资料交上去的时候，林校长含着些许意味地笑了，推了一下眼镜："您就是宁月妩？"

"嗯，是的。"宁月妩坐在椅上，点头回答。

林校长道："我冒昧地问一个问题，凌少是厦城数一数二的人物，你怎么还来当老师？众所周知，教师这个职业颇为辛苦。"

被问及这个问题，宁月妩有些尴尬，想起昨晚的事情，宁月妩就深觉头疼："不是这样的，凌浩成与我只是朋友。昨晚的事情是在我意料之外，而且我并没有答应他。况且，每个人都有自己的理想与追求，我的理想就是做一名教师。至于辛苦，哪有什么事情是不辛苦的，哪怕在金字塔的顶端，不也要操心？"

林校长颇为赞许地点点头。他这样问的确是唐突了，毕竟工作与私事是要分开的。他一边看宁月妩的履历，一边道："宁老师，我之前就看过你的简历了，忻城的章校长和你的大学校长也向我推荐你，就算没有教师招考我们也会录用你。等会儿教师大会上，你做个自我介绍，让大家认识你。"

宁月妩随着校长进到会议室，会议室已经坐满了人。林校长对众人介绍道："各位久等了，不好意思，我来给大家介绍一下，这位是新来的宁老师。"

宁月妩面容含笑，向座位上的众人鞠了一躬："大家好，我叫宁月妩，以后大家叫我月妩就好了。我是本地人，毕业于X大，主修专业就汉语言文学。很高兴来到这所学校，与各位共同播撒桃李的种子，为祖国未来而殷勤耕耘，孜孜不倦。"

在座众人掌声雷动，林校长问道："各位有没有什么问题要问宁老师？可以现在提问，增进彼此之间的了解，以后也好在工作上互相扶持。"

有一个长相俏丽的女子发了话。宁月妩看那人脸上画着淡妆，眼神却极快地闪过一丝不屑，宁月妩以为是自己看错了，然而，接下来的话告诉她，那不是错觉。

"宁老师您好，我也是负责教授语文的，尹风莲，叫我尹老师就好。我想问一句，宁老师是否也热衷慈善事业？"

宁月妩点头："力所能及的我自然是做，请问尹老师为何这样问？"

尹风莲转过脸，嘴角带着意味不明的笑意："那我想就是了。昨晚想必就是宁小姐参加了寰宇集团的慈善晚会吧？当真是风光霁月。能站在凌浩成身侧的女子，宁老师当属第一。"

再次被提及昨晚的事情，宁月妩脸色并不好看，她撇过脸，不去看尹风莲："凌先生是我的同学，既然相邀岂有拒绝的理由？况且，发展教育利国利民。"

尹风莲又是一笑："是吗？宁小姐当真是大手笔，将世界上独一无二的夜荧钻石轻而易举地捐了出去。难道不知道这是辜负了凌浩成的良苦用心吗？"

听语气，宁月妩就知道尹风莲绝非善类。宁月妩脸上恢复了清浅合宜的笑容，字句却如利刃："尹老师看上去很在乎这件事情，要不，我将凌先生拱手让与你？”

这句话生生堵住了尹风莲的嘴巴。宁月妩又道：“我只是开一个玩笑而已，凌先生又不是我的，哪有什么拱手相让的权利。我与凌先生并没有关系，他的用心是他的事情，劳烦尹老师关心了。”

林校长拍了拍桌子：“尹老师，这是人家的私事，你怎么管这么多？更何况宁老师又无逾矩之过，听你的语气像是在责问一个犯错的孩子，这是干什么？”

尹风莲听出了林校长的不悦，还是小声抱怨道：“一名老师就代表着教师这个职业的光辉形象，怎么可以沾染是非？”

“尹风莲！”林校长动了怒气，从椅子上站起来，“这是教职工大会，不是由你主持的批判大会！宁老师向来自持清名，哪有什么是非？你不要道听途说，信口胡言！”

谁都看得出来，林校长是维护着新来的宁月妩，若是初来乍到就被欺侮，日后岂还有她的立足之地？

林校长冲宁月妩抱歉地笑：“宁老师不好意思，尹老师向来就是这个样子，直言直语，想什么就说什么，不要介意。”

宁月妩紧抿双唇，轻轻摇头：“没什么，毕竟是第一次见面，想多一点了解也是无可厚非的事情。”

那边，尹风莲冷哼一声，转过头去。她从始至终就未正眼看过宁月妩，就算偶尔有眼光瞟过，也带着鄙夷。

教职工大会讲了下一周的课程及活动安排，林校长还对宁月妩的事情做了详细的交代：“尹老师，宁老师刚来，正好你们年段五年三班的语文老师因事辞职，到时候麻烦你处理一下交接事宜，五年三班的班主任工作及语文教学任务就交给宁老师。宁老师有事和尹老师联系就行，作为段长，尹老师责无旁贷。”

宁月妩轻轻点头，又冲尹风莲笑了一下。尹风莲只是点头，扫了一眼宁月妩就移开了目光。

散会后，宁月妩正好与尹风莲走到了一起。宁月妩淡然道：“以后还请尹老师指教，不足之处还希望您能指正。”

尹风莲扬着头，继续向前走：“是吗？我还以为宁老师挺目中无人的，没想到还会把我放在眼里呢。”

“此话怎么说？”

“连凌浩成都不放在眼中的人，哪里会把我放在眼中呢？”尹风莲冷冷一笑，甩了甩手中的材料。

“我想凌浩成跟你我并没有什么关系。”宁月妩依旧是从容有度，心里已是起了波澜。

为何到了每一处，自己都与凌浩成有关？每个人都要提到凌浩成。到底他们是怎么了？自己分明就与凌浩成泾渭分明。

“哦。”尹风莲简单地回答了一句，加快了步伐，“我还有事，先走了，日后有什么事情再说吧。”

宁月妩看着尹风莲快步远去的身影，窈窕纤柔，也不失为美人。

对自己如此反感，难道说，她也是凌浩成的追求者？爱慕而不可得，就像是莫紫庭？

转眼就到了周一，升旗仪式后，宁月妩将班级的学生队伍带回班级。正好，第一节课是语文课，宁月妩先行进行自我介绍：“大家好，我是你们新来的班主任，也是你们的语文老师，大家叫我宁老师就好。”

讲台下，学生一齐喊道：“宁老师好！”

“同学们好。以后如果有什么问题，大家都可以来问我，宁老师一定会尽力帮助你们的。现在我们把课本翻开，先把课文通读一遍，标注自然段，不会写的生字用拼音代替。”

第四十六章　笃易

一节课，宁月妩上得很顺利，下课后一群学生跑到讲台周围，七嘴八舌地问这问那。

“老师，你上课上得真好玩，你会一直给我们上课吗？”

“老师老师，我们的作业会不会很多啊？”

“老师老师，这个生字还能组什么词啊？”

宁月妩一个一个帮学生解答完，这才回到办公室。碰巧，尹风莲要去上课。尹风莲拿着书本，斜眼看了宁月妩一眼：“怎么样，上课还好吧？”

“还好，学生们都还很配合，谢谢关心。”宁月妩垂眸含笑，回到自己的办公桌前，将书本放下，整理自己的材料。

尹风莲的脚步停在门口，清了清嗓子：“这才第一节课而已，不要太过志得意满，以后要经历的事情还多着呢。”

尹风莲说话的时候，精心画过的双唇带着笑意，并没回头，话语间带着一丝要挟，说完就带着香风，迈着莲步走出了办公室。

宁月妩并未多想，只当是尹风莲的赌气之语，将心思都放在了备课上。

下午布置作业的时候，宁月妩特意布置了少一点的作业，其余需要做的内容放在下午课堂上一起做，学生们都很乐意地欢呼。没想到放学的时候，宁月妩送学生出校门，被一些家长认了出来。

“天啊，你快看，那是谁！”一个衣装普通的妇女，操着外地口音用手指向宁月妩，站在其身侧的妇女仔细看了一眼：“不就是昨晚电视上的那个女人嘛，大惊小怪什么。”

“难道你没有听说，那个女人可是连凌浩成都拒绝了。这人还真是，连凌浩成都拒绝，当她自己是谁啊？我看她是要单身一辈子吧。”

八卦就是女人的天性，嫉妒则是恶言生长的最好肥料。那名妇女心知她自己与凌浩成无缘，但难免心生嫉妒。

宁月妩深知众口铄金，但悠悠之口哪里堵得住，只是任她们说去了，也没有管那么多。

晚上回到家的时候，一家人坐在饭桌前，气氛融洽。宁正刚这段时间休息，可以陪陪家里，萧之兰也尽量在下班后回到家中。

宁月妩一边吃着面条，一边拿着遥控换着电视台，正好调到厦城四套，这个时间正是娱乐节目的时间，宁月妩的名字破天荒地出现在了里面。

原本正想跳过，然而，她想知道天下人到底是怎么说自己的。就在一夜之间，自己就被凌浩成推到了风口浪尖。

到底是凌浩成，有如此的魅力，让自己以另一种方式为众人所瞩目。

“据悉，凌浩成和同学宁月妩乃是青梅竹马。据目击者称，宁月妩当场拒绝了凌浩成，并引发了他人的争端。此举无疑令凌浩成颜面扫地。慈善晚会此次募得善款有限，寰宇集团今日股票市值大幅跳水。”

宁正刚一边看着电视，右手已经紧握成拳：“芝兰，不是说已经通知下去了吗？怎么月儿还会被这样堂而皇之报道出来？”

萧之兰摇头：“没想到电视台也会这样，我原本已经通知了报社，谁知道电视台还……”萧芝兰难堪地说道，平日里如凤凰的傲骨也被削去了三分，“我这就打电话通知他们！”

宁正刚和蔼地看着宁月妩：“月儿，这件事的确是我们做得不好，但我真不知道凌浩成会那样，至于你妈清不清楚，我就不得而知了。这件事……对你有没有影响？”

有没有影响？有，当然有，而且影响很大。宁月妩仍看着电视，沉静地捏着那把遥控器：“爸，我知道，有时候妈是要强了点。下次别让她这样了，在那种场合，我很难做人。”

宁正刚答应下：“嗯，以后我会盯着你妈。至于你婚姻大事，当然不能任由你妈乱来，我们找平平常常的人家就好，不需要什么联姻。我们不做世家大族，一个字，累。”

电视里，依旧在围绕宁月妩和凌浩成的事情展开评论：“然而也有目击者称，当时宁月妩已经答应了凌浩成，并接受了求爱的钻石，然而不知何故舞台上的表演者突然情绪激动，对宁月妩进行人身攻击，导致宁月妩匆匆离去，宁凌两人的恋情也就不了了之。”

啪的一声，宁月妩紧紧握着筷子，不知不觉将夹起的面条夹断，面条落在碗里溅起发烫的汤汁，宁月妩下意识地一缩手，将筷子掉在了桌上。

“月儿，没事吧？”宁正刚关心道。

宁月妩低眉摇摇头，抽出了一张纸巾，轻轻将汤汁擦去：“没什么事情，不小心被烫到了而已。”说完，起身去厨房重新拿了一双筷子。

出了宁月妩与凌浩成扑朔迷离的关系，莫紫庭的身世也引起了公众的注目：“据了解，当时在台上演奏的是美国著名的音乐家莫紫庭，其早年因故随家庭前往美国，因为家族企业扩展到大陆而回国……”

宁月妩听到后面，越发意兴阑珊，撇下筷子和汤勺，将电视台调到了纪录频道。

画面不断变幻，她却什么也没有看进去，脑中乱糟糟的，剪不断，理还乱。

难道说她就不应该回到厦城？

宁正刚也看出宁月妩心思烦乱，于是劝道：“要不要去房间里面，或去外面静一静？吃不下就别吃了。”

“没事，吃得下。”宁月妘快速解决剩下的大半碗面，就跑回了自己房间里备课。

宁月妘从柜子中拿出来那条领花手链。灯光下，领花依旧金黄如新，闪耀着如星一样的光芒。她将领花握在手中，闭上眼。

这样，她才能感觉到，席修辰就陪在自己的身侧，每一分，每一秒。

宁月妘将领花戴在手腕上，开始备课，备完课后已经十二点多了，匆匆洗漱就上床就寝。

令宁月妘没有想到的是，有关自己的流言蜚语竟然会在孩子的口中流传。童言无忌，他们好奇地问老师：“老师，是不是有人追你啊？你怎么不答应他呢？”

彼时，宁月妘刚走进教室准备上课，被这个问题问得一愣。宁月妘旋即摇头：“没有为什么呀，因为老师拒绝了他。”

“拒绝了他……”小孩子毕竟不懂大人们之间的文字游戏，反复念叨着宁月妘给出的回答。随后宁月妘登上讲台，开始讲课。

事情的发展总会出乎人们的意料。

不过几天，事情的事态已经非常严重，全校上下都在讨论宁月妘的事情，甚至林校长多次出面警告也难以压制。

彼时，尹风莲笑着将自己的手机拿给宁月妘看，没想到新闻头条又是自己，上面赫然写着：“宁月妘与凌浩成早已私订终身，却不知为何发生情变”。

宁月妘之前前往云灵山的照片不知被谁翻了出来，那张照片上，自己跪在大殿之前，双眼轻合，口中念念有词，而自己双手高捧着的，正是那枚同心锁。

“同心锁，锁同心，早在年初的时候宁月妘就曾求来同心锁，想与凌浩成结为白首之盟。”这一行字的每一个撇捺，都好比锋锐的刀刃，刺伤宁月妩的双眼。

明明当初什么也没有，只是为凌浩成去求了把同心锁而已！

尹风莲鞋尖时不时敲打着地上的大理石砖，悠然道：“宁老师怎么不说话了？要不要往下继续看？”

说完，也不等宁月妩回答，尹风莲直接伸出食指在屏幕上一滑，屏幕就跳到下一个页面。上面的图片是慈善晚会上的，宁月妩身着翡翠色的长裙，胸口的挂件耀眼夺目。

那件挂件被放大数倍，两相比较之后，新闻中得出一个结论：两张照片中的同心锁是同一个，宁月妩与凌浩成早有私情，却突然翻脸不认人。

这样的结论让宁月妩紧紧抓着手机，双目简直要将手机的屏幕刺穿。这些不知从何处而来的小道消息，偏生能将无中生有的事情说得如此绘声绘色！

如此一来，这件事的矛头就会对准自己，所有的错误不都将归于自己的身上？寰宇集团的股票市值接连下挫，自己就要为其背上黑锅。

“宁老师，难道正如报道所说，你真的是因为移情别恋才没有答应凌浩成的？原谅我这天生的好奇心。”

宁月妩将手机还给尹风莲：“尹老师，你难道不知道猫和人其实有一个共通之处吗？”宁月妩眼帘低垂，整理着自己的东西。

“什么意思？”

“好奇害死猫。”宁月妩将杯子拿起来，轻轻抿了一口，抬眸看了一眼尹风莲，“当然，对人也是这样。”

尹风莲有些气急败坏：“你威胁我是吗？”

“怎么敢。”宁月妩心知，尹风莲如此年轻能坐到年段长的位置，除了自己的能力之外，定然背后有势力在支持。否则以她的性格，何时成了炮灰自己都不清楚。

傍晚放学的时候，有的学生家长冲进教室办公室，对着宁月妩劈头盖脸道："我不希望我的孩子被你教，我们希望能换一个老师！"

宁月妧正准备收拾东西带领学生出校门，面对来势汹汹的家长们，临危不乱："请问您怎么这么说？"

"私生活不检点，怎么做好学生的榜样！你要我们怎么放心把孩子交给你？"那名家长责问道。

"我哪里私生活不检点了？"宁月妧对这种无理取闹的人向来最为厌烦，若不是因着职业道德，宁月妧绝不会与她多说一句话。

"你没看到网上都在说什么吗？移情别恋，啧啧啧，宁老师你可真是神通广大，连凌浩成都不放在眼里了。"

宁月妧冷然从座位上站起："这位家长，请你明辨是非，不要无缘无故在这里搬弄口舌，我不是辩论者，不会与你玩弄唇枪舌剑！如果有疑问，你尽可以向校方提出，我宁月妧问心无愧！"宁月妧懒得解释，伸手道，"这里是办公区，请你出去。"说完就将椅子推进去转身走人。

"拽什么拽啊，新来的小教师一个，嘁！"

"说不得，万一人家背后有人呢？连凌浩成都为之折腰呢……"

宁月妧忙着将学生送出校门，匆匆回到家里，没想到今日为她打开家门的不是别人，正是一切事端的始作俑者。

凌浩成。

他的装束依旧那么得体，穿了一套休闲的衣服，灰色的短袖配上墨蓝色的牛仔裤，添了不少阳光悠闲的感觉。

见到宁月妧眼中光芒一黯，凌浩成关心问："怎么了？看到我就没有一点点惊喜吗？这几天忙了点，对不起，没有来看你。"

"我怎么敢怪你没来看我，别给我添堵就不错了。"宁月妧侧身避开凌浩成，将门关上。换了鞋子，"倒是你今天前来，有什么事情吗？"

第四十七章　断魂

宁月妩把手提包放在沙发上，从始至终从未正眼看过凌浩成一眼：“我今天的情况，不都是拜你所赐吗？”

凌浩成目光一闪，辩解道：“月妩，你听我说，寰宇集团也……”

宁月妩打断了凌浩成的言语：“凌浩成，你怎么不看看我？为什么我好好的，要平白无故地被你牵连进流言蜚语之中？你不看看现在的舆论是怎么说我的？是，报纸和电视媒体都不敢说我，可是网络上呢？现在流言甚嚣尘上，难道不都是拜你所赐？”

凌浩成被说得哑口无言，向来温润儒雅的凌浩成低下了头，低语：“月妩……我没想到会这样。”

“你没想到？当日你就是想要逼我答应你。自己说过的，答应也得答应，不答应也得答应。凌浩成，相处那么久我倒是没看出你会有这等城府，将我逼入绝境。凌浩成，你这样还有脸见我吗？”

萧芝兰从厨房里面出来，低声呵斥宁月妩：“月儿，来者是客，你怎么对浩成说话的，客气一点！”

宁月妩看着母亲，不言不语，径直回到了自己的房间，用一扇门将自己与外面的世界隔开。

她望着窗外夕阳沉沉，流霞如血，遥想千里之外的他。

席修辰，你说我到底要怎么办……宁月妩伏在桌案上，望着远方独自出神。现在的这个时候，他已经开饭了吧？一白天的训练，也不知道他有多累。

元瑾心这时候打来电话，宁月妩一接起来，就听到元瑾心在那边诉苦："月亮姐姐，我这里天天都快累死了。都欺负新来的老师。上课要等下学期，现在期末，事情一大堆，都丢给我！"

也是，元瑾心去学校报到得比自己早，估计事情也要做得更多。能让平时都隐忍不发的元瑾心一下子滔滔不绝抱怨这么多，事情肯定是多到一个程度了。"先缓口气，别说那么快，都去忙什么了？看把你弄的。"

"你知不知道办公室里的那群老巫婆，天天把我当助理，什么要删改、要打印，文件审核，都叫我去弄！我又不是她们的秘书，整天帮她们弄那些，就连期末总结也要让我操刀……呜呜呜，简直不是人了。"

"乖，摸摸毛。"宁月妩只能这样子安慰她。元瑾心的确干了很多本来不属于她的事情，也难怪这么累。

元瑾心道："先别说我，快说说你，这又是怎么回事？你的流言蜚语到处都在传，明明就是无中生有的事情啊！"

宁月妩摇头："我不知道，就这样平地生波……想想也觉得不对，但是凌浩成在厦城也算是天之骄子了，平时流言蜚语又少，突然成为人们的谈资才会这样的吧。"

"说真的，如果我是你……也许也会选凌浩成吧，就在厦城，人又好……换作我，如果先认识凌浩成，就不会和席修辰在一起……毕竟，把未来赌在他身上，太遥远、未知，太过莽撞。"

宁月妩笑着说："你不是说吗，你跟宋子卿难得疯狂一回，就要彻底疯狂到老，厮守终生。所以我也是像你这样。"

元瑾心笑道："你家里可比我难办多了，比如说你妈，天天撺掇你和凌浩成在一起。当初，我也认为你会和凌浩成在一起……所以一时说漏了嘴，唉，才有席修辰那之后找女朋友的事情。"

宁月妩惊讶："什么？"

“当初我和宋子卿就一直在联系，宋子卿之前就向我打听你……然后……后来宋子卿说席修辰找了一个，我也没敢对你说。”元瑾心声音低低的。

宁月妩并不在意，笑着摇头：“没什么，都是之前的事情了，还那么在乎做什么呢。”

“我问你一个问题，月妩，你不要生气。”

“咱们什么关系，你直接说。”

元瑾心停了一会儿才鼓起勇气道：“我就是有一点好奇而已，你觉得席修辰和凌浩成相比，谁更好？”

谁更好？当然是席修辰。而且，自己也从未将凌浩成拿来放在天平的另一端和席修辰比较。

因为，没有丝毫可比性。席修辰是自己的心尖挚爱，而凌浩成，只是一个普通朋友而已，他的分量，还不足以拿来和席修辰相比。

“当然是席修辰更好。”

“为什么？”元瑾心追问。

“因为两个人根本就没有可比性啊。”

宁月妩的回答让元瑾心笑出声：“我就猜到会是这样，宋子卿那厮还说，因为凌浩成是衣冠禽兽。”

“衣冠禽兽”这个词很辛辣，却也有那么一点点……吻合，当兵的都是那么心直口快。

“月亮姐姐，我家那厮给我打电话了，我先掐了啊，有空给你回。他今天给我打了三次我都没接，不好意思。”

“去吧。”宁月妩笑着，让元瑾心赶紧接起来，别让人家兵哥哥等急了，正好萧芝兰也叫自己下去吃饭。

宁月妩走下楼梯，望见凌浩成端坐在饭桌前，眼底不由涌起一丝阴霾。

凌浩成探寻到宁月妩的目光，站起来道：“月妩，今天忙了一天，快来吃饭吧。”

“嗯。”宁月妩小声应下，转头对正在看电视的宁正刚道，“爸，准备要吃饭了。”

一家三口坐在饭桌前，却多了一个凌浩成，宁月妩怎么看怎么别扭。萧芝兰不停地给凌浩成夹菜：“浩成，多吃一点，最近你都很忙，处理的事情很多。”.

凌浩成笑着全盘接过，一边道：“没什么，多忙一点也是好的，多历练一点，年轻的时候不打拼难道还要等老了以后吗？”

萧芝兰对凌浩成愈加赞许：“看看我们浩成多么上进，年纪轻轻就能有如此的作为，谁能嫁入凌家，当真是八辈子修来的福分。”

宁月妩知道母亲又要开始宣传凌浩成了，每次谈及凌浩成优点，她总会不厌其烦地说上好几次，宁月妩都倒背如流了。

想想如果母亲退休了，当个媒婆也能赚一点外快，把人说得天花乱坠，估计也就母亲有这样的本事。自己和凌浩成相处那么久，他有几斤几两自己会不清楚？

而且，纵然再好，也难动心。

一个人纵然再好，你连对他的乍见之欢都没有，又如何去喜欢？有的人相处再久也难以摩擦升温，有的人初见就能让人怦然心动，彻底沉沦。

宁月妩默然起身，拿起遥控器调了调电视。此时是下午六点多，新闻频道正在直播《共同关注》。宁月妩一边看着新闻一边吃饭，对萧芝兰和凌浩成的对话充耳不闻。

“月妩，多吃一点，看你瘦的，不多吃一点怎么行？你看看夏天到了，整个人穿上衣服，比池中的荷叶还要瘦……”凌浩成道。那一日宁月妩通身翡翠色，宛若莲池中摇曳生姿的莲叶，婀娜多姿，纤美优雅，让自己惊艳得移不开眼。

宁月妩把凌浩成夹过来的菜都放在碗边，一动不动。凌浩成见宁月妩不动，于是换了一样菜色夹过来：“来，这个不喜欢再试试这个吧，阿姨都做得那么好吃，多吃一点。”

宁月妩于是放下筷子，任凌浩成在自己的碗里折腾。电视里正在讲消防铁军的建设，正好直播到晋省的消防队进行比武训练的情况，就在那一瞬，宁月妩看到了席修辰的身影。

一眼就能看出是他！

角度变幻，那个英俊如画的侧脸，绝对是席修辰无疑！那一个瞬间，宁月妩的心跳漏了一拍。

他身手矫健，宛若一只灵活迅捷的豹子，身穿红色的消防服，背负着空呼，迅速攀登上铁塔。

只有一个词能形容：迅疾如风。大抵蜘蛛侠也不过如此吧。况且蜘蛛侠是身怀特殊技能，简单地说就是开了外挂，而席修辰，则是凭借一身的真本事。

帅，很帅。

宁月妩的眼中光华流转，眸底泛起丝丝温柔的波澜。她盯着电视良久，即使不再有席修辰的身影，而是切换到别的消防队员，她依旧看着。

他们就是最可爱的人，为社会的安稳而奉献自己。

突然好想念席修辰，此时此刻，他又在做什么呢？或许已经吃完了饭在休息，或许也在看着新闻。

相思情意，被深藏在心底，只要出现关于他的一丝讯息，那种催人落泪的思慕就涌动出，丝丝缕缕，绵延无绝。

郎君不见使人愁。

凌浩成见宁月妩看着电视呆了，也跟着看过去，发现是消防兵正在训练，于是笑着问道：“是不是觉得他们很帅？”

凌浩成的话语里带着一丝探寻的意味，宁月妩听了出来，悄然转过眼神的焦点：“只是觉得他们很辛苦、很累而已，不仅要辛苦训练，还要冲进火场救人，难道不是吗？”

“是，也是啊。”凌浩成道，神色间有一丝局促。

向来在饭桌上少言的宁正刚鲜有地发话，神色严肃：“撇开陆战队和特种兵不说，消防就是部队里面最辛苦、最危险的，部队中听到‘消防’这两个字无不是敬仰的。”

“爸，你们那呢，也这样？”

“当然，谁说解放军和武警不和的，我们就很敬佩消防。”宁正刚笑道，“还记得当时消防队的队长请我去他们那里考查，训练和作风那叫一个硬，不比其他部队差。要知道，我们训练的时候，紧急集合是安排好的，可他们的紧急集合是毫无征兆的，而且每一场都是实战。”少言的宁正刚打开了话匣子，就有说不完的话，“不知道你还记不记得，以前他们出警，都是滑着钢管下楼的，现在都没了，因为太不安全。我当时看他们下楼梯，那个速度，不比侦察兵差。消防可是什么都管，处理灾情、冲入火场，甚至小到开门、处理跳楼事件……当时队长跟我开玩笑说，消防的没事就打打杂，有事的时候上战场，大事小事一起做，可以称是万能的。”

“是啊。”宁月妧也点头，“消防的确会很累，而且要训练的很多，别人当兵是为了摸一回枪杆子，他们非但没有摸着，还比他人更为危险。”

“所以，消防的人就如同他们的口号一样，忠诚可靠，找对象就要找当兵的，当兵的首选消防兵！”

这句话让萧芝兰和凌浩成双双变了脸色，诧异地看向宁正刚。宁月妧则是轻轻一笑，拿起汤勺和筷子。

看到碗里堆积如山的菜，宁月妧望而却步，不知如何下手：“凌浩成……”

“嗯，月妧，什么事？”

“你给我夹那么多菜，让我怎么下手？”

“多吃点好，阿姨煮得那么好吃。”

宁月妩轻轻一笑：“那你还真是喧宾夺主了，我碗里被你这么一弄根本就吃不了东西，你还大言不惭，究竟这是我家，还是你凌家？”

凌浩成听月妩语气已经变了，于是放下手中的东西，与她对视。

“月妩，其实我今天来，是要和你商量解决的方法，谣言止于智者，我们不能任其发展。”

宁月妩丹唇勾起一丝讽意：“那你说。”

“第一，暂时封闭网络。”

很明显，这样做会招致无数网民的抗议，掀起更大的波澜……所以，不可能。宁月妩眸光黯淡：“你继续说。”

“第二，和我在一起，用事实彻底粉碎流言。”

第四十八章　重生

凌浩成这一招，无疑就是想逼自己乖乖就范，做他的女朋友。的确，她现在已然是四面楚歌，在舆论的风口浪尖之上进退维谷，也只有和凌浩成成为眷侣，才能粉碎流言。

然而，自己不愿，也不可能和凌浩成在一起。况且，若是在一起了，别人会怎么说？说自己矫揉造作，还是欲爱还休，对凌浩成欲擒故纵？

凌浩成见宁月妩沉默不言，以为她是举棋不定，于是继续说："月妩，现在情况对你来说很不利，我听说在学校也有人在你背后妄言是非。"

不论怎么样，凌浩成总能将他人逼入绝境，令他人束手就擒。而今，自己拒绝了凌浩成，一切不利却反而是针对自己。凌浩成依旧是那个高高在上的凌浩成，只有自己成为众人口舌之争的焦点人物，任人折辱。

凌浩成倒是能将在商场上的手段运用自如，即使她不知道，舆论的发展背后有没有凌浩成在推波助澜，但适才凌浩成一开口，宁月妩便知，凌浩成这是在逼自己。

甚至是和自己的母亲联手。

但凭母亲的铁腕，她相信，母亲绝对不会眼看事态发展到如此严重却无可奈何，除非她是睁一只眼闭一只眼，暗中默许。

她怎么也想不通，为何母亲就非凌浩成不可，一定要自己嫁入凌家。就算凌家坐拥金银无数，但母亲何尝是这种追名逐利的人？

“月儿，你就答应浩成吧，当天那样的确是他有欠三思，人家这不都来负荆请罪了？浩成是个好孩子，人家是真心的。”萧芝兰道。

宁月妩反问：“哦，是吗？我看是欠缺思量，没有算到我会那样子拒绝，这才不得不继续来逼我的，你说是不是，凌浩成？”

被宁月妩抢白，萧芝兰和凌浩成的脸色都不好看。宁月妩素手刮着筷子的边缘，低眉道：“凌浩成，你今天又来逼我，不是吗？如果我不答应，事情只会愈演愈烈，是不是？”

“月妩，你听我说，我都是为了你好……”

宁月妩打断凌浩成：“为了我好就不会这样子百般算计我，把我弄得四面楚歌！凌浩成，我今天告诉你，没有你我照样能过得好好的，我宁月妩不需要你这种多情的太子爷！

“凌浩成，你别把我当三岁孩童，你的手段我会看不出来？是，你的确很聪明，但是你在我身上用手段那不叫通学活用，那叫作践你自己！商业是买卖，爱情不是买卖！”

宁月妩啪的一下把筷子扔在桌上，双手撑着桌面站起身子，目光清冷无温：“凌浩成，你不要以为我妈同意了你就可以为所欲为，今天我告诉你，你再这样下去，我只会烦你，甚至是讨厌你，那么，朋友也做不成了。”

凌浩成在桌底的双手紧紧握成拳头，目光阴沉盯着面前的饭碗，上面的青色牙雕花纹繁复得犹如迷宫一样，让人花了眼，失了神。

月妩……她竟然这样说自己。自己这样做有错吗？他苦苦追求，她不理不睬也就罢了，还对自己说，连朋友也做不成！

不，宁月妩只能是自己的！就算用尽所有的手段，也要把宁月妩压在自己的五指山下！

萧芝兰见修养儒雅的凌浩成已经神色阴沉，出言呵斥道：“宁月妩，你看看你什么态度！浩成好言好语地跟你说，想要跟你解决事情，你就是这样对人家的？浩成是我们家的客人，现在家里是你在做主，还是我在做主？”

“是您在做主。”宁月妩回答得不温不火，但下一句话，彻底让萧芝兰哑口无言，“但我也有自由，我的事情，必须我自己做主。”

宁月妩伸手一指电视里面的消防员：“知道他们哪里比你好吗？或许他们没有你的钱财，没有你这样的学历及修养，没有你这样芝兰玉树的容貌，但是他们爽直率真，不像一些人，暗中城府深沉，屡屡在背后中伤我。”

凌浩成被彻底激怒，最后那两个字，“中伤”，就是他怒火的导火索：“你说清楚，什么是中伤？我什么时候中伤过你？”凌浩成眉毛突突跳着，目光狠戾，“我什么时候中伤你了，我这么爱你会去中伤你吗？”

宁月妩知道自己的言语过了火，也不和凌浩成顶嘴。她冷冷瞥了一眼凌浩成：“凌浩成，你这样的表现让我很失望。女孩子是用来宠着，包容着，而不是像你这样，幸好，我没答应你。”

宁正刚也听出了宁月妩在故意寻衅，对凌浩成说的话处处刀锋：“月儿，你今天也累了，上楼休息吧，还有浩成，我今天也累了，你早点回去吧！”

宁正刚的话不偏不倚，最后一句明显是下了逐客令，凌浩成缓缓起身，压下胸腔中的怒意，只是向来温润的声音里带了些被火灼烧而过的嘶哑：“好，叔叔阿姨也早一点休息，我先走了。”

宁月妩不去看凌浩成，自己拖着沉重的步伐走向楼梯，等到上了楼，往下一望：“凌浩成。”

凌浩成站在门口，听见宁月妩唤，蓦然回首，眼底有一丝希望死灰复燃。宁月妩移开目光，浅浅道：“别忘了把那颗夜荧钻石捐出去，我在媒体面前答应过的，要将钻石捐出去给疆藏。”

“钻石我会留着，捐赠也会拿相当的人民币去，月妩你放心吧，照顾好自己。”

“嗯。”宁月妩简短地回答，就回屋关上了房门。

她蜷缩在门后，坐在地上，听着外面不知停歇的蝉鸣，看着窗外的暮色沉沉，脑中凌乱难言。

直觉告诉她，事情远没有到结束的时候。

席修辰，我该怎么办？

翌日，宁月妩险些睡迟，一晚上的熬夜让她有点不在状态，简单地洗漱后，换好衣服就冲下楼，抓起桌上的烤土司，拎起放着课本的袋子和手提包往学校赶。

“月儿，记得把牛奶带上，不能不喝牛奶只吃面包！”萧芝兰在桌上对宁月妩喊道，眼神里是清晰的心疼。

最近这段时间压力太大了，压得宁月妩快喘不过气，平时作息很有规律的宁月妩，生物钟频频被打乱，人也常常不在状态。

到底，自己作为母亲，是有几分过错的……

宁正刚出声叫住了开门的宁月妩：“月妩，把牛奶带上，今天我要回师部，正好搭你一程，别这么急急忙忙的，早饭都没吃好。”

听到父亲要载自己，宁月妩松了一口气，今天终于可以不用被公交车挤得七荤八素了。

萧芝兰纳罕：“欸我说正刚，你不是从来都让月儿自己出门的吗，怎么今天大发慈悲肯让我们的月儿坐车了？”

宁正刚瞥了一眼：“那是为了她从小养成好习惯，月儿现在不小了，人都懂事了。而且只是顺便载一程，也不算是公车私用。”

宁正刚穿上笔挺的正装，拉开门走向车库。好像……好像很久没有看到过父亲穿军装了，一年三百六十五日，但凡有周末，或者是节假日，父亲都是在部队之中。

自小父亲就极为严格地要求自己和姐姐，但又不似寻常的父母，对孩子事事都要约束，他们只是让宁月妩和她的姐姐两人全凭自觉去做事情，除非她们犯了错误，否则对她们的决定和做法一律不插手。是以，姐妹两人从小到大从都很自觉，不用父母操心，父母也就专心忙他们的工作。就连高三那年的成人礼，父母都双双忙于工作。很少有像这样，父母一起在家里，全家和和乐乐。

宁月妩坐到宁正刚旁边的位置上，宁正刚发动了车子，装作漫不经心地一问："你姐姐那里有没有消息？有没有联系你？"

乍然提到姐姐，宁月妩正喝着牛奶，一口呛到了，不停咳嗽。宁正刚摇摇头，道："喝慢一点，又不着急，不就是一个问题吗。"

虽然只是一个问题，但姐姐绝对是家中的禁忌。在家里，三个人都很默契地不提起姐姐的名字。

因为那三个字，无异于离经叛道的象征。

宁馨妩。

当年，姐姐怀抱着孩子出现在家门口的时候，震惊了宁家上下，宁家的长辈因此气极倒下，至今仍然在崖州休养。

虽然后来姐姐与那人结婚，但是现在的一切表明，婚后的他们并不幸福。姐姐宁馨妩带着孩子从人间蒸发，留下苦苦着急却不知所措的姐夫。

旁人，甚至是萧芝兰看来，这都是宁馨妩自食恶果，然而其中的缘由，估计只有姐姐和姐夫自己知道吧。

"月妩，爱情就是天边的月亮，当你自以为对悬在夜幕上的皎皎明月无比熟悉时，却不知道它的另一面是何等沟壑万千。"

这句话她现在记得还是那么清楚。是否当她认为和席修辰的爱情会就此圆满的时候，不觉间爱情就会走向月亏？

毕竟明月不会时时刻刻都圆满如初，爱情也不可能一帆风顺。

"怎么了，想什么呢？"宁正刚的话把宁月妩的三魂七魄给拉了回来，"你姐姐到底有没有消息？"

"不知道。"宁月妩把口中剩下的面包咽了下去，又喝了一口牛奶，"但是我在忻城的时候有和姐夫联系，当时他在忻城开会，好像挺忙的。"

宁正刚目光专注在车辆的前方："是挺忙的，他们快要参加与周边国家的联合演习了，当时估计跑到蒙省去封闭训练，忻城离那里近就在那里开会了。话说回来，严铭的确是一个好孩子，馨妩也……怎么就……唉。"

说起曾经的发生的事情，宁正刚不住摇头。究竟是自己太过相信宁馨妩才铸下大错，还是其中另有原因？

快要一年了，宁馨妩还是没有消息。就算自己动用所有的人脉去搜寻宁馨妩的下落，仍然是一无所获。

"爸，姐姐肯定去了哪儿，现在没有消息还好，我最怕的就是收到姐姐的消息……"因为消失许久的人一旦传来消息，多半是噩耗。

"也是。"宁正刚不住叹气。自己就算口头上不说，心里又怎么会不想宁馨妩，毕竟是自己的骨血，再怎么样，也是自己的血脉至亲。

宁月妩劝道："爸你就宽心一点吧，姐姐一定会没事的，毕竟姐夫那儿也在找。还有，为什么姐夫没有跟你提过跟姐姐的情况？"

"你姐夫一进家门就被你妈轰出家门了……平时就算我有时间，他也不一定有时间，只在电话里语焉不详地说问题是出在自己的身上。"

"嗯，好吧。"宁月妩看到已经到了学校，拉开了车门，"爸，记得跟妈说我今天可能要晚一点回去。今天是家校日，家长要来学校参观，晚上还要开家长会。"

"知道了，去吧。"宁正刚点头，叮嘱道，"不用在乎别人如何说你，做好你自己就好。"

宁月妩点头就进了校门，而后进办公室，把东西准备好，又到教室让先来的小男生帮忙把小凳子放在班级的后面，方便家长坐。

上课的过程有条不紊，因为家长在，孩子们都很听话，也比平时兴奋积极多了，下课后，一群学生就跑到家长的身边撒娇。

下一节是数学课，宁月妩是班主任，所以继续听着课程，坐在教室左侧的办公桌上，一边盯着教室里面的情况。

宁月妩将孩子们交上来的作业都批改完毕，堆在桌旁，看着教室内的情况。然而就是那么随意一望，让宁月妩瞬间如坠冰窟。

是他。

第四十九章　绽放

放在桌上的卷子被她嘶啦一声撕扯成两半，她呆呆凝望着刚刚进来不久，适才才坐定的那个男人，反反复复、上上下下看了无数遍，确认自己没有看错。

他怎么可能会出现在这里？不可能，他不是在忙，抽不开身吗？他来看的孩子究竟是谁？难道说……是他的孩子？

这个想法有如晴天霹雳，让宁月妩如遭雷击。如果这是真的，那么姐姐宁馨妩和严铭之间所发生的一切，就都能解释了！

这样的事寻常人都无法接受，更何况是心高气傲的姐姐。换做自己，拼尽所有为一个男人生下孩子，却发现他另有妻与子……被毁的不但是自己的清名，还有一颗心。

宁月妩自始至终盯着严铭，始终不肯放松。那个男人，当真是举止从容有度，即使穿着便装，一举一动也都带着军人的雷厉风行，英俊的外表令周围的女性频频侧目。

宁月妩一笑，难怪了，这样看上去如此优秀的男人，有几个女人会不动心？投怀送抱的人，也不在少数吧？

宁月妩推开椅子，起身到办公室中，打开桌上的台式电脑，把班级中的学生资料一一翻了出来。果然，她看到一个叫严凝妡的孩子，父亲那一栏，填写的正是严铭的名字。

职业：军人。

宁月妩默然无声关掉电脑，走出办公室。她望着教室，瞬间觉得那两扇墨绿色的防盗门难以逾越。

教室里的那个男人，她是要唤作姐夫，还是形同陌路，问候一句："严先生。"

下课铃在这个时候响起，严铭匆匆走出了教室，然后一个小女孩一溜烟跑了出来，扑进严铭的怀里，喊道："爸爸，你今天怎么有空来啊？好久没看到你了，我好想你……"说完，小女孩就趴在严铭怀里哭了起来。

严铭伸手抱住孩子，拍了拍孩子的后背："妡妡要乖，听到了没有？爸爸今天抽空来的，马上就要走了。"

一个女人迈着轻柔的步伐走出教室，仿佛一株极为典雅的文竹，看上去秀气端庄："阿铭……"

那个女人欲言又止，最后一同抱住了严铭，千言万语化成泪海。

经久未见的一家团聚，看上去何等温馨，但落在宁月妩眼中，她只有一个感觉，就是刺心。

眼前的一切就是最好的证明。她回去的时候要怎么说？跟家里说严铭已经另有家室，还是缄口不言，视若不见？

宁月妩迈着莲步，缓缓上前。她极力让自己的声音听起来毫无波澜，平静如水："严先生，请问……你怎么会在这里？"

听到声音，那个女人和严铭双双转头，见到宁月妩，两人的表情都惊诧不已，特别是那个女人，惊诧的眼神中，带着一丝恐惧。

严铭没有料到会在这里遇见宁月妩，还让宁月妩看到这样的场景，仿佛不必解释，一切尽在不言中。

"你怎么会在这里？"终究，严铭的话语变成了关心，"你是这里的老师吗？平常累不累？"

宁月妩神色复杂地注视着严铭："我是严凝妡的班主任，也是她的语文老师，我出现在这里很奇怪吗？”宁月妩问道，弯下腰身，看着那个女人，“请问你是……严铭的妻子？”

下一秒，宁月妩见到那个女人的眸中，瞳孔陡然放大，自己被严铭拽到边上，严铭说：“月妩，这里没有你的事情，我是今天才赶过来的，才来不到一个小时。”

“我知道，刚刚数学课的时候你才来的。”宁月妩看向严铭。英俊刚毅的外表下，他的心里，究竟还藏着什么？

严铭转身对那个女人道：“你们先回去吧，妡妡要在这里上课，你赶紧回家，乖，听话。妡妡你也回到教室去。”哄完了那两个女人，严铭转身对宁月妩道，“我找到了馨妩的消息。”

看着那个女人缓步远去的身影，宁月妩抬了抬下巴，眼神示意，声音清冷：“那是谁？”

“庄伊岚。”严铭丢下这三个字就匆匆离去，“月妩，我还要忙，今天是因为公差才过来厦城的，希望你能理解。先走一步！”

说完严铭就迈着有力的步伐小跑离开。宁月妩的嘴角扯出一丝清冷的笑容，望着他远去的身影默然不语。

究竟还有多少事情是自己不知道的？希望自己能理解？理解自己的姐夫背着姐姐，在外有了家室？

曾经也倍受自己尊重的姐夫。

严铭的身影跑出校门，最后消融在远方的景色之中。

烈日炎炎，有一层阴影，薄纱般缠绕在她的心上，让她难以呼吸。

清风吹过，树影摇曳，碧色的绿叶沙沙作响。

庄伊岚从树影后走了出来，脚步轻柔，仿佛是不禁风吹的柔弱柳枝。她看着宁月妩，沉静问道：“请问你是？”

“我是？你难道还不认识我吗？”宁月妩故弄玄虚，高傲地抬起下巴，“倒是你，本事真的挺大的，令我没有想到。”

庄伊岚一笑，清秀的面容带着自信："你是回来要把他抢回去的？我告诉你，没有用的，严铭，是我的，也是我孩子的父亲。"

宁月妩双眸一缩。

很明显，庄伊岚是把自己当成姐姐宁馨妩了。两人面容相似，性格相近，如果不是经常往来，根本分不清。

"是吗？"宁月妩反问，"是什么给你的自信？"

"因为我叫庄伊岚。"庄伊岚一笑，转过头去，"我的地位谁也无法撼动。宁老师，人贵有自知之明，我相信您也是聪明人，不用我多说，既然您回来了，那么，"庄伊岚的笑容妩媚多姿，"我应战。"庄伊岚翩然转身，宛若风中摇曳多姿的一株文竹，带着志得意满的微笑渐行渐远，"宁馨妩，你从一开始就输了。"

宁月妩闭上双眸，耳边庄伊岚的声音在回环。庄伊岚和严铭是什么关系？那么自己的姐姐又是什么，笑话一般的存在？

庄伊岚绝非什么善男信女，她想把严铭抓住，留在自己的身边，可若严铭的心在庄伊岚身上，庄伊岚就不会如此煞费苦心。

宁月妩扶额，走进教室，一整天都恹恹的，该做的事情都做完，剩下的暂时移交给副班主任，自己留在办公室里面。

宁月妩并不知道，更大的风浪正在悄然酝酿。

等到晚上七点的时候，家长会如期举行，班级中家长齐聚一堂，其中自然也包括庄伊岚。

讲台上，宁月妩一身浅绯色的装束，长发拢在脑后，娴静宁雅，裙摆宛若流水生波。她拿起资料，目光垂视讲台，丹唇轻启。

家长会刚开始的时候，一切尚算顺利。宁月妩对上一次的单元测验做了简单的分析，并指出一些孩子的缺点。

"之前一些老师的家访，反映出一些孩子在家并不怎么学习，父母也不怎么关注孩子的学习。我认为，在目前的阶段，孩子的教育尤为重要，这个阶段正是孩子人生观、世界观、价值观的初步构筑时期，同时也是……”

宁月妩长长短短地分析完，进入下一个环节，让家长与老师们互动。宁月妩的目光扫过讲台下的座位，发现庄伊岚不知何时没了踪影。

宁月妩双眉微皱，旋即没再多管。或许人家是有事，或者上洗手间了呢？却不防，有两名妇女突然向自己发难。

“宁老师，我认为你没有做老师的资格！”一名妇女颇为咄咄逼人地站起来，手指指着宁月妩，“宁老师，你个人行为不检点，怎么能为人师表？”

宁月妩眼皮一跳，没想到那人说得那么直接：“你什么意思？我行为不检点？这位家长，请你说清楚，否则我将保留起诉你的权利！”

“哼！”那名妇女冷笑，“自己跟某些男人不清不楚，现在谁不知道你跟寰宇集团的太子爷不清不楚？”

宁月妩声音冷若冰霜：“那是他，不在我！这位家长，我的宽容不代表我没有底线，如果你要肆意抹黑我的清名，请你出去！”

另一名妇女坐不住了，声音沙哑，极为刺耳：“欸你凭什么叫我们出去？我们的孩子在这里读书，你想让我们走就走啊？你让大家评评理！”

宁月妩直接挥起桌上的长尺，指着两人：“我再说一遍，那是我个人的私事！孩子们不谙世事，不代表你们可以在背后随便说我，更何况是子虚乌有的事情！如果你们再这样，我会告你们诽谤！”

不知是谁大喊：“要打人了！老师要打人了！”

教室里顿时乱成一团，那两名肥胖的妇女叫嚷着：“老师拿东西要捅人了啊，老师要打人了啊！”

宁月妩心情本就烦乱，看到乱成一锅粥的班级更为烦躁。她看向英语和数学老师，两人皆是摇摇头，一个班级的大人，三个女人根本管不住。

“你们闹够了没有！这里是教室，邀请你们来，是讨论孩子的学习，而不是讨论谁谁谁的私生活怎么样，甚至把别人的私事搬上台面当作谈资！”

宁月妩一怒，将尺子甩出讲台，尺子重重地落在台下的课桌上，乱哄哄的人们顿时安静下来。

“你们要是想吵，学校外面自便，在学校，就必须守纪律！”

宁月妩清冷的气场镇住了所有的人，下一秒，庄伊岚银铃般的声音被风送入宁月妩的耳中：“宁老师，你不要高兴得太早了，看看谁来了。”

林校长在庄伊岚的身后，面色肃穆，直接越过庄伊岚走向讲台：“宁老师，你看这个……我们从来没有收到过这种东西，事情太棘手了。”

宁月妩接过信封，打开一看，竟然是班级的全体家长签名的罢免函，历数宁月妩“声名败坏，不可为人师表”“人品存在差池，不可教育孩子”等罪过，条条犀利。

当真是来了个措手不及。

“还有，尹老师说你教学质量不高，效率低下，让我敦促给班级换老师……这……”

宁月妩转头：“林校长，教学质量有目共睹，不能全凭尹风莲一家之言。至于这张罢免函……”宁月妩转向台下，“请问我哪里没有教育好孩子？你们可以尽量指出，而不是在这里信口雌黄。倒是你们在用行动教育孩子，七嘴八舌地说别人的不是，无事生非！”

她知道尹风莲有后台，却没想到尹风莲心胸如此狭隘，竟要逼走自己……还有庄伊岚，她现在肯定知道了自己是宁月妩，而不是宁馨妩。

她面容云淡风轻，仿佛一切都运筹帷幄，“女中诸葛”这词，再适合庄伊岚不过。

“你说谁无事生非呢？”那名肥妇又开始叫嚣，班级再次陷入混乱之中，“我们不让她继续教我们的孩子！我们要辞退她！”

宁月妩看到事态不可控制，摇摇头，无力看向林校长。林校长也无可奈何：“宁老师，真的很抱歉，但是，我们不会辞退你，你放心。你看看哪里适合你，我帮你安排去那个班级！”

门口传来阴冷的男声：“不教也罢。”

第五十章　回响

凌浩成气势汹汹地走进教室，身后跟着几名身着黑衣，看上去身手不凡的男子。向来以儒雅闻名的凌浩成，脸上是鲜有的阴沉，浑身上下俱是凛冽的冷意。

光亮的皮鞋踩在地上，悬挂在天花板上的灯管都要为之颤抖。

凌浩成戴着墨镜，墨镜将那张俊美的面容遮去大半，但仍难掩那种逼人的气势。凌浩成走到那名撒泼的妇女身边，居高临下地看着那人，仿佛是自云端看着蝼蚁：“你是不是还想继续说？”

那名妇女吓得变了脸色，双唇颤抖，随后整个身体也跟着颤抖起来，不敢发出一丝声响。

“你，还有你，怎么不继续说了？”凌浩成冷笑，眼风刮过适才还猖狂不已的几个人，“你们两个人欺负一个人，这样合适？”

随后，凌浩成拿出起诉书，给那明女子：“这是我们的起诉书，先给你过目，相信不久之后你就会收到传票的，好好等好消息吧。”

那名肥妇已经吓得坐在了地上，她根本没想到一时逞口舌之快会招惹来这样大的是非。眼前的男人虽然看不清面容，但他器宇不凡，肯定不会是普通人。

她瞬间想起来了……是凌浩成！

“你是凌浩成，你们之间果然是不清不白的关系！”那肥妇又开始口无遮拦起来。

凌浩成冷笑一声，旋即说：“你觉得这样还不够吗？”而后，他冰凉的双唇吐出令人胆战心惊的字句，“我刚刚得知，你的宝贝儿子在放学的时候被车撞了，现在正在医院抢救。”他嘴边凝起来的弧度阴冷瘆人，目光刺穿墨镜。

那个肥妇彻底瘫软在地上。她不住摇着头，为什么会这样，自己的宝贝儿子……宝贝儿子啊！

但这件事并不是自己挑起的！

“不，这件事情不是我做的，为什么要牵扯到我的儿子……”刚才还咄咄逼人的肥妇彻底失控地痛哭流涕。她知道，儿子多半是出了事情，而且她也查不到是谁做的，也不能查。

两边的人都得罪不起，怪她一时被小便宜蒙了心智。她早就应该知道，宁月妩能和出身不凡的凌浩成在一起，背后的势力绝对是错综复杂的，不是自己惹得起的。

她错得一塌糊涂，搭上了自己的宝贝儿子！

凌浩成压低了他冰冷的目光，探照灯一般地审视坐在地上的那人：“你说不是你，难道还有人？”

“没有，没有！”那个肥妇矢口否认，她不能把失态扩大，绝对不能，否则她会付出更大的代价。

凌浩成冷哼一声，面容不再阴沉，而是转瞬满脸春暖花开，温柔地走向宁月妩：“月妩，跟我回去吧，不要在这里继续受这些人的气了！”

宁月妩摇了摇头，往后退了一步。刚刚阴沉逼人的男子，真的是凌浩成？明明现在的凌浩成暖如春风，依旧是从前的从容有度。

只有商场上的他是刚刚那副样子，抑或是，眼前的样子只不过是他的面具而已？

“月妩，你确定这里你还待得下去吗？你难道还看不出来，他们根本不想让你留在这里，有人想要把你排挤出去！”说完，他的眼风刮过林校长，林校长心下不由胆寒。

“哟哟哟，谁能让咱们的凌少生那么大的气呢？”尹风莲身上环绕着香风，婷婷袅袅地走进教室，笑若桃花，“这里可是学校呢，凌少不怕人多眼杂？”

凌浩成冰冷地回道：“这是我自己的事情，跟你没有任何关系。”

跟你没有任何关系……熟悉的语气，让宁月妩瞬间想起了一个人，之前在那个狂风暴雨的夜晚。

宁月妩目光巡在尹风莲的面容上，瞬间想了起来，尹风莲就是她！只不过，她换了另一个名字！

四年改变了太多，尹风莲的身上发生了什么？为什么她的面容与四年前大不相同，只有一丝让人觉得似曾相识的痕迹？

尹风莲就是她？

然而这一切都和自己没有关系！自己不想被牵扯进无限的爱恨漩涡之中，他们之间的事情，根本和自己没有丝毫的瓜葛。

宁月妩退了几步，对林校长小声说道：“林校长，我有事先走一步，这里还麻烦你照看一下，要说的东西我都放在了桌上，等会儿麻烦你交代副班主任陈老师继续说。”

林校长点头同意。现在的局面已经不是看上去那么简单了，背后错综复杂，远远超出了自己作为一个学校校长所能处理的范围，作为当事人，宁月妩的确不适合继续在班级里。

宁月妩拎起自己的东西快步走出了教室。凌浩成见宁月妩走，赶紧跟上去：“月妩，我送你！”

“不用。”宁月妩直接拒绝，“我自己打车就好，凌少自己公司也很忙碌，我要先回家了，恕不奉陪。”

凌浩成伸手，一把抓住宁月妩：“月妩，你想躲我躲到什么时候？！今晚，我必须送你！”

“送我去酒店吗？”宁月妩冷笑。

“没有！”

宁月妩直接挣开凌浩成的手掌：“凌浩成，尹风莲会不会就是邬芸？难道你不觉得有一点像吗？”

凌浩成死寂一般沉默，片刻，他说：“原来你还是介意……”

宁月妩摇头：“我不介意，因为你跟我没关系。”说完，宁月妩甩手离开，走出校门，纤柔的身影融入了灯光点点的夜色。

宁月妩回到家里，隐去了在学校里的争端，简单应付了几句父母的日常询问，就回到房间，倒头就睡，不再去想其他的事情。

即使是那个夜晚，她记得无比清楚，她也极力不去触碰那个埋藏在时光最深处的隐秘。因为那本就与自己无关。

手机仍然是安安静静的，没有席修辰一丝一毫的消息。宁月妩躺在床上握着手机，将手机握得发烫，依旧没有动静传来。

不知过了多久，手掌间的震动让睡得迷糊的宁月妩幽幽醒来，她睁开双眼，却是凌浩成发来的短信：“月妩，睡了没有？”

宁月妩面无表情，手指轻勾，将凌浩成发过来的短信删了。下一秒，凌浩成又发来一条短信：“月妩，不用担心，学校的事情我已经处理好了，晚安。”

宁月妩再次手指一勾，把凌浩成的痕迹彻底从手机里抹去，沉沉进入梦乡。只有在梦里，才有席修辰。

人道是相逢犹恐是梦中，而自己与席修辰，唯在梦中有相逢。

第二天宁月妩到学校的时候，整个学校已经彻底炸开了锅。不仅是自己和凌浩成的事情被传得沸沸扬扬，登上娱乐版的头条，而且昨晚班级的争端，也不知被谁拍下来发到了网上，被冠以“女教师气焰嚣张，手握长尺威胁学生家长”的标题。

不久之后，宁月妩的所在学校就被公布，宁月妩的个人信息也被曝光……宁月妩看着网上那些不堪入目的字眼，痛苦地闭上了双眼。

还好，是牵扯不到自己的家里的。

不过半日，不仅是班级里的学生家长，就连学校其余的学生家长也冲来，纷纷要求将宁月妩免职。网上对宁月妩的议论更是如潮涌动，相关新闻登上各大网站。

在这个信息时代，新闻传播的速度最快，尤其是可以最为谈资的丑闻，最容易在片刻之间席卷网络。

宁月妩向林校长打了电话，询问自己是否能够继续上课。林校长义正词严："宁老师你并没有犯错，我们没有理由解雇你！所以当然可以！"

然而她已经有心无力。走进教室的时候，一群孩子高嚷着让宁月妩离开教室，说昨晚自己的爸爸妈妈教导自己如何如何。

宁月妩回望了一眼讲台桌，走出了教室的大门。三尺讲台，是她的职业，她不愿离开，而如今，她实在是有心无力。

打了电话跟林校长请假休息几天，宁月妩走出校门，不料被一群义愤填膺的家长围攻："你就是这样当老师的吗？你就是这样为人师表的？！拿着戒尺威胁家长算什么东西！"

宁月妩原本还不清楚校门外怎么人山人海，原来就是在等着自己！

宁月妩没想到会被人围攻，连连后退，想要返回教室，然而群情激愤的人们已经将宁月妩包围，让宁月妩无可退路。

"你这样怎么配做老师？你以为攀上凌浩成就了不起了吗？可以对我们这些家长为所欲为了是不是？可以肆无忌惮了是不是？！"

一群人看来都是有备而来，各个都红着眼睛，对宁月妩怒目而视。宁月妩掏出手机，想要拨打电话报警，立刻有人喊道："她想打电话，快拦住她！"

于是手腕传来一阵痛，不知道谁狠狠打了她的手腕，将她的手机抢走。人群中，宁月妩看不清那人的长相，伸手就去抢，却被拥挤的人群推倒在地。

她一身白色的衣裙落在地上，掀起一阵尘埃，仿若纯白的百合委落泥土之中，沾染上尘埃污色。

手臂传来刺痛的感觉，原来是不小心擦到了地面，鲜红的血珠沁出来。摔在地上的宁月妩看见自己的手机落在地上，于是伸手就要去拿。

伸手的那一刻，不知道是谁落下了自己的鞋子，将宁月妩洁白如玉的手臂狠狠地踩在地上。宁月妩感到手臂传来一阵剧痛，双眉紧皱，发出一声尖叫。

她眼睁睁地看着无数的鞋子落在自己的手机上，却无可奈何。宁月妩迅速收回手臂，惊恐地看着上方的人群，发现人们的目光无比鄙夷。

那表情，就像是高高在上的地主，在处罚一个犯了错的微不足道的奴隶。

她知道现在的人们根本不会听自己的解释，毕竟视频就是事实，视频摆在他们的面前。可网络就是如此，以片段化的信息引导人们主观臆断。

“昨天的事情不是你们看到的那样……”随即又有脚落在宁月妩的身上，在她雪白的裙上无情地烙下污痕。

“你们干什么！”驻守在学校的民警听到暴动的声音立即从值班室赶过来，手里抓着电棍。

人群中有人喊道：“我们在审问宁月妩！”

“你们没有权力审问！”民警一眼就看到宁月妩躺在地上，冷汗涔涔，双眉紧皱，一双好看的清眸也紧紧闭着。

“我们是学生的家长，她是老师，不尊重我们，我们当然有权力，谁说我们没有权力的？！”又有人大喊。

民警毫不犹豫地掏出佩戴的手枪，朝天空发了一发子弹。

这一发，一石激起千层浪，人群瞬间沸腾，争相踩踏：“警察为了一个不称职的老师要杀人啦，要杀人啦！”

人类本能的恐惧被激活，刹那间慌不择路地四下乱撞。

宁月妩抱着自己的头颅，躲在角落，尽量避开人群的踩踏，绝望地看着那些自诩为学生家长的高高在上、不可一世的人们。

冷不防地有人朝她踢了一脚，宁月妩重重摔在地上。

路面的大理石砖并未经过打磨抛光，相反，为了防止下雨湿滑，特意打磨得粗糙，摩擦在手臂上，手臂立刻被磨出伤口。

她绝望地抬头看着天空……今天，就是她的死劫吗？

第五十一章　结印

突然，一阵狂风刮过，宁月妩眼前一黑。宁月妩只觉得身体失去了重心，骤然腾空而起，接着，她整个人如水一样软下，失去了知觉。

凌宅。

凌浩成的父亲凌瀚看着躺在床上的女子，目光阴鸷寒冷。就是这个女人，可以帮助到凌家；也是她，让凌浩成迷失了自我，无法自拔。

很倔强？凌瀚冷笑，怕是再过一阵，她就倔强不起来了！

床上的小人儿幽幽醒来，见到四周陌生的环境，悚然一惊。她快速地拉过床上的被单遮掩自己凌乱的衣衫，打量着四周的环境。

“你醒了？”坐在椅上的凌瀚屹然不动，见床上的宁月妩方寸大乱，终于开口，他抬手丢过一张碟片，“你猜猜这是什么？”

“你是谁，这是什么？！”宁月妩警惕地看着凌瀚。

凌瀚一笑：“这是你昏迷时香艳的场景，至于我是谁……等你和我家浩成结了婚，你第二天就应该向我敬茶了。”

宁月妩瞬间明白了对方的身份，伸手将碟片丢在地上，碟片瞬间碎裂。

“你不知廉耻！”

“凌浩成就是太知廉耻才搞不到你！下周三，必须按时成婚，这段时间你只能待在这里，如果敢反抗，我不保证你的视频会有多少人看到！”

宁月妩握紧了手心，凌瀚摔门而去。宁月妩执起床边桌案上的瓷瓶，狠狠朝地上摔去，流光的瓷器瞬间四分五裂。

一连数日，宁月妩安安静静待在凌宅中，没有过多的反抗。她知道，反抗只会引起更多的镇压。

那一日，她走入凌浩成的房间中，负责监视的佣人向凌瀚汇报。凌瀚以为她想熟悉凌浩成的房间，便也没有过多干涉。

她百无聊赖地翻着书架，突然，藏于书本后的暗格暴露在光线之下。她伸手探去，小心翼翼打开暗格，拿出一本本子，没想到竟然是本账本。

翻开账本后的宁月妩惊在原地，久久，才将账本藏入怀中，走出凌浩成的房间。

凌宅中总会有令自己意外的事情，譬如遇见凌千城，那日在忻城的盗贼，就是他。原来，凌千城是凌浩成的哥哥，因无意接掌凌瀚的事业，被凌瀚一气之下放逐到忻城的分公司。岂料凌千城出走，身无分文，才有了之前的事情。

凌千城听闻宁月妩被挟持，便要带宁月妩出凌宅。可碟片呢?

凌浩成夺门而入，一把将宁月妩拉入自己的怀中，不顾宁月妩的挣扎。凌浩成冷着声音：“哥，你好久不回来，一回来，不仅要接掌公司抢我的事业，还想我抢女人？”

凌浩成这么说，宁月妩就能猜了个大概。

突然之间，地动山摇！

是地震！

宁月妩人间蒸发，宁家全家都在搜寻宁月妩的身影。而席修辰更是托公安系统的战友帮忙寻找，仍旧一无所获。

厦城地震，他奉命救灾。出乎意料的是，他竟然在郊外的废墟中救出宁月妩。而凌瀚当场丧命，凌浩成与凌千城双双生还。

凌浩成即将大婚的消息惊动了尹风莲，她气急败坏到医院找到了凌

浩成，说出了一切真相。是她指使人诋毁宁月妩，只因为凌浩成不对如邬芸负责。

当年凌浩成酒醉与邬芸发生了鱼水之欢，可凌浩成却在第二天忘得一干二净，邬芸便消失了。

她以为自己不够美丽，不能吸引到凌浩成，于是前去整容。整容来的邬芸改名尹风莲，但依旧没能引起凌浩成的注意，于是，她心中妒火团团燃烧。

凌浩成沉默，选择与尹风莲共结连理，当然，过去犯下的错需要风莲偿还。她登报道歉，引起无数网民的叫骂。

宁月妩没多说什么，事后将凌瀚钱权交易的账本交给凌浩成。凌成一时百感交集，宁月妩是何等大度。

而席修辰，在救灾工作中表现突出，被破格提干。

那是一场别开生面的求婚，消防中队里，他身穿笔挺的军装，的笑意浮起。

他手里是用月妩写给他的九十九封信叠成的一朵硕大的玫瑰后，玫瑰燃起熊熊烈火，宁月妩惊呼出声。

隔着火光，是他清朗的笑意。他单膝跪地，火光灭，信封消失不知从何处变出一枚戒指：“宝宝，以后你不用天天唤君归了，你意郎君来了，你愿意嫁给我吗？”

“我愿意！”她双眼泛着泪光，高喊道。

他的身后，窜出一群战友：“班长和嫂子，幸福一辈子！”

“会的！”

两人的回应亦是响彻云霄。